in The PooL

오쿠다 히데오 奥田英朗 본격 문학과 대중 문학을 아우르는 일본의 대표적인 작가. 전전긍긍하는 소시민의 삶을 유머러스하고 따뜻한 필체로 그려낸 군상극부터 현대사회의 부조리를 적나라하게 고발하는 범죄소설까지 끊임없이 변화를 시도해왔다. 1997년 《팝스타 존의 수상한 휴가》로 마흔의 나이에 소설가로 데뷔했으며, 2002년 괴상한 정신과 의사 '이라부'를 주인공으로 한 소설 《인 더 풀》로 나오키상 후보에 올랐다. 2004년 다시금 같은 주인공을 내세운 소설 《공중그네》가 나오키상을 수상하며, 이른바 '공중그네 시리즈'로 대중적인 인기를 확고히 했다. 이후 2006년 《남쪽으로 튀어!》로 일본 서점대상 2위에 올랐으며, 2007년 《오 해피 데이》로 시바타렌자부로상을, 2009년 《양들의 테러리스트》로 요시카와에이지 문학상을 수상하는 등 평단과 독자로부터 지속적인 지지를 받아왔다. 그 외 주요 작품으로 《라디오 체조》 《죄의 궤적》 《꿈의 도시》 《무코다 이발소》 등이 있다.

옮긴이 이규원 한국외국어대학교에서 일본어를 전공했다. 문학, 인문, 역사, 과학 등 여러 분야의 책을 기획하고 번역했으며, 현재 전문번역가로 활동 중이다. 옮긴 책으로는 오에 겐자부로의 《개인적 체험》과 미야베 미유키의 《이유》를 비롯해, 《천황과 도쿄대》 《알래스카 바람 같은 이야기》 《야시》 《한순간 바람이 되어라》 《마쓰모토 세이초 걸작 단편 컬렉션》 등이 있다.

IN THE POOL
by OKUDA Hideo

Copyright © 2002 by OKUDA Hideo
All rights reserved.
First original Japanese edition published by Bungei Shunju Ltd., Japan, 2002.
Korean hard-cover rights in Korea reserved by
EunHaeng NaMu Publishing Co. under the license granted
by OKUDA Hideo arranged with Bungei Shunju Ltd., Japan
through The Sakai Agency, Japan and EntersKorea Co., Ltd.

이 책의 한국어판 저작권은 (주)엔터스코리아를 통한
일본의 Bungei Shunju Ltd.와의 독점 계약으로 도서출판 은행나무가 소유합니다.
신 저작권법에 의하여 한국 내에서 보호를 받는 저작물이므로
무단전재와 무단복제를 금합니다.

인더풀

오쿠다 히데오 장편소설
이규원 옮김

은행나무

차례

인 더 풀 ······ 7

발기지옥 ······ 81

도우미 ······ 139

프렌즈 ······ 203

안절부절 ······ 263

역자후기 ······ 317

인 더 풀

1

 '이라부종합병원' 지하 1층은 오가는 사람도 없이 한산했다. 오모리 가즈오는 '신경정신과'라고 적힌 간판을 한숨을 지으며 올려다보고 있었다. 외부에서 들어오는 빛도 없고 형광등의 파르스름한 빛도 형편없이 약해서 그런지 공기마저 서늘하게 느껴졌다.
 보기 좋게 쫓겨났군ㅡ. 가즈오는 그런 생각을 곱씹고 있었다. 몸이 좋지 않다며 연일 찾아오는 가즈오에게 젊은 내과 의사는 냉담했다. 어제는 채혈을 하고 나서 "요구르트라도 드릴까요?"하고 비아냥거렸을 정도다. 엑스선 촬영을 하고 소변 검사를 해봐도 아무 이상이 없다고 하더니, 오늘은 마침내 "저희 병원 신경정신과에라도 한번 가보시겠습니까?"하는 소리를 듣고 말았다.

"조금 별난 선생이지만 익숙해지면 괜찮거든요." 젊은 내과의사는 차갑게 웃으면서도 가즈오와 눈길을 맞추려고는 하지 않았다.

도대체 요즘 병원들이란. 외래환자는 홀대하고 말이지.

머뭇머뭇 노크를 하자 안에서 "어서오세요―"하는 새된 목소리가 들렸다. 꼭 나가시마 감독(일본 프로야구의 원로이며 목소리 톤이 높다―옮긴이) 목소리네. 가즈오는 진찰실 안으로 발을 들여놓았다.

얼굴을 든다. 40대 초반으로 보이는 뚱뚱한 의사가 일인용 소파에 눕듯이 앉아 있다. 실내 구석 탁자에는 갈색머리 젊은 간호사가 가즈오에게 눈길도 주지 않고 주간지를 읽고 있다.

"자, 자, 앉아요." 의사가 웃는 낯으로 의자를 권했다.

가즈오는 스툴에 앉아서 의사의 가슴에 달린 명찰을 보았다. '의학박사 이라부 이치로'라고 되어 있다. 선대 원장에게서 병원을 물려받은 아들일까.

"커피?"

"예?"

"커피. 그냥 인스턴트커피야. 마유미 짱, 커피 두 잔."

이라부가 알아서 주문한다. 마유미 짱이라 불린 간호사는 대답도 없이 일어나 불쾌한 듯 슬리퍼를 짝짝 끌며 진찰실을 나갔다.

"진료 기록 봤어." 이라부는 즐거운 얼굴로 말했다. "심신증이네."

"예?"

"마음의 병. 아주 전형적이야."

"아, 예······." 조금 부아가 치밀었다. 가뜩이나 소심해진 환자한테 다짜고짜 이렇게 말하는 건 아니지.

"위층 놈들, 대체 뭣들 하는지." 이라부가 손가락으로 내과가 있는 1층을 가리킨다. "녀석들, 혹시 기능성 질환일까 봐 겁이 나서 어지간해서는 밑으로 내려 보내려고 하질 않아."

"아······ 그렇습니까."

"환자를 붙들고 놔주질 않아요."

"아, 예······." 그건 아닌 것 같지만 귀찮아서 대꾸하지 않기로 했다.

가즈오가 몸에 이상을 느낀 것은 한 달 전이었다. 한밤중에 가슴이 답답해졌던 것이다. 잠을 자다가 왠지 공기가 희박하다 싶더니 몇 초 뒤 숨을 쉬기도 힘들었다. 겁이 덜컥 나서 얼른 일어나 아파트 베란다로 뛰어나갔다. 1분쯤 지나서 진정되었지만 온몸이 땀에 젖었다. 그 공포가 가즈오의 마음에 새겨졌다.

이어서 설사가 시작되었다. 집에서 역까지 가는 동안도 참을 수 없었다. 나이 서른여덟에 팬티를 몇 번이나 더럽혔다. 아내한테 말도 못하고 편의점에서 구입한 팬티로 갈아입었다.

아니나 다를까 한바탕 야단이 났다. 남편의 팬티가 아침저녁으로 달라지니 아내도 속이 온전할 리가 없다. 추궁을 당한 끝에 자백하고 오해를 풀었다. 다만 그 뒤에 다시 한바탕 옥신각신했다. 남편을 깊이 동정한 아내 나오미가 가련한 남편을 위해 환자용 기저귀를 사온 것이다.

사흘쯤 아내와 말도 섞지 않았다.

설사는 일주일쯤 계속되다 괜찮아졌다. 그 대신 내장 전체가 온전하지 않았다. 늘 꾸룩꾸룩거리고 어수선했다. 그걸 설명하기가 어려워 처음 의사와 대면했을 때 "뱃속이 문제아만 모아놓은 교실 같아요"라고 했더니 의사가 요란하게 웃었다.

어제부터는 아랫배가 아팠다. 얼른 《가정의학》 책을 펼쳐보고 신장 쪽일 거라고 짐작했다. 그러고 보니 요즘 오줌발이 시원치 않다. 일단 이상이 생겼다 싶으니 가만있을 수가 없어서 오늘도 아침부터 병원으로 달려왔다.

"그래서? 누구 목소리 같은 것이 들린단 말이지?"

가즈오는 미간을 찡그렸다.

"자, 이쯤에서……." 이라부가 손을 뻗어 허공을 움켜쥐었다. "누구 목소리가 들리나?"

"아뇨." 가만히 고개를 저었다.

"그럼 누구한테 감시당하는 기분이 드는군?"

"아뇨." 미간을 더욱 찡그리며 이라부의 얼굴을 빤히 쳐다보았다.

"……뭐야. 그럼 망상 종류는 아닌가 보네." 자못 아쉽다는 투였다. "그렇군, 평범한 부정수소(不定愁訴)일 거야." 이라부는 소파에 몸을 깊이 파묻고 손바닥으로 얼굴을 썩썩 문질렀다.

간호사가 커피를 가져와서 두 사람은 잠시 말없이 커피를 마셨다. 굉장히 달고 진한 커피였다. 간호사는 다시 주간지를 뒤적이고 있었다.

"스트레스성 증후군." 단호한 진단이었다.

"그 말씀은 그러니까, 가슴이 답답하고 설사가 계속되고 하는 것이 다 스트레스 때문이라는……."

"그럼."

이라부가 입꼬리를 치켜 올렸다. 참으로 담백한 대답들이다.

스트레스라는 말을 듣자 가즈오는 제 일상을 돌아보았다. 부부 사이도 원만하고 회사에서도 별다른 문제가 없다. 굳이 찾자면 고향집 부모님을 앞으로 누가 모실지를 두고 누이동생과 사이가 껄끄러운 상태이지만 끙끙 고민할 만큼 절박한 문제는 아니다.

"미리 말해두지만, 나는 안 들어." 이라부가 말했다.

"예?"

"스트레스 원인을 찾는다거나 그걸 없앨 궁리를 한다거나 그런 거, 나는 안 해."

"아, 예."

"왜 있잖아, 요즘 텔레비전에 카운슬러가 환자의 고민을 들어주고 위로해주는 거 자주 나오지. 그런 거 아무 소용없다니까."

"……그렇습니까."

"그럼. 도대체 그런 얘기 들어줘서 뭘 하겠다는 거야. 가령 당신이 과거에 몰래 살인을 저지르고 괴로워하고 있다면 자수하라고 권하거나 입막음 조로 돈을 요구하거나. 내가 할 수 있는 것이라야 그 정도가 고작이겠지."

"아뇨, 특별히 그런 과거는 없는데요."

"못살게 구는 상사 때문이라고 치고. 그럼 독살할 용기가 있느냐고 물으면 당신, 그거 없잖아." 상대방은 안중에도 없이 말하고 있다. "무슨 말이냐 하면, 스트레스라는 건 인생에 따라다닐 수밖에 없는 것인데, 원래 있는 것을 없애려고 하는 것이 쓸데없는 노력이란 거지. 그보다는 다른 데로 눈길을 돌리는 게 나아."

"다른 데라시면……." 오, 뭔가 대책이 있나보다 싶었다.

"예를 들면 번화가에 숨어 있다 야쿠자를 습격하고 다닌다든지."

가즈오가 세 번째로 미간에 주름을 모았다.

"그거, 손발이 오그라든다고. 시시한 고민거리 따위는 확실하게 날려주지. 죽어라 도망쳐야 하거든. 목숨이 위태로운데 누가 집안일이나 회사 일로 끙끙거리겠어."

진심으로 하는 말일까? 살짝 현기증이 왔다.

"실제로 그런 치료 사례가 있어. 동전도 만지지 못할 만큼 결벽증이 심한 환자가 한신 대지진을 겪으며 정신없이 하루하루 보내다 보니까 싹 나아버렸다든지. 지진은 부른다고 오는 게 아니니까 뭐 야쿠자 정도가 적절하겠군."

"그럼, 저보고, 야쿠자를 습격하라는……."

"예를 들면 그렇다는 얘기지. 으하하하." 이라부는 커다란 입을 벌리고 웃었다. "휴가 내서 분쟁 지역으로 가보는 것도 좋고."

가즈오가 한숨을 짓는다. 그만 돌아가자, 생각했다. 스트레스성 질병이 사실이라도 상관없다. 다른 병원을 찾아가면 그만이지.

"아무튼 스트레스의 원인 같은 거 섣불리 찾으려고 하지 말라고. 어차피 심신증에 걸리는 사람은 원인은 짐작할 수는 있어도 그걸 근절할 수는 없으니까. 게다가 오모리 씨는 서른여덟 살인데 이제 그럴 만한 나이잖아. 중년의 홍역 같은 거라고나 할까."

회사 동료에게 물어볼까 생각했다. 어디 좋은 신경정신과 아느냐고. 아니, 아니지. 이런 소문은 금방 퍼지는 데다 특히 인사과에는 알리고 싶지 않다.

"그럼 주사를 맞아볼까." 이라부는 자신의 굵은 허벅지를 퍽 소리 나게 내리쳤다. "신장에 뭉근한 통증이 있다니까 오늘은 통증을 완화하는 항생물질을 주사하자고."

안쪽 커튼이 열려 돌아다보니 어느새 간호사가 준비를 마친 상태였다.

"저, 주사는 다음번에."

"안 돼, 안 돼. 애도 아니고 왜 이래. 주사를 무서워해서 어쩌자는 거야."

이라부는 소파에서 일어나 마치 놓치지 않겠다는 듯이 문 쪽으로 버티고 섰다.

가즈오는 하는 수 없이 자리를 옮겨 주사대에 왼팔을 얹어놓았다. 신장 근처가 아픈 것은 사실이고 설마 종합병원에서 별 탈이 있으랴 싶었다.

간호사는 경박한 인상이긴 하지만 가까이서 보니 꽤 미인이었다. 다만 애교가 전혀 없었다.

"가볍게 주먹 쥐세요."

말투도 무뚝뚝하다.

왼팔을 튜브로 감고 소독약을 발랐다.

이라부가 감시하듯이 바로 옆에 서서 지켜보고 있었다. 이 간호사가 신참이기 때문일까? 이제 모르겠다. 뭐든 좋으니 얼른 끝내만 다오. 가즈오는 살짝 한숨을 흘렸다.

그때 주사대 밑에서 하얀 간호사복 앞섶이 벌어지고 허여멀건 허벅지가 드러났다.

빤히 보고 있을 수도 없어서 가즈오는 얼굴을 돌렸다. 겨우 3초도 쳐다보지 않았는데 간호사 허벅지의 희멀건 색과 희미하게 비치는 정맥까지 눈동자에 각인되었다.

따끔 하는 통증이 와서 바늘이 찌른 것을 알았다.

주사는 무사히 끝나고 가즈오는 풀려났다.

"오모리 씨, 내일도 와." 이라부가 말했다. "심신증은 매일 진찰하는 게 중요하니까."

가즈오는 아무 의심도 없이 "아, 예" 하고 고개를 끄덕였다. 간호사 허벅지의 잔상이 여전히 뇌리의 스크린에 비치고 있었다.

"혹시 오모리 씨 아는 사람 중에 다중인격자 없어?"

"예?"

"다중인격. 한 사람 뇌 속에 여러 인격이 섞여 사는 거."

내 주변에 그런 사람이 있을 턱이 있나. 그렇게 쏘아주고 싶은 것을 참으며 "아뇨, 없는데요" 하고 얌전히 대답했다.

"그래? 한번 만나나 봤으면 좋겠네. 거의 없나봐, 현실에서는."

이라부는 배를 흔들며 "으하하하" 하고 웃었다.

"저어, 저는 안정을 취하는 것이 좋을까요?"

"아니. 특별히 그럴 거 없어." 코를 파고 있다.

"그럼 평소대로 출근해도……."

"괜찮아. 하지만 책상에 앉아서 서류 작업만 하지 말고 운동을 하는 게 좋을 거야." 코딱지를 벽에 문질러 붙였다. "하루 한 번은 숨이 가쁠 정도로 운동을 해야 해."

가즈오는 이라부의 소를 연상케 하는 체구를 새삼 쳐다보면서 '너나 운동해라' 하고 말해주고 싶었다.

신경정신과를 나올 때 마침 복도를 지나가던 나이 든 간호사가 가즈오 얼굴을 빤히 쳐다보았다. 그 눈초리에서 어딘지 동정하는 기미가 느껴졌다.

점심시간 지나서 회사에 출근해서 몇 군데 전화 연락을 하고 잡무를 마쳤다. 출판사에서 일하는 가즈오는 주부 대상 월간지 편집부에 속해 있다. 잔업이 많은 부서지만 바쁜 것도 주기가 있어서 거기 익숙해지면 그리 힘들지는 않다. 지금은 교정이 끝나서 편집부는 비교적 조용하다.

아르바이트 직원이 타준 커피를 마시며 문득 사무실을 둘러보았다. 이 안에 자신의 스트레스 원인이 있을까?

편집장은 고지식한 사람이고 주부 뺨치는 경비 지출 관리 때문에 화가 날 때도 있지만 대체로 무해한 상사이다. 부편집장은 위궤양으로 입원한 적이 있을 만큼 신경이 여린 남자다. 목소리를 높이는 일도 없다. 동료들도 얌전한 사람들뿐이다. 그 때문에 업무 추진력은 시원치 않지만. 오히려 직장에서는 자기가 제일 목소리 높은 축에 속할 정도다.

그보다 자신의 건강 이상이 스트레스 때문인 것 같다는 진단에 가즈오는 조금 충격을 받았다. 정신력이 강한 사람이라고 생각해 왔다. 업무를 척척 해내고 여기저기 인맥도 쌓아왔다. 고독하다고 생각해본 적도 없고 어릴 적부터 늘 리더 노릇을 해왔다.

이제 슬슬 몸뚱이 여기저기가 삐걱거릴 때가 되었나. 이라부라는 의사는 중년의 홍역이라고 했는데, 뜻밖에도 그게 맞는 말인지도 모르지. 식생활은 불규칙하고 운동도 안 하고.

운동이라―. 팔을 머리 위에서 깍지 끼고 쭉 펴주었다.

대학 졸업 이후로 제대로 된 운동을 해본 적이 한 번도 없다. 스키도 안 타고 골프도 안 친다. 가즈오는 왠지 모르게 여가활동을 우습게 보는 경향이 있었다. 텔레비전 뉴스에서 꽉 막힌 고속도로를 보면서 "어리석은 놈들"하고 비웃는 것이 일요일 저녁의 정해진 일과였다. 아내 나오미도 집에 있는 것이 좋다고 한다. 자식이 없으니 행락지로 끌려 나갈 일도 없다.

운동이라. 한번 해볼까. 막연히 생각했다.

땀을 흘리면 기분이 상쾌하겠지. 어쩌면 최근 축 늘어진 배가 예전처럼 팽팽해질지도 모른다.

의자에 앉은 채 어깨를 돌려보았다. 희미한 통증이 느껴지는 것이 오히려 기분이 좋다.

무슨 운동을 할까. 간편하기로 따지면 조깅인데…….

아니지, 내가 매일 꾸준히 달릴 수는 없을 거야.

테니스는 짝이 필요하고 애초에 라켓을 만져본 적도 없다. 웨이트트레이닝은 몸매에 콤플렉스를 안고 있는 사람처럼 비칠까봐 마음에 안 들고…….

고개를 전후좌우로 꺾으며 가즈오는 어느새 준비운동 같은 것을 하고 있었다.

그렇지, 수영은 어떨까. 가즈오는 자신의 제안에 스스로 고개를 끄덕였다. 헤엄치는 거라면 어릴 적부터 능숙했고 무릎이나 허리에 부담이 적으니 부상당할 염려도 없다.

마지막으로 헤엄을 친 게 언제였지? 눈을 감고 기억을 더듬는다. 이것도 역시 학창 시절 이후로는 한 번도 없었다는 것을 기억해내고는 깜짝 놀랐다. 벌써 16년이나 수영장에 들어가 보지 못한 것이다.

가즈오는 책상 위 전화기를 들고 집 번호를 눌렀다. 나오미는 일러스트레이터여서 대개 집에 있다.

"아, 우리 집 근처에 수영장이 있었나?" 그렇게 묻자 나오미는 "무슨 소리야, 뜬금없이?"라며 의아해했다.

"이유는 됐고, 빨리 말해봐. 수영장이 있어?"

"구민체육관 지하에 있는데."

"그 구민체육관이란 건 또 어디 있지?"

"몰라? 도서관 옆이잖아. 커다란 크림색 건물."

"으음…… 그럼 그 도서관은?"

물으면서도 조금 한심했다. 그럭저럭 벌써 5년이나 그 동네에 살면서 동네 사정을 아무것도 알지 못한다. 나오미도 체념했는지 "아무튼 걸어서 5분 거리야"라고밖에 가르쳐주지 않았다.

"그런데 왜?" 하는 나오미.

"한번 해볼까 해서."

"누가?"

"내가."

"지바 스즈 선수(선발전에서 신기록을 세우고도 올림픽 대표에 선발되지 못한 비운의 수영 스타―옮긴이)의 원한을 풀어주려고?"

"당신, 그런 발상은 어디서 나오는 거야?"

"그럼 뭐야?"

"의사가 하래. 운동을 해야 한대."

"당신, 혹시 오늘도 병원에 갔어?" 수화기 건너편의 목소리

톤이 높아졌다.

"갔지. 출근길에 쉽게 들를 수 있는 곳이니까."

"당신, 그거 병 아냐?"

아내가 영문 모를 소리를 한다.

처음에는 남편의 증세를 걱정해주더니 요즘은 완전히 무심한 태도를 취하고 있다. 낯이 파랗게 질려서 소파에 누워 있어도 "엑스레이를 찍어도 무슨 혹도 없고 수술 가위도 없었잖아"라며 마니아 수준의 농담을 날리며 눈 하나 깜빡하지 않는다. 수술을 받은 적도 없는데 누가 뱃속에 수술 가위를 놔두고 봉합한단 말인가.

게다가 식욕이 없는 것을 뻔히 알면서도 그가 좋아하는 금눈돔 조림을 식탁에 올린다. 절반쯤 남기면 나오미는 반갑게 접시를 제 앞으로 끌어당긴다.

여하튼 수영장이 근처에 있다는 것을 알았으니 가즈오는 얼른 전화를 끊었다. 책상 위에 시내 지도를 펼친다. 자기 집이 있는 지역을 살펴보니 정말 걸어서 5분쯤 되는 곳에 구민체육관이 있었다. 지도 뒤에는 전화번호도 기재되어 있다. 편집자 버릇대로 전화 문의를 했다. 그러자 매일 오전 9시부터 오후 9시까지 문을 열며 요금은 한 시간에 단돈 2백 엔이라는 것이었다.

가즈오는 수영을 시작하기로 맘을 굳혔다.

좋아, 해수욕복을 사러 가자. 아니, 요즘은 해수욕복이라고 하지 않을 텐데? 수영팬티라고 하지. 수영모자와 물안경도 필요하다.

가만히 있을 수가 없었다. 가즈오는 적당한 핑계를 둘러대고 회사를 빠져나가기로 했다. 출판사라는 데는 누굴 만난다고 하면 아무 의심도 하지 않아서 좋다.

그리고 30분 뒤에는 신주쿠 백화점에 있었다.

여름이 코앞이라 수영복 매장은 평일인데도 젊은 남녀로 북적거렸다. 색색의 수영복에 눈이 부실 정도였다.

여러 개를 두고 고민한 끝에 가즈오는 트렁크 스타일이 아니라 작은 삼각팬티 스타일로 골랐다. 사는 김에 가방도 사고 스포츠타월도 샀다.

스포츠용품을 구입하는 것이 묘하게 자랑스러웠다. 여점원 앞에서 "나, 이런 취미가 있거든"하고 가슴을 치고 싶어진다.

이리저리 기웃거리다 보니 회사로 돌아가는 것도 귀찮아졌다.

손목시계를 보니 오후 3시였다.

회사에 전화해서 아르바이트 직원에게 발표회장에 들렀다가 곧장 퇴근하겠다고 했다. 그는 전차를 타고 집으로 향했다. 아니지, 나오미한테 설명하려면 번거로우니까 이대로 구민체육관으로 직행하자. 가즈오의 가슴은 여름방학에 수영장으로 달려가는 초등학생처럼 두근거리고 있었다.

문득 아랫배로 신경이 쏠렸다. 신장 부근의 통증이 꽤 완화되어 있었다. 그 주사가 효과가 있었나? 이라부라는 별난 의사를 가즈오도 조금쯤 다시보고 있었다.

구민체육관에 도착해서 두 시간짜리 입장권을 끊었다.

탈의실은 청결하고 샤워기와 드라이어도 완비되어 있었다. 그는 결코 적지 않은 세금을 납부하면서도 공공시설을 이용한 적이 거의 없었다. 뭐야, 좀 더 일찍 왔으면 좋았잖아. 들뜬 마음으로 혀를 찼다.

통로를 지나 실내수영장으로 들어섰다. 그리운 소독약 냄새가 코를 간질인다. 눈앞에는 푸른 물이 넉넉하게 가로놓여 있었다. 평일이라 그런지 이용객은 거의 없었다. 좋은 곳이잖아―. 마음이 금세 가뿐해지는 것을 느낄 수 있었다.

수영장 옆쪽에서 준비체조를 했다. 꼼꼼하게 스트레칭도 했다.

발을 물에 집어넣는다. 전혀 차갑지 않다. 딱 좋은 온도로군.

가슴까지 찬다. 기분이 좋다. 살짝 잠수해본다. 더욱 기분 좋다.

가즈오는 풀장 벽을 박차고 자유형을 시작했다. 천천히 어깨를 풀어줄 요량으로.

좌우 팔을 크게 돌려 물을 달래듯이 부드럽게 저어간다. 발차기도 천천히 한다. 그렇게 25미터를 헤엄쳤다.

 헤엄치는 요령을 잊지 않았다는 사실에 감개가 무량했다.

 턴을 해서 25미터를 헤엄친다. 이번에는 물에 떠 있는 느낌을 맛보고 싶어 더욱 천천히 손발을 움직였다.

 헤엄을 치는데 어느새 웃음이 비어져 나왔다. 물이란 게 참으로 기분 좋다. 도중에 수면에 누워 반짝반짝 빛나는 천장 조명을 바라보았다.

 빌어먹을. 이렇게 좋은 걸 왜 여태 몰랐을까.

 가즈오의 마음은 최근 맛본 적 없는 행복감으로 가득 부풀었다.

2

"오호, 수영이라고."

 이라부가 짤막한 다리를 힘겹게 꼬고 뱃살을 짜부라뜨리듯이 몸을 앞으로 내밀었다.

 "예, 집 근처에 괜찮은 수영장이 숨어 있더군요. 거기 가서 수영을 해보니 너무 상쾌하네요."

 가즈오가 스툴 끝에 엉덩이를 걸치고 앉아 어제 수영한 이야기를 했다. 아무나 잡고 이야기를 하고 싶어 근질거렸다. 어제

저녁에는 아내 나오미에게 수영의 효과를 장황하게 늘어놓으며 욕실까지 따라 들어갔다가 핀잔을 들었다. 제 몸을 움직여서 얻은 쾌감에 그는 왠지 한껏 들떠 있었던 것이다. 그리고 하루가 지난 지금도 부풀어 오른 기분은 수그러들 줄 몰랐다. 오늘도 퇴근길에 수영장에 가기로 작정했다.

"그래, 아랫배 아픈 것도 좋아졌다, 이 말이지."

"그렇습니다. 내장 전체가 불안한 것은 여전하지만 지난 2주일 중에서 제일 상태가 좋습니다."

"주사 효과도 잊지 말아줬음 좋겠어." 이라부가 코를 실룩거렸다.

"네, 물론이죠." 엉겁결에 고개를 끄덕였다. "그 직후에 통증이 가벼워졌으니까요."

"뭐, 수영이란 것이 유산소 운동이니까. 컨디션 조절하는 데는 최고지."

이라부가 간호사가 타준 커피를 입술로 가져간다. 더운 김에 안경이 흐려졌다.

"유산소 운동, 인가요?"

"그럼. 에어로빅 같은 것처럼 산소를 섭취하며 하는 운동 말이야. 무거운 걸 들 때는 숨을 멈추잖아. 그런 운동은 변비에 걸리기 딱 좋지." 흰 가운 자락으로 렌즈를 닦는다. "그러니 빠르게 헤엄칠 필요가 없다고. 천천히, 가능하면 오랫동안 같은 운동을 반복하는 것이 좋지."

"그럼 장거리가 좋다는."

"그럼." 이라부의 안경 렌즈가 꽤 지저분했다.

가즈오는 그 말을 듣고 즈금 반성했다. 어제 보니 수영하는 법은 잊지 않았지만 지구력이 쇠퇴한 것은 감출 수 없는지, 쉬지 않고 200미터를 헤엄치자 가슴이 터질 것 같았다. 그래서 쉬엄쉬엄 수영했다.

오늘부터는 장거리에 도전하자고 생각했다. 학창 시절엔 1, 2킬로미터는 가볍게 헤엄칠 수 있었다.

"그럼 주사를 맞자고."

"저어, 오늘도…… 맞나요?"

"음. 매일 투여하는 타입의 약을 쓰고 있으니까. 어이, 마유미 짱." 이라부가 간호사를 부른다.

하는 수 없이 시키는 대로 자리를 옮겼다. 주사대에 팔을 얹어 놓자 어제 그 간호사가 앞에 섰다. 가즈오는 떠올렸다. 그 하얀 허벅지를.

간호사가 주사기를 한 손에 들고 몸을 구부렸다. 무슨 까닭인지 이라부는 오늘도 곁에 바짝 다가서서 그 모습을 가만히 바라보고 있다. 저도 모르게 눈길이 밑으로 간다. 간호사는 오늘도 벌어진 치마 사이로 하얀 허벅지를 드러내고 있었다.

왼팔에 따끔 하고 통증이 치닫는다. 눈을 감았다. 그때 이라부가 희미하게 신음하는 소리를 들은 것 같았다.

회사에 가도 왠지 일손이 잡히지 않았다.

수영 생각이 머리를 떠나지 않기 때문이다.

오늘은 적어도 500미터를 쉬지 않고 해보자.

가즈오는 외주 스태프와의 미팅을 잡담도 없이 얼른 끝내고 자료를 찾는다고 둘러대고는 시내 대형 서점으로 달려갔다. 수영 교본을 보고 싶었다. 금방 숨이 차는 것은 물론 체력이 달리는 탓이지만, 그보다는 영법에 문제가 있는 것은 아닐까 생각했던 것이다.

전문서 코너에 교본이 여러 권 꽂혀 있었다. 하지만 삽화나 레이아웃이 촌스러워서 구미를 당길 만한 것이 없었다. 문득 생각이 나서 잡지 코너로 가보았다. 〈타잔〉의 과월호를 찾아보려고 했는데 우연히 매대에 깔린 최신호가 수영 특집호였다. 왠지 자신이 축복을 받고 있다는 기분이 들었다.

속을 들춰보니 일러스트가 알기 쉬울 뿐만 아니라 수영용품 카탈로그까지 실려 있다.

이런, 이걸 보고 수영팬티를 골랐어야 했는데. 슬며시 후회가 됐다.

　수영복을 하나 더 사? 그런 생각까지 했다.

　가즈오는 근처 찻집으로 들어가 천천히 페이지를 넘겼다. 자유형의 스트로크와 킥이 연속되는 일러스트로 설명돼 있다.

　아하, 그렇군. 손은 몸의 중심선을 따라 물을 밀어주는 거구나.

　뭐? 물을 저을 때는 팔을 90도로 구부린다고?

　서른여덟 살이 되어서야 처음 안 사실이다.

　뭐야, 나는 생초보였던 거야? 어깨에서 살짝 힘이 빠진다.

　다만 심각하게 낙담한 것은 아니다. 이걸 마스터하면 더 멋지게 수영할 수 있다는 생각이었다.

　가즈오는 창가 자리에 앉아 일러스트의 스트로크를 흉내 내 보았다. 왼손을 앞으로 쭉 뻗어서 바로 당기지 말고 그 손 위에 포개듯이 오른손을 뻗어준다.

　문득 얼굴을 든다. 저쪽 테이블의 커플이 가즈오를 보고 웃음을 참고 있었다.

　헛기침을 해본다. 얼굴이 달아오른다.

　아이스커피를 다 마셔버리고 가즈오는 오늘 스케줄을 생각했다.

　오후 4시부터 에비스의 스튜디오에서 촬영이 있다…….

　꼭 참석할 필요는 없을 것이다. 어차피 주방용품만 찍어대는 촬영이다.

가즈오는 회사로 돌아와서 화이트보드에 '촬영 – 에비스. 곧장 귀가'라고 적고 회사를 나오자마자 포토그래퍼에게 휴대전화로 연락했다. "평소 하던 대로 잘 부탁드립니다"라고 말하고 환승역으로 서둘렀다. 집을 향해 전차를 타고 가는 가즈오는 내내 가슴이 뛰고 있었다.

도중에 바깥 경치를 바라보고 있는데 '이라부종합병원' 간판이 지나갔다. 왠지 믿음직스러웠다.

구민체육관에 도착해 이번에도 역시 두 시간짜리 입장권을 끊고 수영장으로 들어갔다.

물에 잠기는 것만으로도 가즈오의 마음은 행복했다.

그날은 500미터 연속 수영에 성공했다.

〈타잔〉을 참고해 폼을 가다듬고 연습을 한 뒤에 실제로 하니 목표를 달성할 수 있었다.

수영장을 나왔을 때는 멀쩡히 서 있기도 힘들 만큼 숨이 차서 벤치에 벌렁 누워버렸다.

뭐라고 말할 수 없는 충만감이 차올랐다. '내일은 1킬로미터다'라고 결심했다.

아니지, 그렇게 서두를 일은 아니지 않은가. 매일 100미터씩 쌓아나가면 된다.

내일이 손꼽아 기다려진다. 가쁜 숨을 내쉬며 '이런 생각을 몇 년 만에 해보는 것인가'라며 유쾌한 기분에 젖었다.

"오호. 벌써 일주일이나 계속했다고?"
이라부는 그날도 짤막한 다리를 무리하게 꼬고서 가즈오 이야기에 귀를 기울였다.
"예, 정말이지 너무 즐거워요. 빼놓을 수 없는 일과가 되었습니다."
요즘 가즈오가 하는 이야기는 모두 수영에 관한 것뿐이다.
가즈오는 수영장과 병원을 매일 다니고 있다. 이라부종합병원은 일요일에는 쉬지만 수영장은 말 그대로 '매일' 연다. 매일 조퇴를 하는 것도 불가능해서 새벽에 수영장에 다니게 되었다. 9시부터 한 시간 수영하고 그 길로 병원에 들렀다가 점심때쯤 회사에 출근하는 식이다.
그동안 가즈오는 마침내 2킬로미터를 쉬지 않고 헤엄칠 수 있게 되었다. 예전 감각을 완전히 되찾은 것이다.
"나도 요즘 운동이 부족한데." 이라부가 턱을 문지르며 중얼거렸다. "내과 얼간이들이 다이어트 좀 하라고 하던데 말이지."
가즈오는 그 이중 턱을 보니 알 만하다며 속으로 쓴웃음을 지었다.

"그 수영장 어디 있는 거지?"

"우리 집 근처 구민체육관 지하입니다. 웬만한 스포츠센터보다 깨끗하고, 무엇보다 붐비지 않아서 좋아요."

"오호."

"가보실래요? 여기서 겨우 두 정거장 떨어져 있으니까요."

"으음." 이라부가 손가락으로 목살을 쥐고 신음 소리를 냈다. "하지만 호흡이 문제란 말이야."

"괜찮아요. 금방 익힐 수 있어요. 자유형 호흡이 힘들면 평영을 해도 좋고요."

"몸이 춥지는 않아?"

"온수예요. 30도로 유지되니까 따뜻하게 느껴질 정도라고요."

"나, 다이빙도 못하는데."

"다이빙은 원래 금지예요. 수영부 훈련도 아니니까 각자 편한 대로 즐기는 거예요."

"오모리 씨 이야기를 듣다보면 수영이란 게 왠지 재미있을 것 같단 말이야."

"재미있고말고요." 염장을 지르는 듯한 말투로 가즈오가 말했다.

이라부는 마음이 동하는지, 수영복은 삼각팬티 스타일이 좋은지 트렁크 스타일이 좋은지까지 가즈오에게 상의했다. 네가 삼각팬티 스타일을? 물론 차마 그렇게 말하지는 못하고 "아무

거면 어떻습니까"라고 대답해두었다.

그 후에는 늘 그렇듯이 주사 시간이 찾아왔다. 매일 주사 맞는 것은 역시 괴로운 일이지만 가즈오 마음에서는 간호사 허벅지와 상쇄되고 있었다.

바늘이 찌르는 순간은 눈길을 돌린다. 그리고 곁에 서 있는 이라부가 몸을 앞으로 기울이는 것을 알 수 있다.

오늘은 침 삼키는 소리까지 들렸다. 괴짜라고 생각하면 그리 신경이 쓰이지도 않는다. 익숙해지면 소도 귀여운 법이다.

하지만 이튿날 이라부가 구민체육관 앞에서 기다리고 있는 것을 보고는 놀라지 않을 수 없었다.

"에헤헤, 나, 와버렸어."

이라부는 한 손을 번쩍 쳐들고 마치 연인을 찾아 외국까지 쫓아온 여자처럼 말했던 것이다.

"어제 그 얘기 하고 바로 백화점에 수영복 사러 갔어. 트렁크 스타일로 샀지."

보여달라는 말도 하지 않았는데 이라부가 가방에서 그것을 꺼내 보여준다.

"아, 예……"

"꽃무늬 수영복도 있긴 하더만."

이라부가 고른 트렁크 스타일 수영복은 형광노랑색이었다.

가즈오는 해줄 말이 얼른 떠오르지 않았다.

"으음, 선생님, 병원 근무는 괜찮은가요?"

"음, 괜찮아. 오전은 휴진하기로 했으니까. 어차피 올 사람도 없고."

미련 없는 얼굴로 말한다.

"……아무튼 들어갈까요?"

탈의실에서 옷을 갈아입고 수영장으로 들어갔다.

가즈오는 먼저 수영을 하기 시작했다. 이라부는 알아서 수영하겠지.

느린 스트로크로 물을 저어간다. 킥은 스트로크 한 번에 두 번. 지난 일주일간 가즈오가 익힌 방식이었다. 킥은 추진력이라기보다 엉덩이를 띄우는 보조적인 역할이다. 그렇게 하는 것이 장거리에는 어울린다.

코스 앞쪽에 있는 시계를 보고 그 경과한 시간으로 수영한 거리를 대강 알 수 있었다. 가즈오는 12분에 500미터를 헤엄친다. 그러므로 48분이면 2킬로미터가 된다. 그리고 이 수영장은 50분이 지나면 감시원의 호각에 따라 잠시 휴식을 취하는 방식이다. 9시 정각부터 호각이 울릴 때까지 수영하면 자연히 목표량 2킬로미터를 달성하게 된다.

호흡은 좌우 번갈아가며 한다. 매 스트로크마다 호흡하는 것은 너무 잦고 두 번에 한 번씩 호흡하기는 벅차고 해서 〈타잔〉을 참고로 해서 마스터했다. 학창 시절에도 해본 적이 없었던 호흡법이라, 호흡이 뜻대로 줄 된 날 저녁에는 한창 일하는 아내를 붙들고 30분이나 자랑을 했다.

1킬로미터 정도 헤엄치는 것으로는 피로를 느끼지 않게 되었다. 힘든 것은 처음 1킬로미터 정도이고 그 거리를 넘어서면 몸이 편안해진다. 산소를 섭취하는 페이스가 안정되기 때문일까? 아내 나오미는 "어떻게 2킬로미터씩이나 할 수 있어?"하고 놀라지만, 가즈오의 말을 빌리면 1킬로미터를 갈 수 있다면 2킬로미터는 그 두 배가 아니라 조금 더 보탠 거리나 마찬가지일 뿐이다. 아마 시간만 허락한다면 그는 5킬로미터라도 쉬지 않고 헤엄칠 수 있을 것 같았다.

1.5킬로미터. 페이스는 점점 좋아지고 있다. 이 거리 전후부터 황홀감이 마구 솟아난다. 이제 곧 2킬로미터라는 희열일까, 아니면 다른 무엇 때문일까. 이 느낌을 맛보고 싶어 단조롭고 지루한 전반부를 헤엄치는 거라고 해도 과언이 아니다.

그리고 감시원 호각이 실내 수영장에 울려 퍼진다.

수영을 멈추고 천천히 풀장 밖을 향해 걸어간다. 이른 아침 시간이어도 이용객이 몇 명 있었는데, 그들은 대부분 가즈오에게 존경의 눈초리로 보내고 있었다. 쉬지 않고 수영한 사람은 가즈오뿐이다. '좀 더 젊은 여자들이었으면 좋겠는데'라며 자기 편할 대로 아쉬워한다. 아침 시간에는 중년과 노인들밖에 없기 때문이다. 업무가 한가해지면 저녁 시간대로 바꾸자. 퇴근길에 수영하는 아가씨들이 있을 것이다.

수영장을 나서자 이라부가 "대단하던데, 오모리 씨"라고 말을 건넸다. 이라부는 쉬엄쉬엄 수영했다. 가끔 살펴보았는데 역시 자유형은 못하는지 평영만 하고 있었다.

"익숙해진 것뿐이죠. 저도 처음에는 200미터도 숨이 찼거든요."

가즈오가 수건으로 몸을 닦으며 대답했다. 손발을 가볍게 주물렀다.

"흐응, 좋겠다. 나 좀 가르쳐줘."

"좋지요." 예의상 고개를 끄덕였다.

"그럼 시간을 연장하자고."

"예? 지금 말입니까?" 저도 모르게 수건을 떨어뜨렸다.

"응." 이라부가 태평하게 웃고 있다.

이 사람은 사양이란 것도 모르나. 게다가 병원 일은 어찌 하려고?

"음, 곧 저를 진찰하셔야 하는데요."

"그래. 하지만 한 시간 정도는 괜찮아."

결국 마지못해 시간을 연장해서 수영하게 되었다. 수영을 한다고 했지만 가즈오는 오로지 코치 역할에 충실해서 한 시간 내내 이라부를 세심하게 지도해야 했다.

"선생님, 호흡은 입으로 마시고 코로 뱉는 겁니다."

몇 번을 말해줘도 이라부는 코에 물이 들어가 눈물을 쏟았다.

"선생님은 원래 부력이 좋으니까 발차기는 살살 해도 돼요."

은근히 뚱뚱하다고 지적해준 것인데 이라부는 무슨 천부적 재능이라도 되는 것처럼 싫지 않은 얼굴이다.

"선생, 굵은 목을 그렇게 힘들게 돌릴 필요 없어요."

결국은 짜증이 묻어나는 투로 말해주었다. 그때만큼은 그도 뚱한 표정을 지었다.

그렇게 두 시간의 수영을 마치고 이라부의 황록색 포르쉐를 타고 함께 병원으로 갔다.

차 안에서 이라부는 "역시 수영은 좋단 말이야"라며 상기된 얼굴로 떠들었다. 그 역시 운동이 주는 쾌감에 취해 있는 것 같았다.

아무래도 이라부가 자기와 같은 길을 걷고 있는 것 같다. 가즈오는 자신의 수영에 대한 열정이 정당화되는 것 같았다.

앞으로 업무가 바빠지겠지만 수영만큼은 스케줄에서 빼놓을 생각이 없었다. 이제 하루 세 끼 식사 못지않게 중요한 일과가 되었으니까.

"당신, 그렇게 힘들면 좀 쉬는 게 어때?"

휴일에 침대에 엎드려 있는 남편을 보고 나오미가 어두운 얼굴로 말했다.

"괜찮아. 오는 길에 마사지 받으니까."

수영을 시작하고 2주가 지나자 역시 피로를 느끼게 되었다. 어깨며 등이 찌뿌듯하니 무겁다. 이제는 자석파스도 듣지 않을 정도였다.

"그렇게 하루도 빼놓지 않고 수영할 필요는 없잖아."

"매일 하는 것이 중요한 거야. 마라톤 선수가 왜 연습을 거르지 않는지 알아? 사흘을 쉬어버리면 제 컨디션으로 돌아오는 데도 사흘이 걸리기 때문이야."

"경기에 나갈 것도 아니잖아."

"수영을 하면 컨디션이 좋아져."

그것은 사실이었다. 만성적인 설사를 제외하면 내장의 거북함은 상당히 좋아졌다. 밤에도 잠을 잘 잔다. 피로와 컨디션은 반드시 일치하는 것은 아닌 것이다.

"그리고 피로가 쌓이는 것은 아직 폼에 문제가 있기 때문이야. 조금 더 능숙해지면……."

"당신, 러너스 하이(runner's high)라고 알아?" 나오미가 말허리를 자르며 말했다. "오래 달리다 보면 뇌에 엔도르핀이 분비되어서 기분이 좋아지는 현상."

"아, 알지."

들어본 적은 있다. 뇌에서 나오는 마약이란 것이다.

"당신의 수영 중독도 그런 거 아냐?"

"무슨 중독씩이나." 기분이 조금 상한다.

"하지만 내 보기에는 꼭 그거라니까. 건강을 위해서라면 하루 걸러 해도 좋을 텐데. 그리고 피곤하면 쉬는 것이 정상이고."

"하루 한 번은 숨이 찰 정도로 운동을 해주는 것이 이상적이야."

"이상은 이상이고. 형무소에서도 운동은 매주 한 번뿐이래."

"이봐."

마누라가 예를 들어도 꼭.

"사람은 좀 더 자연스럽게 생활하는 게 좋아. 당신 총각 때는 유통기한 지난 우유도 아무렇지도 않게 마셨잖아."

"옛날 얘기는 왜 해. 젊은 사람 위장은 철사도 소화할 수 있는 거야. 그러다 나이 들면……."

그때 거실에서 전화벨이 울렸다. 아내가 침실을 나갔다. 잠시 후 "친구래" 하며 돌아왔다.

"누구?"

"몰라. '가즈오 군 있어요?' 하던데. 말투가 꼭 초등학생 같아."

무선전화기를 받아들고 귀에 대보니 이라부의 목소리가 흘러나왔다. "오늘 시간 있어?"라고 묻기에 "아, 예"라고 자기도 모르게 대답했다.

"그럼 오모리 씨, 도요시마엔 유원지 수영장에 가볼래?"

귀를 의심했다. 중년 남자 단 둘이 유원지 수영장에 간다고?

"거기 유수풀이 있는데, 아주 편하게 수영할 수 있을 거야. 사실 유산소 운동은 거리나 회수보다 시간이 중요하니까 그곳이 더 효과적일 거야. 정해진 휴식 시간도 없고."

"아…….." 가즈오가 얼른 대답을 하지 못한다. "유수풀이요?"

이라부는 그날 이후 수영에 푹 빠져 있었다. 아침마다 구민체육관에서 가즈오와 함께 수영을 하고 둘이서 함께 병원에 가는 패턴이 연일 계속되고 있다.

"그래. 한 바퀴가 400미터 정도래."

"아이들 때문에 복잡하지 않을까요? 휴일에 유원지면……."

"괜찮아, 괜찮아. 일기예보를 들으니까 오늘은 오후부터 비가 온대. 장마철이 끝나려면 아직 멀었고 비가 오면 쌀쌀할 테니까 텅 비어 있을걸."

이라부가 밝은 목소리로 말하고 있다.

"역까지 차로 데리러 갈게. 그럼 30분 뒤에 보자고."

"아……."

전화가 뚝 끊겼다. 수화기를 든 채 가즈오는 미간을 찡그렸다.

"친구 생겨서 좋겠어." 통화한 상대방을 짐작했는지, 나오미가 희미하게 웃고 있다. "도요시마엔이라니. 멋진 휴일이 되겠네."

적어도 남자 단 둘이 가는 사태는 피하고 싶어서 나오미에게 같이 가달라고 부탁했다.

"턱도 없는 소리." 냉정하게 거절당했다.

하는 수 없이 역으로 가보니 이라부가 황록색 포르쉐를 타고 나타났다. 구찌 선글라스를 끼고 있다.

가즈오는 구름이 낮게 깔린 하늘을 차창 너머로 올려다보면서 제발 아는 사람과 마주치지 않기를 빌었다.

사실 그 걱정은 기우로 끝났다. 오후부터 비가 본격적으로 쏟아져서 그 넓은 풀에 손님이 거의 없었다.

"오모리 씨, 통째로 전세 낸 것 같잖아." 이라부가 평영을 하며 기분 좋게 말했다.

가즈오는 못 들은 척 수영만 했다.

턴을 하지 않아도 되니까 편하긴 하지만, 구민수영장처럼 휴식 시간이 정해져 있어서 장시간 쉬지 않고 수영할 수는 없었다.

그럼 뭐하러 여기까지 왔담. 수영하면서 짜증이 났다.

빗방울이 수면을 때리는 가운데 가즈오는 묵묵히 자유형 스트로크를 계속하고 있었다.

3

 역시 피로는 한때였다. 거리가 아니라 시간이 중요하다는 것을 염두에 두자 폼은 차츰 여유로워져서 가즈오는 거의 걷는 듯한 감각으로 수영할 수 있게 되었다.
 업무 효율도 높아졌다. 매일 아침 9시부터 수영을 하게 되면서 야근은 피하고 싶었다. 그러자면 공연한 회의를 생략하고 메일이나 팩스로 해결할 수 있는 건은 회의 없이 해결하게 되었다.
 편집부원들의 잡담에도 끼어들지 않게 되었다. 한낮에 노닥거리다 밤늦게까지 회사에 남아 있는 동료들이 어리석게만 보였다. 하물며 사교라는 이름으로 저녁마다 술을 마시는 동료들은 불쌍한 원시동물 실러캔스처럼 보였다. 시간이란 마음먹기에 따라 얼마든지 만들어낼 수 있는 것이다.
 이렇게 되자 퇴근길에도 가볍게 수영을 하고 싶어졌다.
 일을 마치고 귀가 준비를 하다 보면 어느새 등 근육이 근질거린다.
 '이렇게까지 하면 곤란한데'라고 생각했다. 나오미가 알면 중독이라고 화를 내겠지. 제가 생각해도 켕겼다.
 하지만 이라부에게 상의해보니 그런 켕김도 말끔히 가셨다.
 "어, 나는 벌써 저녁 수영도 하고 있는데." 그는 천연덕스럽게 말했다. "몸이 원하는데 어쩔 수 없잖아."

정신의학의 선구자 모리타 아무개의 요법에 따르면 '내키는 대로'가 사람에게 가장 좋다고 한다.

알고 보니 이라부는 병원 근처에서 다른 수영장을 찾아내서 저녁마다 수영을 하고 있다고 한다.

"같은 수영장에 하루 두 번이나 가는 것은 좀 그렇잖아."

이런 말이 이라부 입에서 나올 줄은 짐작도 못했지만 용기를 얻은 것은 사실이었다.

가즈오는 시내 지도를 펼쳐놓고 회사 근처에서 수영장을 찾아보았다.

마침 운 좋게 회사에서 걸어갈 수 있는 곳에 오후 7시부터 9시까지 일반 사람들에게도 개방하는 학교 수영장이 있었다. 여기라면 바쁠 때라도 "저녁 먹고 올게"라고 말하고 나가서 수영을 할 수 있다.

가까이에 언제라도 수영할 수 있는 수영장이 있다. 그 사실만으로도 가즈오의 가슴은 부풀었다.

그리고 그런 날이 자연스럽게 찾아왔다.

스튜디오 촬영이 예정보다 일찍 끝난 덕분에 오후 7시 전에 자유로워졌다. 간만에 일찍 집에 갈까 생각했지만 몸속에서 저녁에도 수영을 해보고 싶다는 유혹이 들끓었다. 아마 장마가 소강 상태를 보이며 날씨가 좋다는 점도 작용했을 것이다. 맥주집이 붐빌 법한 여름날 저녁 시간이었다.

가즈오는 회사 타임카드를 찍고 급탕실에 널어둔 팬티와 수건을 가방에 챙겼다.

어떤 수영장인지 구경이나 해보자. 스스로에게 그런 핑계를 둘러댔다. 그냥 잠깐 몸을 담가만 보는 거야.

가보니 중학교 체육관이라고 생각되지 않을 만큼 훌륭하고 세련된 건물이었다. 입장권을 사는 데 아무 망설임이 없었다.

시내라서 그런지 동네 수영장보다 한산했다. 반갑게도 그리 많지 않은 이용객들 태반이 퇴근한 아가씨들이었다.

'이런 명소가 숨어 있었다니. 회사 놈들한테 가르쳐줄 수 없지'라며 빙긋이 웃었다.

아가씨들은 가장자리 코스에서 수중 워킹을 하고 있었다. 가즈오는 그 옆 레인에서 혼자서 매끄러운 폼으로 수영을 한다. 쉬지도 않고 턴을 반복하며.

제법 선수가 된 듯한 기분이었다. 사람들의 눈길을 한 몸에 받는 기분이었다.

전혀 힘든 줄도 몰랐다. 오히려 오전에 할 때보다 몸이 훨씬 가볍게 느껴질 정도였다.

1킬로미터를 넘을 즈음부터 주위 소음이 들리지 않게 되었다.

아니, 이것은 정확한 표현이 아니다. 사람들 이야기 소리 같은 잡음은 귀에 들리지 않고 물소리만 조용히 들렸다. 늘 그렇지만 오늘 저녁에는 더욱 그랬다.

1.5킬로미터를 지나자 이번에는 기분이 쑥쑥 좋아졌다. 종이에 잉크가 번지듯 무엇인가가 뇌에 번져가는 듯하다. 게다가 뭐든지 할 수 있을 것 같은 자신감이 솟았다. 바로 이것이 아내가 말하는 엔도르핀이란 걸까? 하지만 아무렴 어떤가. 술 마시는 것보다 훨씬 건전하지 않은가.

그리고 감시원의 호각 소리가 울린다. 이 소리만은 예리하게 귀로 날아들었다.

결국 가즈오는 그날 저녁에도 2킬로미터를 수영하고 말았다.

물에서 나와 마무리 운동을 하고 있는데 젊은 아가씨들 가운데 하나가 존경의 눈초리로 가즈오를 힐끔거렸다. 기분 탓은 분명 아니었다. 분명히 온기가 담긴 눈으로 자기를 쳐다보았던 것이다.

어때, 너희 회사 상사들하고는 다르지? 속으로 그렇게 중얼거렸다.

1퍼센트 정도 켕김은 있었다. 결국 하루에 두 번이나 수영을 하고 말았구나, 하는.

하지만 99퍼센트는 만족감이었다.

인 더 풀

돌아오는 전차에서 만난 피로에 절은 샐러리맨이나 취객이 타성에 젖어 살아가는 한심한 자들로 보였다.

"당신, 하나 물어봐도 돼?"
밤에 소파에 누워 〈타잔〉 수영 특집호를 다시 읽고 있는데 나오미가 홍차 두 잔을 들고 다가왔다.
"응, 뭔데?" 가즈오가 윗몸을 일으키고 홍차에 레몬을 담갔다.
"요즘 몸은 어때?"
"좋아." 설탕은 반 스푼만 넣었다.
"그럼 왜 매일 병원에 가는 거야?"
"그건…… 몸이 좋아졌다고는 해도 아직 설사도 있고 배도 조금 더부룩하고."
"그건 아프다고 할 정도는 아니잖아." 나오미가 입을 비죽이며 말했다.
"그렇지 않아. 좋아지고 있거든. 자율신경을 조정하는 단계라고 할 수 있지."
"흠." 나오미는 납득하지 못한 표정으로 홍차를 마시고 있다.
틀어놓은 채 보지도 않는 텔레비전에서는 탤런트들이 새된 목소리로 떠들어대고 있다. 어느 음식을 먹고 싶다는 둥 쓸데없는 수다를 떨고 있다.

홍차를 다 마신 가즈오가 다시 소파에 누워버렸다.

"당신." 나오미가 불쑥 말했다. "수영 언제까지 할 거야?"

"계속."

"가끔 쉬는 건 어때?"

"전에도 말했잖아. 쉬면 다시 시작할 때 힘들어진다고."

"그럼 어때서. 매일 2킬로미터나 수영할 필요는 전혀 없잖아."

"좋아서 하는 거라니까."

"조금 쉬면 죄책감이라도 느껴?"

"그렇진 않아." 비아냥거리는 말로 들려서 조금 못마땅한 말투로 대답했다.

"나, 책에서 읽었는데……." 나오미는 소파에 기대어 손을 머리 위로 뻗었다. "조깅이나 수영이나 에어로빅 같은 운동을 매일 하면 어느새 그것이 인생의 목표 같은 것이 된대." 나오미는 천장을 올려다본 채 말하고 있었다. "그래서 운동을 하지 않으면 정신이 불안해지고, 무슨 사고로 운동을 못하게 되면 마치 가족을 여읜 것처럼 상실감에 빠진대."

무슨 그런 과장된 얘기를. 반론하기도 귀찮았다.

"오랫동안 하루에 두 번씩 러닝을 한 사람이 있는데, 어느 날 무릎을 다쳐서 달릴 수가 없게 되었대. 그랬더니 그 사람, 우울증에 걸려서 자살했대."

"어허, 참."

"당신은 그러지 않을 거라고 보지만."

"당연하지."

"하지만 요즘 당신도 그런 기미가 보여. 술 마시는 것보다 낫다고 하지만 내가 보기엔 다르지 않은 것 같아. 뭔가에 의존한다는 점에서는."

"의존은 무슨."

"사실이 그렇잖아."

화가 나서 몸을 뒤척여 나오미에게 등을 돌렸다.

"당신 지난 몇 주 동안 컨디션이 나쁘던데, 그 원인 나 알아."

대답을 하지 않았다. 잡지만 읽는 척했다.

"오랫동안 쌓여온 거라고 봐."

등 돌리고 누운 자세에 무리가 있었지만 고집스레 유지했다.

"서른 넘은 뒤로 우쭐하게 된 거야. 남자들은 어딘지 모르게 그런 구석이 있어. 애송이 취급을 받지 않게 되자 이젠 오히려 이상한 자신감에 차서……. 회사 이야기를 들어봐도 어느 부서의 아무개는 멍청하다느니 어느 담당자는 무능하다느니, 그런 이야기들뿐이잖아. 20대 시절에는 그렇지 않았는데 부하를 거느리게 된 뒤로는 남들한테 쓸데없이 엄해졌어. 내가 안 하면 누가 하겠느냐는 식이고. 언젠가 우리 집에 놀러온 부하 사토 군이 실수했을 때 그 놈은 이제 가망이 없다고 냉정하게 말했잖아. 야단치는 것도 시간 낭비라고. 하지만 인간관계라는 게 그렇지 않잖아. 업무라는 것은 서로 도와가며 하는 것이고―."

"시끄러." 버럭 소리를 질렀다. 역시 감정이 상했다.

부부 사이에 잠시 침묵이 흐른다.

"이건 어떻게 된 게……." 나오미가 한숨 섞인 목소리로 말했다. "서른여덟씩이나 된 사람이 맨 용서할 수 없는 일투성이니."

발끈해서 뒤로 돌면서 냅다 잡지를 던졌다. 잡지가 벽으로 날아갔다. 나오미가 안색이 변해서 벌떡 일어섰다.

"뭐야, 사람 치겠다는 거야?" 목소리가 날카롭다.

"시끄럽다잖아, 너."

"오, 지금 너라고 했니?"

"했다, 어쩔래." 가즈오도 목소리가 높아졌다.

"결혼 전에 약속했지. 너라고 부르지 않겠다고. 난 말야, 여자를 너라고 부르는 남자 끔찍하게 싫어."

"싫으면 어쩔래." 턱을 쑥 내밀며 소리쳤다.

나오미가 던진 쿠션이 가즈오 얼굴에 명중했다. 뭐라고 하려고 하는데 이번에는 화장지통이 날아왔다. 그것도 얼굴에 명중했다.

"아프잖아!" 눈물 찔끔하며 바라보니 나오미의 손에 탁상시계가 들려 있었다.

퍼뜩 생각났다. 저 여자, 수틀리면 살벌한데. 흥분하면 닥치는 대로 집어던지는 성질이다.

허겁지겁 거실을 빠져나와 욕실로 뛰어들었다. 잠가버렸다.

나오미가 쫓아왔다. 잠시 미닫이문을 탕탕탕 두드렸다.

"당신, 기왕 들어간 거 아예 안 나와도 돼. 오늘밤에는 방에도 못 들어올 줄 알아." 차가운 목소리가 탈의실에서 들려왔다. "물이 있는 곳이니 좋겠네. 평생 헤엄이나 치고 살아."

무정하게 욕실 등까지 꺼버린다.

가즈오는 욕실 매트에 털썩 주저앉았다. 저 서슬이면 한동안 아침밥도 없겠구나 생각하니 왠지 제 처지가 한심스러웠다.

나오미에게 비난을 받았지만 가즈오의 수영은 멈출 줄 몰랐다.

이제 하루 두 번이 기본이 되었다. 조절만 잘하면 역시 시간은 어떻게든 만들 수 있었다. 두 번 수영하는 것이 컨디션에도 좋았다.

그리고 더욱 새로운 욕구가 솟아났다.

그것은 더 오랫동안 쉬지 않고 수영해보고 싶다는 바람이었다.

이 나라 수영장은 후생노동성인지 문부과학성인지의 지시로 이용객에게 휴식을 주도록 정해져 있다. 어느 수영장이나 한 시간에 10분은 휴식을 취해야 한다. 즉 50분 이상 연속으로 수영할 수가 없다. 전에 갔던 도요시마엔 유원지조차 그러니 일본 전국의 수영장은 다 마찬가지일 거라고 봐야 한다.

사립도 알아보았지만 어디나 강습반 위주였다. 자유롭게 수영할 수 있는 것은 두 코스 정도이고, 그것도 늘 붐볐다. 일정한 페이스로 장시간 수영하기는 구리라고 판단했다.

한 번은 남자 감시원에게 "저 혼자만 계속 수영하면 안 될까요?"하고 물었더니 "규칙입니다"라며 딱 잘라 거절했다.

정말이지 못 말리는 관료주의 문화다 싶었다. 가즈오는 바다에라도 가고 싶은 심정이었다.

가즈오가 볼 때 자기 페이스로는 2킬로미터가 행복감으로 들어가는 문이었다. 1킬로미터까지는 단조롭기만 하고 딱히 즐겁지도 않다. 그러나 그 거리를 넘어서면 고통이 사라지고 1.5킬로미터를 지날 즈음부터는 기분이 고양된다. 그런 기분이 차츰 높아질 즈음 감시원의 호각 소리에 강제적으로 중단당하는 것이다.

만약 두 시간, 혹은 세 시간을 계속 수영할 수 있다면 그 앞에는 어떤 쾌감이 기다리고 있을까. 그 생각을 하면 호각 소리가 원망스럽기만 했다.

이라부도 똑같은 생각을 하는 듯했다.

"맞아, 맞아. 휴식은 개인 재량에 맡기면 되는데 말이야."

이라부도 하루 두 번 수영에 푹 빠져 있었다. 뿐만 아니라 세 번째 수영장까지 개척해서 로테이션으로 수영을 하는 듯했다.

"50분이라면 딱 뇌에 엔도르핀이 분비되기 시작하는 시간대거든." 그렇게 말하며 제 머리를 쓰다듬고 있다.

"아, 제 아내도 말하더군요. 그 엔도르핀이란 거"라는 가즈오.

"인간의 뇌라는 것에는 비상시에는 고통에서 해방되는 장치가 있거든. 그것이 엔도르핀이라고, 말하자면 신의 은총 같은 것이지. 나는 아직 그런 경험이 없지만 목을 졸려 죽을 때도 처음에는 고통스러워도 죽는 순간에는 엔도르핀이 기분 좋게 만들어준다는 거야."

"오호."

"그러니까 고통을 당하며 죽는 사례는 없다는 거지."

"오!" 역시 의사는 의사구나.

"나도 몰라, 그리 짐작하는 것뿐이지."

앞으로 고꾸라질 뻔했다.

"아, 진짜 헤엄치고 싶네. 아예 한 다섯 시간쯤 말이야. 엔도르핀이 팍팍 나오게."

"그거, 인체에 해는 없나요?"

"전혀."

용기를 얻었다. 내가 뭐랬어. 나오미한테 말해주고 싶었다.

"바다로 가보는 건 어떨까요?" 하는 가즈오.

"발이 닿지 않으면 무섭지 않을까?"

"그건 그렇지요."

"역시 수영장이 좋아. 파도도 없고 상어도 없고."

그래, 상어는 끔찍하다. 해파리도 싫고.

"어디 마음껏 수영할 수 있게 해주는 수영장은 없을까요?" 가즈오는 팔짱을 끼고 가만히 한숨을 지었다.

"선생님, 아는 의사 중에 정원에 25미터짜리 풀을 가지고 있는 사람은 없나요?"

"장어 양식장 하는 사람은 있는데."

장어들 사이에서 헤엄치는 자신을 상상하며 얼굴을 찡그렸다.

"하지만 심야라면 얼마든지 수영할 수 있지 않을까?"

이라부가 이상한 소리를 했다. 무슨 말인지 가즈오는 얼른 이해하지 못했다.

"감시원도 없고."

"네?" 귀를 의심했다. "그게 무슨 말이에요……?"

"몰래 들어가는 거야. 한밤중에." 이라부는 아무렇지도 않게 말했다.

"아니, 아무리 그래도 그건……."

"구민체육관이란 곳에는 특별히 숙직도 없잖아."

"그건 그렇지만."

"무슨 귀중품을 두는 곳도 아니니까 보안 회사와 계약했을 리도 없고."

"그건 그렇지만……." 이라부의 얼굴을 빤히 쳐다본다. "선생님, 진짜 하려고요?"

"해볼까 생각중이긴 한데."

"그건 그만두는 게……."

"오모리 씨가 동참해준다면 당장 오늘밤에라도 실행하겠는데 말이야."

"아뇨, 저는." 황망히 고개를 저었다. "잡히면 불법 침입이잖아요."

"아니, 안 잡혀. 가령 화장실 창문을 깨고 들어갔다고 해도 사무실을 뒤진 것도 아니니까 경비도 '아, 어느 꼬마들이 깼나 보다'라고 생각할 거야."

"으음." 물론 그것도 일리 있는 말이다.

"어때, 오모리 씨. 자정에 몰래 들어가 새벽 5시까지 내리 수영해보고 싶지 않아?"

"아뇨, 그게……."

아무래도 그럴 용기는 없었다. 그러면서도 에라, 하고 선을 넘어버릴 것 같은 기분도 들었다.

"그럼 한번 생각해 봐. 난 언제라도 좋으니까."

"아, 예……."

그리고 그 날도 주사를 맞았다. 간호사가 허벅지를 드러내고 가즈오 왼팔에 소독약을 바른다.

바늘이 피부로 접근하자 역시 이라부도 얼굴을 가까이 댔다.

평소라면 눈길을 돌리는데 오늘은 힐끔 이라부를 쳐다보았다.

이라부는 얼굴이 상기되어 있었다. 눈알을 반짝반짝 빛내며 마른침을 꿀꺽 삼켰다.

뭐야, 이 사람―. 새삼 이상한 놈이구나 싶었다.

주사를 맞은 뒤 팔을 문지르며 가즈오는 무단 침입만은 할 수 없다고 스스로 타일렀다.

아무한테도 방해받지 않고 쉬지 않고 수영한다는 것은 참으로 매력적인 제안이긴 하지만.

4

잡지 원고 마감일이 되자 가즈오의 몸은 다시 이상해지기 시작했다. 업무 중에 갑자기 가슴이 뛰거나 아랫배가 아팠다. 이번에는 팔도 이상했다. 팔뚝부터 손끝까지 이상하게 간지럽고 힘을 주어 신경 쓰지 않으면 덜덜 떨릴 것 같았다.

원인은 알고 있었다. 역시 마감 직전이 되자 수영할 시간을 확보하기가 불가능했다. 이틀 연속으로 철야를 했고 그동안 수영을 하지 못했다.

가즈오는 오늘 밤만 견디면 된다고 자신을 달랬다. 아침이 되면 누가 뭐라도 마감이 찾아오고 그 다음은 한동안 업무에서 해방되는 것이다.

우선은 집에 돌아가 저녁때까지 푹 자자. 그렇게 힘을 비축한 뒤 수영장에 가는 거다. 그때는 이를 악물고 수영하자. 2킬로미터를 두 세트나 하는 거다. 연속으로 수영하지 못하는 것은 불만이지만 지금은 그런 호사를 바랄 수는 없다. 언젠가 휴식 시간도 없고 이용객도 없는 수영장을 찾으면 된다. 도쿄는 넓으니까 찾아보면 아마 있을 것이다.

정 안 되면 도버 해협이라도 건너자. 그때는 '본지 편집부원, 도버해협 횡단에 도전하다'라는 기획을 통해서 회사 돈으로 가는 거다. 주부 대상 잡지든 육아 잡지든 하려고 들면 할 수 있을 것이다. 자기는 이 회사에 그만한 공이 있다고 생각했다.

가즈오는 배에 힘을 주고 아픈 몸을 견뎠다. 다행히 주위에서는 눈치를 채지 못했다. 이마에 배는 비지땀은 그때그때 손수건으로 닦았다. 치밀어 오르는 설명할 수 없는 불안감은 입 안에서 자근자근 씹어서 삼켜버렸다.

"오모리 씨, 죄송합니다." 부하 사토가 옆으로 다가왔다.

"뭔데?" 짐짓 아무렇지도 않은 얼굴로 대답한다. 사토 표정이 바짝 얼어 있다.

"실은 재활용품점 가이드 지도가 완성되지 않았습니다."

"설마."

"죄송합니다." 사토가 머리를 조아렸다. "마감 때 첨부할 생각이었는데 사식집에 발주를 하지 않았습니다."

"왜 발주를 안 해?" 인상을 쓰며 물었다.

"외주 편집 회사에 일괄로 맡겼는데 저쪽은 지도는 우리가 할 줄 알았던 모양입니다."

"너는 대체 뭐하는 놈이야? 조판이 다 끝난 상태에서 받기만 할 생각이었나?"

"죄송합니다."

시계를 보니 오후 9시가 넘었다. 가즈오는 두 손으로 머리를 감쌌다. 담당자 잘못이니 결국은 자기가 책임져야 한다. 내일 아침까지 시간을 맞출 수 있을까?

"일단 글자 사식만이라도 발주해."

"그건 이미 해두었습니다. 안 된다고 하는 것을 꼭 오늘 밤중으로 해달라고. 문제는 일러스트인데요, 여기저기 알아보았지만 아무도……."

"아무도 못하겠대?"

"예." 사토가 잔뜩 풀이 죽었다. "오모리 씨 사모님한테 부탁드리면 안 될까요?"

"너 죽을래? 어디서 남의 마누라를 부려먹으려고 해!"

"죄송합니다."

"대체 몇 점이나 돼? 그려야 할 지도가?"

"일흔다섯 점입니다."

울고 싶었다. 안 그래도 당장 읽어야 할 교정지가 잔뜩 쌓여 있는데.

"디자인부에 가서 로트링펜이랑 켄트지나 가져와. 내가 그려야겠다. 이렇게 되었으니 선이 삐뚤빼뚤해도 몰라."

"그렇죠."

"누가 네 대답 듣재?" 저도 모르게 목소리가 거칠어졌다.

사토를 사식집에 가 있으라고 하고 그는 자와 로트링펜을 잡았다.

떨리는 손을 간신히 달래며 한 점 한 점 그려나갔다. 참고용 지도 치수대로 그릴 수는 없으므로 가로세로 비율을 계산하는 작업도 필요했다.

　도중에 몇 번이나 설사가 엄습했다. 그때마다 작업을 중단하고 화장실로 달려갔다.

　사식집에서 돌아온 사토는 가즈오가 그린 지도에 글자를 따 붙여나갔다. 이 와중에도 오자가 나왔다. 네놈이 당장 고쳐놔! 호통을 쳤지만 사토는 "죄송합니다"만 연발할 뿐 어찌할 바를 모르고 서 있었다. 하는 수 없이 지난 호 원판을 끄집어내서 필요한 글자를 찾아내야 했다.

　먼동이 트는 것도 잠깐이었다.

　다른 파트 사람들은 교정을 끝내고 첫 차를 기다렸다가 돌아갔다. 편집장에게는 지도 없는 상태로 훑어보게 하고 "나머지는 제가 책임지고 끝내겠습니다"라고 말해 집으로 돌아가게 했다. 사토도 퇴근하게 했다. 혼자 있는 편이 차라리 일하기 편하다 싶었다.

　담당한 페이지를 끝낸 것이 아침 9시였다. 다 끝낸 교정지를 안고 택시를 타고 인쇄소로 달려갔다.

　진이 빠진다는 말이 꼭 이런 상태를 두고 하는 말인가 보다 싶었다. 내장 전체가 저마다 다른 생물인 것처럼 빙글빙글 돌면서 꿈틀댔다. 속이 메스꺼워 인쇄소 화장실에 달려가 토했다. 위장에 아무것도 없어서 나오는 것은 시큼한 위액뿐이었다.

돌아오는 전차에서 가즈오는 목구멍으로 치밀어 오르는 불안감과 싸우고 있었다. 가만히 있자니 마구 고함을 질러버릴 것 같아서 전차 앞뒤를 오락가락 걸어 다녔다.

집에서 제일 가까운 역에서 두 정거장 전에 내려 이라부종합병원으로 갔다. 몇 시간 전부터 그러기로 작정해둔 터였다. 자기를 이해해줄 사람은 이라부밖에 없다고 생각했다.

"오, 오모리 씨. 오랜만이야."

이라부는 평소와 다름없는 태평한 말투로 맞아주었다. 사흘 만인데도 꼭 3년 만인 것 같았다. 반가워서 꼭 껴안고 싶었다. 한심스럽게도 눈에 눈물이 핑 돌았다.

"왜 그래? 화분증이야?"

무슨 엉뚱한. 이미 여름인데. 하지만 그라는 존재 자체가 고마웠다.

"선생님, 실은요……."

가즈오는 꼬박 사흘간을 회사에 붙들려 있었던 것, 그동안 수영을 못했던 것, 부하 중에 사토라는 얼간이가 있어서 곤욕을 치른 것 따위를 쉬지도 않고 죽 늘어놓았다. 입이 알아서 움직였다. 말이 흘러넘치듯이 줄줄 나왔다.

몸 상태도 최악이라는 호소도 잊지 않았다. 내장이 말썽쟁이만 모아 놓은 교실 같다고 하며 배를 안고 하품을 해보였다.

"괜찮아. 금방 좋아질 거야." 이라부는 아무 일도 아니라는 듯이 말했다.

"그럴까요?" 정말 꼭 껴안아줄까 보다.

"그럼. 전형적인 금단증상이거든."

"금단증상?"

"그래. 수영을 못하게 된 것이 원인이야. 나나 오모리 씨는 이제 수영 없이는 건강을 유지할 수 없는 몸이 돼버린 거야. 그러니까 오늘 밤에 수영하면 다시 좋아져."

"……그거, 위험하지 않을까요?"

"전혀." 가볍게 대답해버린다.

"아니, 그래도 '전혀'라고 하기에는……."

"알코올 의존증이 아닌 걸 다행으로 알라고. 술을 마시면 내장이 망가져버리잖아. 하지만 수영을 하면 다시 힘이 생기고 혈액 순환도 좋아지고 특별히 나쁜 게 없잖아."

"아, 예……."

"회사 의존증이니 자원봉사 의존증이니 유기농산물 의존증이니 해서 세상에는 온갖 의존증이 있지만, 수영이라는 게 가장 무해한 것 아닌가?"

"아뇨, 저어, 가능하다면 어떤 것에도 의존하고 싶지는 않은데……."

"괜찮다니까 그러네. 이러다 곧 지겨워질 거야." 느긋하게 웃는다. "심신증이란 것은 신의 은총이니까 공연히 저항하면 못써. '내키는 대로'가 최고라니까."

"지겨워질까요?"

"지겨워지지, 암. 아하하하."

납득이 가지는 않지만 위안이 된 것은 사실이었다. 이라부는 어쩌면 썩 괜찮은 신경정신과 의사인지도 모른다. 그런 생각이 들기 시작했다. 적어도 내 마음을 차분하게 만들어주고 있지 않은가.

"그런데 말이야." 이라부가 목소리를 죽이며 말했다. "오늘 밤쯤 수영장에 숨어 들어가 볼까 생각중인데, 오모리 씨는 어때? 자정 정각에 구민체육관 앞에서 보는 거야."

"정말로 하실 생각이세요?"

"응. 역시 다섯 시간 정도는 쉬지 않고 수영해보고 싶지 않아?"

"그야 그렇지만 저는……."

가즈오가 대답할 말을 찾지 못한다.

"이제야 알겠네. 오모리 씨는 지극히 상식적인 인간이었어."

어딘지 소심하다고 지적당하는 기분이 들었다.

"그럼 나 혼자 하지 뭐."

대단한 배짱이다.

"다만 오모리 씨가 한 가지 협조해주었으면 하는 일이 있어."
이라부가 몸을 앞으로 기울였다. 가즈오도 등을 구부리고 귀를 기울였다.

"그 구민체육관 뒤로 화장실 창문이 나 있잖아. 처음에는 그 창문 유리를 깨고 들어가려고 생각했는데, 가능하다면 기물 파손은 피하는 게 좋겠지."

"예."

"오늘 저녁 오모리 씨도 수영장에 갈 거잖아. 그때 화장실 창문 걸쇠를 드라이버로 빼놓아주지 않겠나?"

"화장실 창문 걸쇠를 말입니까?"

"그래. 회전식 걸쇠 뭉치는 드라이버 하나면 쉽게 떼어낼 수 있거든. 그걸 좀 해달라고."

"아, 예……."

"체육관 문을 닫을 때 시설물을 확인하겠지만 망가진 곳을 발견한다고 해도 그냥 둘 거야. 급히 수리공을 불러서 고칠 필요도 없잖아. 고작해야 체육관인데."

"그렇지요."

"자, 부탁해."

"알겠습니다."

제가 생각해도 의외다 싶을 만큼 선선히 대답하고 말았다. 경범죄라고는 해도 불법 침입을 앞장서는 데에 거의 저항감이 없었다. 저항은커녕 이라부를 존경하기까지 했다.

이 사람은 오늘밤 누구에게도 제지당하지도 않고 마음껏 수영을 할 것이다.

엔도르핀이 마구 분비되겠지.

자기는 맛보기 정도밖에 느껴보지 못한 행복의 세계로 이라부는 확실하게 뛰어들 것이다.

"그럼, 주사 맞을까."

이라부의 재촉에 자리를 옮겼다.

"아, 선생님. 아무래도 잠을 설칠 것 같은데요." 가즈오가 말했다. 몸이 너무 지쳐서 외려 잠이 오지 않을 것 같은 기분이 들었던 것이다.

"그럼 정신안정제를 줄 테니까 먹어둬." 정제 두 알을 건네받아 입에 넣었다. "집에 도착할 때쯤이면 약 기운이 돌 거야."

주사대에 왼팔을 올려놓고 온몸에 힘을 뺐다.

간호사가 팔에 소독약을 바르는 것을 바라보면서 '앞으로 나는 어떻게 될까' 생각했다.

건강한 날들이 다시 돌아올 것인가. 자꾸만 하품이 밀려나왔다.

간호사가 허벅지를 드러내고 몸을 구부려 주사기를 팔에 찔렸다.

지난번과 마찬가지로 오늘도 그냥 멍하니 바라보고 있었다.

이라부가 위에서 덮치듯이 얼굴을 가까이 댔다. 얼굴이 새빨갛고 볼은 희미하게 경련을 하고 있었다. 흥분했다는 것을 생생하게 알 수 있었다.

아하, 그랬구나.

이제야 알겠다. 이라부는 주사 페티시즘이 있었던 것이다.

바늘이 피부를 찌르는 순간 엑스터시를 느끼는 남자.

하지만 속았다는 생각도 들지 않았다. 너 좋을 대로 해라. 가즈오는 덤덤한 심정으로 앉아 있었다.

애써 못 본 척하기도 구차해서 간호사 허벅지를 응시했다. 허벅지 안쪽에 'watch it'이라고 적힌 작은 스티커가 붙어 있었다. 얼굴을 들었다. 그제야 간호사가 빙긋이 웃는다. 노출광이었어? 도대체 이 신경정신과는 의사고 간호사고 죄―.

정신안정제가 힘을 발휘하는지 돌아오는 전차 안에서 벌써 의식이 가물가물했다.

점심 전에 집에 도착하자 가즈오는 제 손으로 방에 이불을 깔고 푹 쓰러졌다. 나오미하고는 부부 싸움 이후로 각방을 쓰고 있었다.

어둠 속에 하늘하늘 흔들리며 떨어지듯 쾌감이 찾아왔다.

눈을 뜨니 방안이 캄캄했다. 눈길을 모아 천장을 본다. 지금이 몇 시쯤이고 자기가 어디 있는지도 얼른 알 수 없었다.

가즈오는 머리를 움직이려고 했다. 아, 그렇지. 교정을 끝내고 집에 돌아왔지.

손바닥으로 얼굴을 문지르고 잠시 그대로 있었다. 시간 감각이 얼른 회복되지 않았다. 잠에서 깨어난 것은 알겠는데 얼마나 잤는지 짐작이 되지 않았다.

다만 푹 잔 느낌은 있었다. 이렇게 깊이 자본 것이 대체 얼마만일까.

고개를 돌려 창문을 본다. 커튼에는 빛 같은 것이 전혀 보이지 않는다.

소리도 들리지 않았다. 텔레비전 소리도 부엌의 그릇 소리도.

이불 속에 엎드린 채 손목시계를 찾았다. 머리맡에 시계가 있어서 그것을 들고 문자판을 보았다.

11시 반을 가리키고 있었다. 물론 한밤중일 것이다.

흠칫 놀랐다. 수영장은 오래 전에 문을 닫았을 것이다.

당황해서 벌떡 일어났다. 이라부와 한 약속을 지키지 못한 것이다.

이게 무슨 일인가. 열두 시간이나 내리 자버렸단 말인가.

이불 위에 쪼그리고 앉아 숨을 크게 내쉬었다.

어쩌나. 자명종을 맞춰두지 않은 것을 후회했다. 아니, 이렇게 깊이 자버릴 줄은 생각도 못했던 것이다.

이라부를 배신하고 말았다. 그는 화장실 창문이 열리지 않아 짜증을 내고 있을 것이다. 나한테 분통을 터뜨리고 있을지도 모른다.

잠깐만……. 아직 맑지 못한 머리로 생각을 해보려고 애썼다. 이라부는 자기에게 자정에 만나자고 했었다. 그 시간에 숨어들 생각인지도 모른다.

그렇다면 아직 늦지 않았다. 지금 구민체육관으로 가면 이라부를 만날 수 있다.

오늘 일은 현장에서 사과하면 된다. 내일은 꼭 걸쇠를 제거해놓겠다고 하면 된다.

가즈오는 자리에서 일어나 바지를 입었다. 폴로셔츠를 입고 시계를 찼다.

그리고 운동 가방을 들었다. 수영용품 일체가 들어 있는 늘 들고 다니는 가방을.

한순간 자기가 지금 무엇을 하려는 것인지 어리둥절했다. 하지만 그대로 아파트를 나섰다.

한밤중의 주택가를 가즈오는 달렸다.

내장이 꿈틀거리는 듯한 불쾌감은 잊은 지 오래였다. 몸이 이상하게 가벼웠다. 낯이 파랗게 질려 있던 열두 시간 전이 꼭 거짓말 같았다.

이 상태라면 얼마든지 수영할 수 있겠다고 생각했다.

어? 뚝 멈춰 섰다. 한순간이지만 수영할 생각을 하는 자신에게 스스로 놀랐다.

설마, 내가 그런 짓을…….

여하튼 일단은 얼른 가보자. 가즈오는 다시 달리기 시작했다. 지금은 이라부를 만나는 것이 급선무다.

구민체육관에 도착해보니 이라부 모습이 보이지 않았다. 푸르스름한 가로등 불빛이 체육관 현관 부근을 조용히 비추고 있었다.

벌써 돌아갔나? 어느새 어깨가 툭 떨어진다.

그때 자동차 배기음이 으르렁거리는 소리가 들렸다. 포르쉐 소리라는 것을 금방 알았다. 황록색 포르쉐가 마치 거대한 개구리 같은 위용으로 체육관 앞에 나타났다.

"어이, 오모리 씨. 일찍 왔네." 차창으로 이라부의 웃는 얼굴이 들여다보인다. "진짜 반갑구만." 천연덕스럽게 웃고 있다.

"아뇨, 실은 말입니다."

가즈오가 달려가 사정을 설명했다. 면목 없다는 듯이 고개도 숙였다.

"아, 난 또 뭐라고." 이라부는 전혀 개의치 않았다. "어쩔 수 없지, 안정제가 익숙지 않은 사람은 약발이 너무 잘 들으니까."

얼마나 도량이 넓은 남자란 말인가. 이 사람이라면 어디까지라도 따라갈 수 있겠다 싶었다.

"그럼, 미안하지만 유리를 깨볼까."

"예?"

"차 공구 박스를 뒤져보면 스패너가 있을 거야."

"저어, 내일 밤 다시 오는 것이……."

"또, 또 그런 소리. 오모리 씨도 작정하고 온 거잖아."

이라부는 가즈오의 운동 가방을 손가락으로 가리켰다.

"아니, 이건……." 할 말이 궁했다.

"자, 자, 시간 아까우니까 얼른 하자고."

이라부는 포르쉐 트렁크를 열어 스패너를 꺼내들고 체육관 뒤로 걸어갔다. 마치 무엇에 홀린 듯이 가즈오가 그 뒤를 따라갔다.

이래도 괜찮은 거야? 내가 정말 불법 침입을 저지르는 거야? 잘 돌아가지 않는 머리로 가즈오가 자문자답했다.

그러나 한편에서는 목구멍 안쪽이 울걱거리고 있었다. 이 앞에는 아무도 없는 수영장이 있다. 아침까지 아무한테도 방해받지 않고 원하는 만큼 헤엄칠 수 있는 수영장이.

다섯 시간을 내리 수영하면 나는 과연 어떻게 될까. 지금까지 희미하게 밖에 맛보지 못했던 그 지극하다는 행복감을 마음껏 맛볼 수 있다—.

화장실 창문 아래 서자 이라부는 즉시 스패너를 휘둘러 유리를 깼다. 날카로운 소리가 어둠 속에 울려 퍼진다. 이 사람한테는 애초에 망설임이란 것이 전혀 없었다. CD 한 장 만한 구멍이 예쁘게 뚫렸다.

이라부가 그 구멍에 팔을 집어넣어 고리를 벗기고 창문을 열었다.

"아, 차에서 사다리 가져오는 걸 깜빡했네. 그냥 가지, 뭐." 이라부의 말투에는 긴장한 기미가 전혀 없었다. "그럼 미안하지만 오모리 씨, 발판이 되어줘."

가즈오는 시키는 대로 했다. 땅바닥에 무릎과 두 손을 짚고서 이라부가 올라서기를 기다렸다.

이라부가 발을 얹어 놓는다. 무겁다. 코끼리에라도 밟히는 듯한 압박감에 얼굴이 일그러졌다.

"이런, 창문이 생각보다 작네."

이라부는 머리부터 들어가려고 했다. 등에 격렬한 통증이 치달았다. 이라부가 점프를 했던 것이다.

가즈오는 그 자리에서 나뒹굴었다. 시야에 은가루가 날아다난다. 잠시 통증이 가시지 않아서 웅크리고 있었다. 끙끙대는 소리가 났다. 아니, 이건 내 목소리가 아닌데?

흠칫 놀라 얼굴을 들었다.

커다란 엉덩이가 보였다. 창문틀에 꼭 끼어버렸다.

"우우우." 이라부가 신음을 하며 발을 버둥거리고 있었다.

"선생님, 괜찮으세요?" 가즈오가 일어나 물었다.

"조금만 밀어줘."

"아, 예."

가즈오가 열심히 엉덩이를 밀어 올렸다. 하지만 꼼짝도 하지 않는다. 이미 창틀이 이라부 엉덩잇살로 파고든 상태였다.

이번에는 잡아당겨 보았다. 역시 꼼짝도 안 했다. 어떡할까 생각하다가 역시 잡아당기는 쪽을 택했다. 가령 밀어 넣는다 해도 다시 나오는 때가 고역일 것이다. 오늘밤은 여기서 중지하자. 다른 날 다시 오는 것이 최선이다.

"히히힉." 이라부가 웃고 있었다.

어떻게 생겨먹은 신경일까, 이런 비상시에 웃음이 나오다니. 가즈오는 자세를 잡고 체중을 실어서 이라부의 발을 당겼다.

"힉힉힉." 또 웃고 있다.

아니, 그게 아니다. 당기기를 그치고 귀를 기울였다.

"우우우, 힉, 힉."

흐느껴 우는 것이었다. 이라부가 울상을 짓고 있었다.

이건 또 뭐야, 이 사람. 세상에 무서운 것이 없을 것 같았던 방금 전의 용맹한 모습은 어디로 갔단 말인가.

"선생님, 왜 그러세요?"

"엄마한테 혼날 텐데."

엄마라니……. 가즈오는 할 말을 잃었다. 지금 엄마가 문제인가. 아침이 되면 경찰에 체포될 판이다. 나도 공범으로 체포되겠지. 회사는 어떻게 될까. 가정은 또 어떻게 되나. 나오미는 짐 싸들고 친정으로 가버릴 게 틀림없다.

가즈오는 이번에는 벽에 다리를 걸치고 팔을 뻗어 창문의 아주 좁은 틈새를 통해 이라부의 바지 벨트를 잡았다.

심호흡을 한 번 하고 나서 손과 발에 힘을 주었다.

다음 순간 버클이 툭 튀어 달아났다. 벨트만 망가뜨렸을 뿐이다.

가즈오는 허리에 손을 받치고 그 자리에 우두커니 서 있었다. 한숨을 몇 번이나 쉬었는지 모른다.

"오모리 씨." 이라부가 맥없이 말했다. "나만 놔두고 가면 싫어."

"안 가요. 당신이 체포되면 나도 무사하지 못하니까."

선생님이라고는 부르지 않았다. 조금 전까지 이 사람이라면 끝까지 따라가겠다고 생각했는데.

"다음에는 현관 유리를 깨자고."

"무슨 소리를 하는 거예요, 당신." 가즈오는 머리를 마구 긁어 댔다.

다음은 무슨 얼어 죽을. 벽에 손을 짚고 가즈오는 도리질을 했다.

애초에 이 계획은 발상부터가 잘못되었다. 오늘 밤 아무도 없는 수영장에서 다섯 시간을 수영했다고 해도 그 한 번으로 욕구가 해소될 리가 없다. 두 번째를 바라게 마련이다. 자기가 빠진 것은 마약과 다름없는 세계다. 점점 강한 것을 바라게 될 것이다. 어째서 이렇게 당연한 것을 지금까지 몰랐을까.

그때 멀리서 사이렌 소리가 들렸다. 순찰차 사이렌 소리다.

등줄기가 얼어붙고 몸이 덜덜 떨렸다. 누가 신고를 했을까?

그 소리가 차츰 커졌다. 심장이 비상종을 때린다.

회사, 이웃, 아내. 머릿속에서 그런 말들이 뱅글뱅글 돌았다.

이제 틀렸다. 내 이름이 신문에 나겠지. 심야에 수영장에 숨어들려고 하던 이상한 중년 남자라고. 이런 웃기는 이야기를 매스컴이 그냥 놔둘 리 없다.

그래, 이건 정말 웃기는 이야기 아닌가.

도망치고 싶은데 발이 떨어지질 않는다. 이라부는 안간힘으로 버둥대고 있다.

바로 앞 도로를 순찰차가 그냥 지나갔다.

어? 소리가 움직이는 쪽으로 귀를 기울였다. 순찰차는 분명히 멀어지고 있었다.

그 순간 온몸에서 맥이 탁 빠져서 가즈오는 그 자리에 주저앉았다.

살았다. 괜히 사람 겁주고 그래……. 숨을 크게 들이쉬고 머리칼을 쓸어 올렸다. 내가 왜 이렇게 멍청한 짓을 하고 있을까.

정신을 차리고 보니 손바닥이 땀으로 흥건했다. 천천히 일어섰다.

"오모리 씨."

"시끄러, 잠자코 있어."

가즈오는 이라부의 엉덩이를 철썩 때렸다.

아직도 심장이 쿵쾅거리고 있다. 긴장의 여운을 떨쳐내려고 어깨를 돌려보았다.

좋아, 뼈가 낀 것은 아니다. 문제는 살이다. 꽉 끼는 반지 빼는 요령으로 하면 어떻게든 되겠지.

가즈오는 달빛에 의지해서 주변을 살펴보았다. 그리고 건물 주위를 걸어보았다. 물을 찾고 있었다. 체육시설이므로 밖에 세면장 정도는 있을 것이다.

잠시 후 수도꼭지를 찾아냈다. 다행히 호스가 둘둘 말려 있었다. 조잡한 선반이 있고 거기에 세제까지 비치되어 있었다. 콘크리트 부분을 닦기 위한 세제 같았다. 잘 됐다. 이라부 엉덩이는 소나 코끼리에 버금가니까.

수도꼭지를 틀었다. 호스가 생물처럼 꿈틀댔다. 호스 끝을 잡고 이라부가 있는 곳으로 돌아왔다.

"뭘 하려고 그래, 오모리 씨?"

"좀 참아요, 빼내줄 테니까."

이라부 엉덩이에 수돗물을 뿌리고 세제를 끼얹었다. 손으로 칠하듯 골고루 발랐다. 금방 거품이 일었다.

"어이, 이봐, 차가워."

"알았으니까 입 다물어."

일단 수돗물을 끄고 바지에 손을 닦았다.

호흡을 가다듬으며 잠시 이라부의 엉덩이를 쳐다보았다.

나는 이제 정신 차렸다. 난 괜찮아. 건강이 좋아질지 어떨지는 모른다. 하지만 괜찮아. 적어도 정신만은.

가즈오는 이라부의 발목을 잡았다.

하나 둘―. 있는 힘껏 당겼다.

"아이구, 아파아파아파." 이라부가 비명을 질렀다.

"시끄러우니까 조용히 해!" 호통을 쳐주었다.

보람이 있었다. 조금씩 빠지기 시작한다. 줄다리기 하듯이 두 발을 버텼다. 악다문 어금니에서 뿌득뿌득 소리가 났다.

문득 저항이 사라지며 가즈오의 몸이 뒤로 튕겨져 날았다. 코자크 민속춤처럼 발을 버둥거리며 나지막한 정원수 속으로 떨어졌다.

벌렁 누운 채 눈을 두리번거리니 밤하늘에 뜬 초승달이 보였다. 달은 부드럽고 조용하게 세상을 비추고 있었다.

"아구구구."

이라부의 목소리가 들렸다. 가즈오가 머리를 쳐들었다. 이라부는 창문 밑에 쓰러져 있었다. 그 모습이 흡사 바다사자 같았다.

가즈오는 일어나 이라부 옆으로 걸어갔다. 이라부는 숨을 헐떡이고 있었다.

"괜찮아요, 선생님?"

"괜찮지 못해. 안경이 깨졌어."

"그 정도야 뭐."

"코피도 나."

가만 보니 이라부는 코밑이 피로 빨갛게 물들어 있었다.

"물로 씻어줄게요."

손수건을 건네주고 다시 한 번 수도꼭지를 틀고 호스로 물을 끼얹어주었다. 내친 김에 창틀에 묻은 세제 거품도 씻어냈다. 창유리를 깬 것이 미안해서 뒷정리라도 해두고 싶었다.

"역시 바다로 가는 게 좋을까봐" 하는 이라부.

"병원 뒤뜰에 만드는 건 어때요, 25미터짜리 풀. 어차피 코스 하나면 충분할 텐데요."

"아, 그래. 그 방법도 있었군."

두 사람은 잠시 그 자리에 있었다. 바닥에 주저앉은 채 발을 맥없이 뻗고 있었다.

이라부가 가지고 있던 담배를 한 대 얻어 피웠다.

연기가 폐를 쑥쑥 물들어간다. 토해낸 하얀 연기가 모락모락 밤하늘로 올라갔다.

아파트로 돌아와 문을 여니 거실에 불이 켜져 있었다.

나오미가 일어나 책을 읽고 있었다. "이제 와?"하고 조용히 말을 건넸다.

"오, 일어나 있었어?" 그대로 부엌에 들어가 냉장고에서 캔 맥주를 꺼냈다.

"당신도 마실래?"

"응, 마셔볼까."

나오미 몫을 테이블에 내려놓고 건너편 소파에 앉았다.

"어디 갔다 오는 거야?" 캔을 따며 나오미가 물었다.

"수영장."

"설마." 눈을 조금 크게 떴다.

"정말이야. 그런데 닫혀 있었어."

"……당신 괜찮아?"

"음, 괜찮아." 저도 모르게 쓴웃음을 짓고 있었다.

"어떻게 된 거야?"

"응?" 그리고 잠시 생각했다. 등받이에 몸을 기댄 채 가만히 숨을 내쉬었다.

"실은 말야……." 말을 꺼내려다가 웃음을 터뜨렸다. 자꾸 치밀어 오르는 웃음을 도저히 참을 수가 없었다.

"뭐야, 말해봐. 뭐가 그렇게 재밌어?"

나오미도 덩달아 미소를 짓는다.

부부 사이에 감추는 것은 좋지 않다 생각하고 가즈오는 오늘 있었던 일들을 전부 들려주었다.

이제 나는 괜찮다는 말도 했다. 내친 김에 요전번 부부 싸움에 대해서도 사과했다.

"그 의사, 주사 페티시즘에다 마더 콤플렉스가 있었구나." 나오미가 어깨를 흔들며 웃는다.

"하지만 당신 병을 고쳐주었으니 결과적으로는 좋은 의사 아냐?"

"어, 그렇지." 또 웃음이 터지고 말았다.

"나는 말야……." 나오미가 가만히 말했다. "솔직히 말하면, 조금 초조했어."

"왜?"

"당신 때문에. 정신병자가 되는 건 아닌지 얼마나 겁이 났다고."

"아…… 미안해."

"저금 통장을 확인해보고 반년 정도는 버틸 수 있겠다, 정 안 되면 회사를 그만두게 하자 생각했어."

"그렇게까지?"

"그래. 당신처럼 나도 잠이 오질 않더라."

"……미안해." 다시 고개를 숙였다.

나오미가 소파에 편안히 기댔다. 입가에는 조용한 미소가 떠올라 있었다. 아무래도 마음이 개운해진 듯하다.

"다음엔 나도 수영장에 데려가줘."

"응, 좋지."

"매일은 싫어."

"그래, 알아."

오랜만에 두 사람은 부부다운 대화를 나눴다. 나오미는 맥주를 하나 더 마시고 조금 취했는지 발그레해진 얼굴로 슬쩍 장난을 걸었다.

그렇지, 그러고 보니 수영 말고도 체력을 쏠 데가 또 있었어. 그 짓도 훌륭한 유산소 운동이잖아ㅡ. 가즈오는 그런 음탕한 생각에 히쭉 웃으며 나오미에게 덤벼들었다.

 열어둔 창문으로 상쾌한 밤바람이 불어들고 밖에서는 개가 길게 울부짖고 있었다.

발기지옥

1

"진정제도 안 듣는다고요?" 젊은 의사가 팔짱을 끼고 으음 하고 신음 소리를 낸다. "우리 병원에는 이런 사례가 없어놔 서……." 그리고 먼 산 보는 얼굴로 슬며시 한숨을 흘렸다.

조금 떨어진 곳에서는 간호사들이 호기심을 노골적으로 드러낸 얼굴로 귀를 쫑긋 세우고 있었다. 힐끔거리기까지 한다는 것을 알 수 있었다. 가련한 환자의 삶을 훔쳐보는 것이다.

다구치 데쓰야는 우울한 심정으로 와이셔츠 자락으로 자신의 발기한 성기를 감추었다. 하지만 힘차게 서 있는 탓에 온전히 감춰지지가 않는다.

"문헌에 따르면 지속발기증 혹은 음경강직증이라고 한다는군요. 의학계에 보고된 사례가 수십 건밖에 안 되는 증상입니다."

의사의 말에 데쓰야는 어깨를 떨구었다. 사태의 심각함에 암담할 뿐이다.

"특별한 치료법은 없지만 불치병이라고 할 정도는 아닌 것 같습니다. 기록을 보면 가장 오래 간 사례라고 해도 180일이었다고 하니까요."

"180일이요?" 저도 모르게 가성 같은 목소리가 나왔다. 가벼운 어지럼증에 스툴에서 굴러 떨어질 뻔했다.

"하지만 뭐 현재로서는 실질적인 해는 없으니까요." 의사가 위로하듯이 말했다.

"아프다니까요. 이렇게 뻗쳐 있으니." 데쓰야는 괴로운 표정으로 호소했다.

"될수록 음부를 압박하지 않는 게 좋겠지요. 내의는 트렁크로 입고 바지도 될수록 넉넉한 것으로 입고요."

"그럼 눈에 띄잖아요. 매일 출근해야 하는데."

"상의를 벗지 않는 것도 방법이죠."

"한여름에 그것도 어색할 텐데요."

"하지만 저도 뾰족한 방법이 없는데 어쩌겠습니까."

의사가 눈썹을 여덟팔자로 만들며 곤혹스러워했다. 그 얼굴을 보고 있자니 데쓰야는 더욱 절망적인 기분에 빠졌다.

그제 아침 음란한 꿈을 꾸었다. 헤어진 아내 사요코와 재결

합해서 잠자리를 갖는 꿈이었가. 내가 잘못했어. 눈물을 흘리며 용서를 구하는 사요코에게 데쓰야는 거칠게 욕정을 터뜨렸다. 빨갛게 달아오른 얼굴을 보고 새삼 좋은 여자라고 생각했다. 꿈이라고 생각할 수 없을 만큼 성생한 섹스였다. 사요코의 체온까지 피부로 느끼고 있었다.

자명종에 덜미가 잡혀 현실로 끌려온 순간 자기혐오에 빠졌다. 또 꾸었네. 이렇게 질질 미련을 갖다니. 이미 3년 전에 헤어진 여자인데ㅡ. 손으로 샅을 더듬어보았다. 제 성기가 싱싱한 대나무처럼 우뚝 서 있는 것을 알고 흠칫 놀랐다. 흡사 10대 때처럼 탱탱했다.

그러다가 침대에서 나와 화장실로 걸어갈 때였다. 정신없이 어질러진 방안을 지나가다가 바닥에 있던 잡지를 밟고 미끄러졌다. 엉겁결에 손으로 책장을 짚은 탓에 아무렇게나 쌓여 있던 국어사전이 떨어졌다. 두껍고 묵직한 사전이 방바닥에 넘어진 데쓰야의 샅에 멋지게 명중했다.

정신이 가물가물할 만큼 아파서 잠시 방바닥에 웅크리고 있었다. 눈물이 찔끔 나왔지만 그 중에 절반은 자신의 한심한 처지 때문에 흘린 것인지도 모른다. 아무한테도 보여줄 수 없는 서른다섯 살 남자의 현실이었다.

소변을 본 후 아침으로 토스트를 먹었다. 몸 중심부에 거북함을 느끼고 문득 아래를 내려다보니 성기가 여전히 꼿꼿하게 서 있었다. 저도 모르게 미간을 찡그렸다. 이게 무슨 일이야. 음탕한 망상에서 깨어난 게 언제인데.

출근하는 전차에서도 성기는 내내 우뚝 서 있었다. 누가 봐도 금방 알아챌 수 있을 만큼 바지 앞섶이 툭 튀어나와 있었다. 상의 단추를 채우고 가방으로 그 부분을 가렸다. 치한으로 비칠까 두려워 여성 승객 옆에 있지 않으려고 애썼다.

회사에 도착해서 업무를 시작해도 성기는 수그러들 줄 몰랐다. 물론 이런 일은 처음이다. 불안하지 않을 수 없었다.

데쓰야는 화장실에 들어가 자위를 시도했다. 새벽에 꾼 꿈을 떠올리며 3분 정도 만에 방출하는 데 성공했다. 성기를 가만히 살펴보았다. 여전히 꼿꼿하다. 게다가 통증까지 있었다. 해면체 속에서 쿡쿡 쑤시는 듯한 통증이었다.

이게 웬일일까. 혼란에 빠진 머리로 생각을 해보려고 애썼지만 도통 알 수가 없다.

오후가 되자 사정없이 공포가 밀어닥쳤다. 일손이 안 잡히고 누가 말을 걸어도 건성으로 대답했다. 연신 아래를 내려다보며 암담한 심정에 빠졌다. 이것이 비상 사태라는 데는 의문의 여지가 없었다. 이 똘똘이 녀석은 이대로 계속 뻣뻣하게 서 있을 건가? 그렇게 생각하니 안절부절 초조해졌다. 부장에게 몸이 안 좋다고 말하고 조퇴했다. 낯이 어지간히 파리했는지 부장도 데쓰야의 상태를 걱정해주었다.

집으로 돌아와 욕실에서 샤워를 했다. 수건을 찬물에 적셔서 국부에 댔다. 그래도 여전히 뻣뻣하다. 두려움에 가슴이 꽉 막힐 것 같았다. 밥도 제대로 넘길 수 없었다.

하룻밤 지나면 낫지 않을까ㅡ. 기도하는 심정으로 밤새 뒤척이며 밤을 지새웠다. 그러나 사태는 변하지 않았다. 주인의 걱정일랑 아랑곳없이 똘똘이는 씩씩하기만 했다.

병원을 노크하는 데 주저할 여유가 없었다. 출근길에 있는 '이라부종합병원' 비뇨기과를 찾아간 것은 어제였다.

진료를 맡은 젊은 의사는 처음에 비아그라 과다 섭취라고 믿어 의심치 않았다. 아니라고 해도 "가루로 빻은 걸 누가 몰래 음식에 탔는지도 모르죠"라는 억측까지 내놓았다. 그럴 사람이 있을 리 없다. 최근 데쓰야의 저녁밥이라야 편의점 도시락을 페트병 녹차와 함께 넘기는 것이 고작이다.

약물 탓이 아니라는 것을 알자 의사는 당혹스런 표정으로 변하더니 폴라로이드 카메라를 꺼내왔다. "아, 걱정 마세요. 얼굴은 나오지 않으니까"라는 말만 하고는 허락도 구하지 않고 데쓰야의 샅을 찍기 시작했다. 그리고 응급처치로 진정제를 주사하고 돌려보냈다.

"혈액이 계속 공급되는 것이니 자율신경계에 문제가 있다는 말인데……." 의사가 혼잣말처럼 중얼거렸다. "발기불능의 반대란 말이지. 그렇다면 기능성의 문제가 아니라 심인성일 가능성이 높다는 말인데……."

"저어, 바지 치켜도 되나요?"

데쓰야가 묻자 의사는 "아, 그래요" 하고 건성으로 대답하고 진료 카드에 뭐라고 갈겨썼다.

"밤에 잠이 잘 안 옵니다."

"그렇겠지요."

"밥맛도 없고요."

"알아요. 정신적으로도 힘들 겁니다." 그렇게 말하고 의사가 잠시 허공을 응시했다. 펜으로 머리를 각각 긁다가 데쓰야를 향해 돌아섰다. "우리 병원 신경정신과에 한번 가볼래요?"

얼른 대답하기 힘든 권고였다.

"지하에 있는데……." 그렇게 말하며 손가락으로 바닥을 가리킨다. "다양한 각도에서 진찰하는 것도 나쁘지 않을 거라고 봅니다. 신경정신과는 투약도 다르고. 음, 그래. 그렇게 합시다."

이미 데쓰야의 눈을 보지도 않았다. 제멋대로 결정해서 떠넘기는 투였다. 골치 아픈 환자라서 다른 과로 떠넘기는 건가? 한숨이 나온다. 하지만 좋다. 지금은 지푸라기라도 잡고 싶은 심정이다. 누가 무당을 소개해주면 당장 달려갈 용의가 있다.

데쓰야는 비뇨기과를 나와 병원 계단을 터벅터벅 내려가 지하로 갔다. 분위기가 딴판인 그곳은 흡사 무대 뒤 분장실 같은 분위기를 풍겼다. 복도에는 종이 박스가 쌓여 있고 기분 탓인지 조명도 어둑하게 느껴졌다. '신경정신과' 간판을 발견하고 불안한 심정으로 노크했다.

안에서 "예, 어서오세요" 하고 엉뚱하게 새된 목소리가 들린다. 문을 살짝 열고 안으로 들어서니 40대 초반으로 보이는 통통하게 살찐 의사가 웃는 얼굴로 앉아 있다.

"진료 기록 봤어. 음경강직증. 상시 임전 태세란 말이지."

씨익 하며 잇몸을 드러낸다. 데쓰야는 그의 손짓에 따라 스툴에 앉았다.

"이런 건 심각하게 생각하면 안 돼. 발기부전으로 고민하는 사람들한테는 엄청 부러운 일이니까. 나도 요즘은 잘 서질 않아. 으하하하."

의사 얼굴을 살펴본다. 다짜고짜 친숙하게 대하는 모습이 당혹스럽다. 신경정신과는 처음이지만, 환자를 이렇게 안정시키는 것도 치료의 일환일까?

"발기불능은 결국 자신감 결여에서 오는 거니까 다쿠치 씨의 경우는 반대로 너무 자신만만한 거겠군. 다 덤벼, 내가 뿅 가게 해줄게. 뭐 이런 건가, 으하하하."

뭐라고 대답해야 할지 알 수 없었다. 가슴의 명찰을 보니 '의학박사 이라부 이치로'라고 되어 있다. 경영자의 가족인가 보다.

"일단 봅시다."

의사의 재촉에 바지와 팬티를 내렸다. 묘하게 섹시한 젊은 간호사가 바로 옆에서 거리낌 없이 눈길을 던지고 있다. 데쓰야와 눈이 마주쳐도 표정 하나 변하지 않는다.

"오호." 이라부는 몸을 앞으로 기울이고 가운뎃손가락으로 데쓰야의 불뚝 선 그것을 톡 튕겼다. 엉겁결에 허리를 뒤로 쑥 뺐다. "빈혈은 없어?"

질문을 얼른 이해하지 못했다.

"혈액이 여기에 몰려 있으니 머리에는 혈액이 부족하지 않느냔 말이지."

"아뇨, 별로 그런 증상은……."

"농담이야. 으하하하." 이라부는 개의치 않고 웃었다.

데쓰야의 가슴속에 불쾌감이 고개를 쳐든다. 혹시 나를 희롱하는 건가? 남은 불안해 죽겠는데.

"그래, 그 야한 망상은 언제부터 계속된 거지?"

"예?"

"머릿속에 꽉 차 있잖아, 야한 망상들."

무슨 소리를 지껄이는 거야, 이 자가.

"흔히들 말하잖아. 밤낮없이 누구한테 쫓기고 있다고 믿는 사람이라든지 집이 불타는 광경이 자꾸만 떠올라서 외출도 못하는 사람이라든지. 그게 다 강박신경증이거든. 다구치 씨도 머릿속에서는 늘 삼삼한 여자한테 쫓기고 있겠지? 에헤헤헤."

"아닙니다." 데쓰야는 언짢은 말투로 말했다. 다만 한순간 사요코의 얼굴이 떠올랐다.

"뭐 부끄러운 마음은 이해하지만."

"아니라고 했잖습니까." 정말로 화가 났다.

"진짜 아니야?"

"그래요. 그리고 설사 야한 생각을 했다고 해도 이렇게 계속서 있는 건 정상이 아니잖습니까."

"으음, 그건 그렇지만."

납득이 안 간다는 표정으로 진료 기록을 들여다보고 있다. 잠시 침묵이 흐른 뒤 이라부의 표정이 진지해졌다. 의자에서 일어나더니 데쓰야에게 일어서라고 요구했다. 의아해 하면서도 지시대로 따랐다.

"미안해, 다구치 씨."

무슨 까닭인지 이라부가 사과를 했다. 다음 순간 이라부의 무릎이 데쓰야의 살으로 파고들었다. 니킥을 당했다는 것을 알았다. 격통과 함께 시야가 일그러졌다. 데쓰야가 그 자리에 털썩 주저앉았다. 두개골을 뒤에서 해머로 꽝꽝 얻어맞는 것 같은 통증이었다.

"무, 무슨……." 말도 나오지 않았다.

"어때? 쪼그라들었지? 충격을 줘본 거야."

이라부는 태연하게 말하고 있었다.

"이, 이게 무슨……." 맹렬한 분노가 치받았다. 하지만 몸이 말을 듣지 않았다. 온몸에 비지땀이 비어져 나오고 있었다.

"외적인 충격으로 이렇게 되었으니까 똑같은 충격을 주면 낫지 않을까 해서."

과연 일리는 있군─. 분노와 고통 속에서도 언뜻 그런 생각이 스친 것은 데쓰야가 워낙 주눅이 들었기 때문일 것이다.

간신히 일어나서 스툴에 앉았다. 샅을 꾹 누르던 손을 치우고 이라부와 함께 들여다보았다.

역시 우뚝 서 있다.

"효과가 없네." 이라부가 태연하게 말했다.

"너무하는 거 아닙니까, 다짜고짜." 얼굴을 붉히며 뒤늦게 항의했다.

"예고할 수도 없는 일이잖아." 미안해하는 기색이 없다. "게다가 말이야, 외적이든 내적이든 충격요법이라는 것은 원래 유효

한 방법이거든."

"그래도 그렇지—"

"텔레비전 화면이 지직거릴 때 몇 대 쳐보는 거나 마찬가지지. 막혔던 것이 어떻게든 뚫리면 정상으로 회복되는 경우가 종종 있잖아."

빌어먹을. 말이 되는 소리 같기도 하고, 아닌 것 같기도 하고.

"다구치 씨 마음에 뭔가 막혀 있는 게 아닐까."

"뭐가요?"

"고민, 근심, 불안."

그 말을 들으니 다시 사요코 얼굴이 스친다. 아니야, 그럴 리가 없어.

"회사 돈을 횡령했다든가."

"예에?"

"뺑소니를 쳤다든가."

이라부를 똑바로 쳐다보았다. 양 볼에 살이 축 늘어져 있다.

"짚이는 거 없어?"

"그런 게 어딨습니까."

"뭐, 사람 몸이란 것이 우주보다 오묘한 거니까 깊이 생각하지 않는 것도 한 가지 방법인지도 모르지."

그만 나가자 생각했다. 이 의사는 머리가 돈 게 틀림없다.

"일단 주사를 맞지" 하는 이라부.

"아뇨, 비뇨기과에서도 맞았지만 효과가 없었어요." 차분한 눈초리로 사양했다.

"어이, 마유미 짱." 그런데도 이라부는 개의치 않고 간호사에게 주사 준비를 시켰다. "슷, 그런 소리 말아. 약을 정기적으로 투여하는 것이 중요하거든."

마유미 짱이라 불린 간호사에게 눈길을 돌렸다. 하얀 간호사복 앞섶이 크게 벌어져 있다. 그녀가 몸을 숙이자 풍만한 가슴골이 훤히 보였다.

일단 맞아나 볼까. 비뇨기과 의사도 신경정신과는 처방이 다르다고 말했지 않은가.

주사대에 팔을 얹어 놓자 간호사의 브래지어까지 들여다보였다. 사타구니가 뻐근하니 아파온다. 주사 바늘을 찌르자 이라부가 얼굴을 들이밀고 콧구멍을 벌름거렸다.

뭐야, 이 사람들―. 기묘한 체험에 현실감조차 희미해진다.

"한동안 통원 치료를 해." 이라부가 뱃살을 흔들며 말했다.

왠지 저항할 기력도 사라졌다. 데쓰야는 잠자코 고개를 끄덕인다. 어쩌겠는가. 어차피 어느 병원에 가봐야 희한한 구경거리일 뿐이겠지, 이 '음경강직증'이란 기이한 병은.

느지막이 회사에 나가서 사무를 처리했다. 중견 상사에서 그가 맡은 업무는 식품 회사의 판매 전략이다. 주임 직함을 가지고 있으며 그에 걸맞은 책임도 지고 있다. 컴퓨터 앞에 앉아 소비자 앙케트 데이터를 입력해 나갔다. 그러나 통 집중할 수가 없었다. 아무래도 신경은 자꾸만 아래로만 쏠리고 있었다.

문득 이라부의 말이 떠오른다. 다구치 씨 마음에 뭔가 막혀 있는 건 아닐까―. 생각하기도 싫은데 자꾸 사요코가 생각났다. 직장 동료와 눈이 맞은 아내. "미안해요"라며 얌전히 고개를 숙이고 집을 나가버린 아내. 지금은 그 사내와 결혼 생활을 하고 있다.

잡념을 떨쳐내려는 듯이 크게 한숨을 지었다. 그런 소리를 들으면 누구라도 한두 가지쯤 짚이는 원인이 있게 마련이다. 고민 없는 현대인이 어디 있으랴.

담배에 불을 붙였다. 연기를 멍하니 바라본다.

그러나 사요코 꿈이 계기였던 것은 사실이다. 생각해보면 지난 3년간 사요코가 머리에서 떠난 적이 없었다. 한밤에 침대에 누워서도 '지금쯤 사요코는 사 남편한테 안겨 있겠지'라며 끙끙거린 적이 한두 번이 아니다. 사요코가 사는 쪽은 쳐다보지도 않으려고 애써왔다.

원망도 있지만 그보다 자기혐오가 더 강했다. 하고 싶은 말을 한마디 못하고 "그럼……."이라며 사요코를 떠나보냈다. 체면을 지키느라 안간힘을 썼던 것이다.

다시 아프기 시작했다. 저도 모르게 낯을 찡그린다.

"왜 그러세요, 다구치 씨?" 데스크 건너편에서 서무를 보는 미도리가 물었다.

"아냐, 아무것도." 아무렇지도 않은 척한다.

"상의 안 벗으세요? 단추까지 다 채우시고."

"어째 조금 춥군."

"이상하네. 꼭 냉증 있는 여자 같아요." 하얀 이를 드러내며 웃고 있다.

냉증? 그렇지, 무릎담요라도 살까. 데쓰야는 몸을 구부리고 통증을 견뎠다.

여하튼 바지 앞섶이 튀어나온 것만은 계속 감추어야 한다. 이것이 주위에 알려지면 나는 대체 어떻게 되겠는가. 가슴속에 불안감이 강도를 높이고 있었다. 나오느니 한숨뿐이었다.

2

이튿날도 이라부종합병원 신경정신과에 들렀다. 아침에 우뚝 선 성기를 보니 참을 수 없는 불안감이 엄습했다. 혼자서만 끙끙댈 것이 아니라 누구라도 좋으니 이야기할 상대가 있었으면 했던 것이다.

오늘은 도착하자마자 주사부터 맞았다. 마유미라는 간호사의 가슴골을 찬찬히 감상한다. 훤히 비치는 소재로 만든 브래지어였다. 아무래도 이 간호사는 특이한 취향의 소유자 같다.

"관심을 돌릴 만한 취미 같은 건 없어?" 데스크를 가운데 두고 마주앉자 이라부가 물었다.

"아뇨, 별로."

"혈액 순환을 좋게 하는 것이 중요하니까 운동을 해보는 것도 좋은데."

"안 됩니다, 아파서."

데쓰야가 손으로 샅을 가렸다. 사실 쪼그라들 줄 모르게 된 뒤로는 걷는 것이 고작이었다. 역 계단을 뛰어 올라가기만 해도 격렬한 통증이 왔다.

그렇게 호소하자 이라부는 "몸이 혈류를 거부하고 있군"이라며 차를 홀짝이면서 말했다.

"성기에 혈액을 쏠리게 만드는 회로가 자리를 잡아버려서 다른 곳에도 흘러야 한다는 것을 망각해버린 거야. 레코드 바늘이 튀어서 똑같은 구절만 한없이 반복되는 것처럼 말이야."

어쩐지 쏙쏙 이해가 된다. "그럼 어떻게 하면 좋을까요?"

"역시 충격을 주는 것이 가장―."

"싫습니다." 냉큼 거부했다.

"심리적 충격도 괜찮을 거야." 차로 오글오글 입을 헹군다. 어떻게 하나 보고 있자니 그대로 꿀꺽 삼켜버린다. "그곳이 쪼그라들 만한 충격을 체험해본다든가."

"아." 데쓰야가 몸을 앞으로 내밀었다.

"야쿠자가 타고 다니는 벤츠를 살짝 들이받고 내빼면 간이 콩알만 해질 것 같은데."

온몸에 맥이 탁 풀려서 병원을 바꿀 생각을 했다.

"번지점프 같은 것도 좋지 않을까?"

별로 믿음이 가지 않는다. 괜히 통증만 커질 게 뻔하다.

"디즈니랜드 제트코스터는 어때? 나도 같이 가줄게."

대답을 하지 않고 한숨을 지었다.

"간 김에 퍼레이드도 구경하고 말이야."

뭐가 아쉬워서 이런 중년 아저씨랑 유원지에 간단 말인가.

그때 탁자 위에 있던 전화가 울렸다. "잠깐 실례." 이라부가 수화기를 들었다. "뭐야, 또 너야?"

목소리가 거칠어졌다. 수화기에서 여자 목소리가 희미하게 흘러나온다. 이라부 얼굴이 금세 빨개졌다.

"누가 돈을 준대, 이 더러운 화냥년 같으니." 관자놀이에 푸른 핏줄을 돋우고 소리를 버럭버럭 지르기 시작했다. "위자료 3천만 엔? 웃기고 자빠졌네. 어떻게 그런 액수가 나왔는지 근거를 대봐, 근거를."

데쓰야는 아연실색해서 상황을 지켜보고 있었다.

"결혼 생활 달랑 세 달에 그렇게 거금을 달래냐? 한 달에 천만 엔이라는 거야? 그 짓도 제대로 해주지 않고 어떻게 그런 소리가 나와. 고급 콜걸도 그렇게는 못 벌어. 뭐? 호적이 지저분해졌다고? 누가 할 소리! 이라부 가문에 똥칠 했다고 엄마가 얼마나 펄펄 뛰시는 줄 아냐?"

이라부는 어느새 일어서 있었다. 진찰실이 쩌렁쩌렁 울리고 있다.

"어차피 처음부터 돈 바라고 접근한 거지? 나야말로 고소해 버릴 거야. 일류 변호사를 여럿 고용해서라도 너를 홀딱 벗겨버릴 거라고."

이라부는 5분쯤 악을 쓰다가 후려 패듯이 수화기를 내려놓았다. "엉터리 같은 년!" 흥분한 얼굴로 일갈한다.

"이봐, 다쿠치 씨, 내 말 좀 들어봐."

그리고 변환 스위치라도 누른 것처럼 다정한 말투로 돌변했다. 데쓰야는 스툴에서 굴러 떨어질 뻔했다. 뭐야, 이 돌변하는 모습은.

"결혼해서 잠깐 살다 나간 여자인데, 이 웃기는 년이 위자료를 청구하지 뭐야."

데쓰야의 무릎에 손을 얹는 바람에 저도 모르게 몸을 뒤로 뺐다.

"우리 엄마가, 이치로 짱도 이제 결혼을 해야지, 하고 하도 졸라서 일류기업 여직원이나 양갓집 규수들과 의사들만 모이는 맞선 파티에 나갔지. 거기서 한 여자가 나한테 말을 거는 거야." 너한테 접근하는 여자도 있냐? 그 말이 목구멍까지 올라왔다. "그쪽에서 서두르는 바람에 서둘러 결혼을 했는데, 막상 함께 살고 보니 취미가 맞지 않는다는 등 가치관이 다르다는 등 맨 불평만 하는 거야. 게다가 우리 엄마랑 사이가 좋지 못해서 세 달 만에 친정으로 돌아가버리더군. 이거 문제가 심각한 여자 아냐?"

"예? 예." 하는 수 없이 맞장구를 쳤다.

"그래서 어쩔 수 없나 보다 하고 있는데 갑자기 변호사를 고용해서 이혼할 테니 위자료를 내놓으래. 그것도 3천만 엔씩이나."

"그건 좀 심하네요."

"심하지. 세라복 입힌 것 정도 가지고 말이야."

"예에?"

"침대에서 코스프레 같은 거야 다들 하는 거 아닌가?"

"아뇨, 그건……."

"밥에 마요네즈 뿌리지 말라는 둥 그런 자잘한 것까지 참견하고 말이야."

"저어, 밥에 마요네즈를 뿌리는 것도……."

"정말 웃기는 여자한테 걸린 거지." 이라부가 토라진 아이처럼 입술을 삐죽거렸다. "다쿠치 씨는 솔로?"

"아, 예."

"그게 좋아. 결혼 같은 건 할 게 못돼."

그렇게 말하고 굵은 목을 벅벅 긁고 있다. 눈이 마주치자 잇몸을 드러내며 씨익 웃었다.

문득 가슴에 단 명찰의 '의학박사'라는 글자로 눈길이 간다. 이 나라는 대체 박사 학위를 어떻게 관리하는 걸까.

이라부는 데쓰야가 지금까지 만나본 적이 없는 괴짜 중에 괴짜였다. 그에게는 고민이란 것이 없는 것 같았다. 욕망이 시키는 대로 행동하고 고함을 지르고 웃고. 다섯 살배기 꼬마에게 고민이 없는 것과 마찬가지다.

한편 부럽기도 했다. 적어도 이 사람은 자기처럼 끙끙거리지는 않는다.

아무래도 이 사람 역시 아내를 잃은 모양이다. 자기와 같은 처지에 있는 셈이다. 그런데 결과는 왜 이렇게 다르단 말인가.

도중에 백화점에 들러 무릎담요를 사들고 출근했다. 책상 위에 펼치자 여직원들이 호기심 어린 눈길을 던졌다. "경품으로 받았어. 안 쓰면 손해지." 웃으며 둘러대고 싶었지만 잔뜩 긴장한 탓에 볼에 경련만 일으키고 말았다.

일을 시작하고 나서도 이라부 생각이 머리에 남아 있었다. 컴퓨터 앞에 앉아도 오전에 겪은 일이 뇌리에 살아났다.

이 더러운 화냥년―. 이라부는 전화기에 대고 그렇게 소리질렀다. 나는 하지 못했던 말이다. 꾹 참고 가슴속 깊숙이 눌러둔 감정이다.

사요코의 외도를 알았을 때 제일 먼저 느낀 것은 당혹이었다. 왜 이렇게 되었는지 생각해보려고 애썼다.

미안해요, 좋아하는 사람이 생겼어요. 아내의 고백을 듣고 나서야 분노가 부글부글 끓어올랐다. 하지만 그때는 다른 감정도 섞이기 시작했다.

더 이상 자신을 비참하게 만들고 싶지 않았다. 오쟁이 진 남자라는 딱지가 붙는 것은 자존심이 허락지 않았다. 물론 조금은 화가 났다. 낯짝도 보기 싫으니 썩 꺼져버려! 이렇게 말하고 싶었다. 하지만 감정을 폭발시킬 수는 없었다. 체면을 붙드느라 안간힘을 썼다. 주위 사람들한테는 "맞지 않는 점이 너무 많아서"라고 거짓말을 했다.

사실은 연놈을 다 때려눕히고 싶었다. 원 없이 욕설을 퍼붓고 싶었다. "이 더러운 화냥년"이라부처럼 핏대를 세우며 그렇게 소리치고 싶었다.

아마 자신은 너무 체면에 얽매여 사는 사람인 것 같다. 이성을 잃는 것이 두려운 것이다.

내선 전화가 울렸다. 수화기를 드니 영업부 여직원이었다.

"스즈키식품의 소비자 앙케트 결과는 완성되었나요?"

"그거 다음 주 아니었나?"

"네에? 오늘인데요. 제가 지금 그쪽으로 가지러 가려고 했는데."

"아니, 아니야. 다음 주라니까-."

"그럴 리가 없어요." 쌀쌀한 말투였다. "그럼 다구치 씨가 그쪽에 양해 전화를 해주실 수 있나요? 다음 주에 넘기겠다고."

"뭐? 내가?"

"그럼 잘 부탁드립니다." 대꾸할 새도 없이 전화가 끊겼다.

이런 발칙한 것. 속으로 욕설을 퍼붓는다. 왜 내가 연하의 여직원한테 이런 말을 들어야 하나. 다른 남자 직원이라면 나처럼 참지 않고 호통을 쳤을 것이다.

그때 샅에 통증이 치달았다. 저도 모르게 몸을 굽혔다.

지금이라도 늦지 않았어. 내선으로 한마디 해줄까? 그쪽에서 착각한 거니까 그쪽에서 알아서 처리하라고.

······그만둘까. 뻗으려던 팔을 멈추고 생각을 고쳤다. 앞으로도 같이 일을 해야 하므로 거북해지는 것은 피하고 싶다. 게다가 여자는 뒤끝이 고약하다. 여직원 하나를 적으로 돌리면 여직원 전체를 적으로 돌려세우는 결과가 된다.

데쓰야는 체념하고 거래처에 전화를 걸었다. 담당자는 양해해 주었지만 이렇게 고개를 숙이는 자신이 한심했다.

통증이 심해진다. 성기가 더욱 힘차게 바지를 밀어올리고 있었다. 화장실에 가려고 생각 없이 불쑥 일어섰다. 무릎담요가 스르륵 떨어졌다. 이에 호응하듯 책상 건너 미도리가 얼굴을 들었다. 그녀의 시선이 데쓰야의 살으로 향했다. 들켰다 싶었다.

황망히 자리를 뜬다. 똑바로 서서 걸으면 아파서 허리를 구부리고 걸었다. 등 뒤로 시선을 느꼈다. 얼굴에 온통 땀방울이 솟았다.

복도를 잰걸음으로 걷자 여직원들이 길을 내주었다. 아마 자신의 표정이 심상치 않았던 모양이다.

화장실에 들어가 바지를 내렸다. 빨갛게 충혈된 성기가 배꼽에 닿을 것처럼 우뚝 서 있었다. 통증은 점점 심해지고 있다. 데쓰야는 이를 악물고 참았다.

참으로 황당한 병이 아닌가. 이런 병은 친구한테도 털어놓을 수 없다. 쪼그라들 때까지는 원만한 대인 관계도 가질 수 없다.

불치병은 아니라고 의사는 말했다. 그러나 낫는다는 보장도 없다. 대체 나는 어떻게 될 것인가. "좀 살려줘"라고 소리치고 싶었다.

그렇게 핏줄 돋은 제 성기를 바라보는데 어떤 생각이 머리를 스쳤다.

성기가 화가 나 있다. 마치 주인이 화를 내지 않는 데에 화가 난 것처럼—.

혹시 감정이 시키는 대로 머리로 피가 확 뻗치게 놔두지 않으니까 그 피가 성기로 몰려버린 것은 아닐까. 관자놀이에 핏대를 세우지 못하니까 그 대신 이 녀석이 벌떡 일어선 것은 아닐까. 그런 생각이 머릿속에서 빠르게 부풀어 올랐다.

사요코에게 아무 말도 하지 못했다. 바람피운 아내에게 큰소리 한번 지르지 못했다.

아까만 해도 그렇다. 발칙한 후배 여직원이 함부로 말하는 것을 가만히 듣고 있었다. 소심했다는 말이 아니다. 상대가 남자였다면 얼마든지 말할 수 있다. 나는 필요 이상으로 여자에게 부드럽고 이성적인 남자처럼 연출하고 있다.

사요코한테 말해버릴까. 이 더러운 화냥년아. 내친 김에 따귀도 한 대 쳐주는 것도 좋겠지. 어디 살고 있는지는 소문을 들어 알고 있다. 예전에 다니던 회사에서 여전히 일하고 있다는 것도 알고 있다.

　변기에 앉은 채 크게 한숨을 짓는다. 손수건으로 이마의 땀을 닦았다.

　아무리 그래도 너무 늦었잖아? 3년이나 지났는데.

　왜 저러나 하겠지. 자칫 경찰이 출동하는 사태가 벌어질지도 모른다. 주위에 소문이라도 나면 나만 우스운 놈이 된다.

　변기 물탱크에 기대며 눈을 감았다.

　아니야, 이런 이성이 문제라니까. 감정을 너무 억누르니까 내 성기가 이런 꼴이 되고 만 거야.

　어쩐지 확신이 들었다. 음경강직증의 원인은 내가 감정을 폭발시키지 못하기 때문이다.

　그래, 결심했다. 사요코에게 한마디 해주러 가자. 큰소리로 욕설을 퍼붓고 내 앞에 엎드려 빌게 하자.

　나는 그럴 권리가 있다. 나한테는 아무 잘못도 없다.

　변기에서 일어서자 성기에 격렬한 통증이 치달았다. 웅크리려고 하다가 벽에 이마를 호되게 찧었다.

　눈앞에 별이 보인다. 무슨 일이 있어도 사죄하게 만들자. 데쓰야는 그렇게 결심했다.

　야근을 하지 않고 정시에 퇴근했다. 사요코가 사는 철도변 동네는 여성지에서도 자주 특집으로 다루는 인기 있는 지역이다.

개찰구를 빠져나오자 젊은 여자들이 눈에 띄었다. 살림만 하는 주부 같은 여자는 한 명도 없었다. 다들 세련된 옷차림으로 퇴근 이후를 즐기는 것처럼 보였다.

사요코의 친구를 통해서 그녀가 공원에 인접한 신축 아파트를 구입했다는 소식은 듣고 있었다. 역전 파출소에 들어가 지도를 보고 공원 위치를 확인했다. 공원 근처에서 최신 아파트만 찾으면 될 것이다.

5분쯤 걷자 금세 찾을 수 있었다. 회색 외벽을 가진 세련된 아파트였다. 창에는 우아한 백열등이 여러 개 켜져 있다. 집주인들의 넉넉한 살림을 밖에서도 쉽게 짐작할 수 있었다. 맞벌이라고 하니 경제적으로도 여유롭겠지.

데쓰야는 낡은 임대 아파트에 살고 있었다. 구입하려고 하면 못할 것도 없지만 그러고 싶은 마음이 들지 않았다. 지금은 장래 설계 같은 것은 생각하고 싶지도 않았다.

현관에서 아파트 호수를 확인했다. 작은 명판에 두 사람 이름이 적혀 있었다. 사요코의 성은 이미 '다쿠치'가 아니라 새 남편의 그것이었다.

가슴이 저리도록 아팠다.

우편함을 들여다보니 광고 우편물 몇 통이 포개져 있었다. 아직 귀가하지 않은 모양이다. 데쓰야는 건너편 공원에 들어가 아파트를 관찰할 수 있는 벤치를 골라서 앉았다.

몇 시간이든 기다릴 작정이었다. 지나가는 사람들을 유심히 살폈다.

사요코가 나타나면 앞을 가로막자. "어이, 오랜만이군. 깜빡 잊고 있었던 것이 있어서 왔어." 차가운 눈초리로 그렇게 말하고 따귀를 한 대 치는 거다. 물론 사요코는 놀라겠지. 악 소리도 내지 못할 것이다. 그때 말해주는 거다. 이 더러운 화냥년!

담배를 몇 대나 피웠다. 자판기에서 주스를 뽑아 갈증을 달랬다.

그런데 따귀는 좀 심하지 않을까……. 그건 폭행이 되는데, 경찰이 출동하면 회사에서도 문제가 되겠지. 잠시 고민했다.

침을 뱉어주는 것으로 할까? 이거라면 실질적인 피해는 없고 모욕의 정도는 높다.

가만히 눈을 감고 심호흡을 한다.

아니, 욕만으로도 충분하지 않을까? 사요코도 죄책감을 품고 있을 것이다. 나를 보기만 해도 당황할 것이다. 그 대신 갖은 욕설을 집어넣어 어휘를 늘리는 거다. 인간 같지 않은 것, 음탕한 년, 음식은 발로 하냐? 지금까지 잠자코 있었지만 네가 끓인 된장국은 소태였어.

손목시계를 본다. 오후 8시가 지났다.

그때 발소리가 들렸다. 그쪽을 살펴보았다. 길 건너편의 외등 불빛 아래 여자의 얼굴이 보였다.

사요코라는 것을 금방 알 수 있었다. 그런데 옆에 남자가 있다.

아아, 그렇지. 새 남편과 같은 회사에 다닌다고 했지. 시간이 맞으면 같이 귀가하게 되어 있었다. 왜 그 생각을 못했을까.

데쓰야는 벤치에서 일어나 나무 뒤로 숨었다. 저도 모르게 부리나케 움직였다. 심장이 크게 뛰고 있는데도 마음은 빠르게 식어갔다. 얼굴을 조금 내밀고 바라보았다.

사요코가 앞을 가로지른다. 10미터 이상 떨어져 있는데도 보드라운 볼까지 알아볼 수 있었다.

예뻐졌네. 3년 전보다 훨씬. 행복에 겨운 여자의 옆모습이다. 남편과 뭐라고 대화를 나누며 웃고 있다―.

잘 어울리는 한 쌍이었다. 처음 보았지만 마음이 따뜻해 보이는 남자였다.

두 사람은 손을 잡고 있었다.

깍지 낀 열 손가락을 보고 데쓰야는 퍼뜩 제정신으로 돌아왔다.

대체 나는 여기서 무슨 짓을 하겠다는 걸까. 헤어진 지 3년이나 된 전처에게 투정이나 하려고 찾아오다니, 얼간이도 이런 얼간이가 없다. 정신까지 이상해져버렸단 말인가.

두 사람이 아파트 안으로 사라져간다.

데쓰야는 눈앞의 광경과 자신의 어리석음에 충격을 받고 비틀거렸다.

3

이라부종합병원에 다니는 것이 일과로 자리 잡고 말았다. 매일 맞는 주사가 이제 효과를 보이지 않을까 하는 기대도 있었지만, 그보다는 고독을 치유하고픈 바람이 강했다. 하기는 상의할 만한 사람이 이라부밖에 없었다.

회사에는 요통으로 적외선 치료를 받는다고 둘러댔다. 허리를 구부리고 걷는 모습도 부자연스러운 무릎담요도 그 핑계로 넘어갈 수 있을 거라고 믿었다.

사요코를 보았던 날 밤, 서랍 속에 간직해둔 그녀의 사진을 부엌에서 태워버렸다. 자기 얼굴도 등장한다는 이유로 스스로를 속여 왔지만 미련 없이 처분했다.

사실 그런다고 기분이 개운해진 것은 아니었다. 아픔은 더 깊어졌다. 남자 얼굴을 보고 나니 이제는 망상도 더욱 현실적인 것으로 변하고 말았다.

"이봐, 다구치 씨. 디즈니랜드에 갑시다." 데쓰야의 쓰린 속은 아랑곳없이 이라부는 변함없이 명랑하다.

"'빅 썬더 마운틴'이라면 충격요법이 될 것 같은데 말이야."

자기가 타고 싶은 게지. 버럭 소리를 질러주고 싶은 충동에 시달렸다. 한편으로는 이 자의 비상식적인 모습이 부럽기도 했다. 남들 눈에 어떻게 비칠지는 전혀 개의치 않는다. 보나마나 이 사람은 매일 밤 숙면을 누릴 것이다.

"그럼 도요시마엔 유원지에 있는 하이드로폴리스는 어때?"

"지금 이 꼴로 수영팬티를 입으라는 겁니까?"

"아, 변태로 오해받을까?"

어처구니가 없어서 대꾸도 하고 싶지 않았다.

"그런데 다구치 씨한테 부탁이 있는데 말이야."

이라부가 머리를 긁적이며 말했다. 비듬이 부스스 떨어진다.

"전에 이혼 조정 중에 있는 여자가 있다고 얘기한 적 있지? 다구치 씨, 그 여자를 꼬셔서 호텔방에 데리고 들어가 주지 않을래?"

데쓰야가 미간에 주름을 모았다.

"아, 괜찮아. 워낙 헤픈 여자거든. 의사라고 하며 접근하면 꼬리치면서 따라올 거야." 이번에는 코를 파고 있다. "나한테 유리하게 합의하려면 약점을 잡아야 하거든. 내가 미행해서 데이트 현장을 몰래 촬영할게."

"설마 농담이겠죠?" 턱을 쑥 내밀고 말했다.

"아니." 손가락을 흰 가운에 닦고 있다. "웬만한 사람이라면 이런 부탁 할 수도 없잖아."

지금 부탁하고 있잖아. 그것도 환자한테. 이라부가 여자 사진을 꺼내서 보여주었다. 미스재팬 대회에 나가도 이상할 게 없는 미녀였다. 이런 멋진 여자와 몇 개월을 살 수 있었다는 것만도 고마운 줄 알아라. 하마터면 그렇게 말할 뻔했다.

"이봐, 다구치 씨. 부탁해, 응?"

"안 됩니다." 황망히 도리질을 했다.

"인생에는 자극이 필요해. 회사와 집만 왔다 갔다 하는 거 따분하지도 않아? 대개 질병은 안정을 취하는 게 정석이지만 다구치 씨 경우는 반대라고. 음경강직증에는 자극이나 변화가 효과적이라고 책에도 나온다니까."

자기 편한 대로 지껄이는군. 누가 믿을 줄 알고.

"물론 사례는 할게. 경비로 10만 엔. 성공하면 30만 엔. 거기다 진찰료도 공짜로 해줄게."

이 사람, 정말 의사 맞아?

잠시 입씨름을 벌인 끝에 간신히 거절했다. 이라부가 자기 처지였다면 틀림없이 사요코를 가만두지 않았을 거라고 생각했다. 상대 남자를 불시에 덮치는 짓 정도는 실행에 옮겼을 것이다.

그 날 저녁에 본 광경은 데쓰야 눈에 낙인처럼 찍히고 말았다. 안 그래도 잠을 이루지 못하던 판에 잠하고는 더욱 인연이 멀어지고 말았다.

"할 수 없지, 우에노공원에 가서 이란인이라도 한 명 고용하는 수밖에."

이라부의 쇠심줄 같은 신경이 부럽기만 했다.

회사에 도착해 평소처럼 아랫배를 무릎담요로 덮었다. 문득 앞을 보다가 미도리가 다른 여직원에게 눈짓을 보내고 있는 것을 알았다.

데쓰야의 시선을 알아채고 모두들 일제히 눈길을 외면했다.

그 순간 얼굴이 확 달아올랐다. 아무래도 나에 관한 어떤 소문이 퍼지고 있는 것 같다. 왜 안 그렇겠는가. 요즘 내 모습을 볼라치면 어지간해서는 자리를 뜨지 않으려고 하는 데다, 자리에서 일어설 때는 상의를 걸치고 단추까지 다 채운 뒤에 어기적어기적 일어서는 것이다. 게다가 점심시간에도 누구하고도 어울리지 않는다. 모두들 나간 뒤에야 혼자서 빵을 사러 나간다.

내내 서 있다는 사실이 들통 난 걸까? 키보드 두드리는 손가락이 희미하게 떨렸다. 만약 그렇다면 남부끄러워서 도저히 이 직장에 있을 수 없다.

차라리 커밍아웃이라도 할까? 그야말로 일생일대의 수치다. 회사라는 것은 전설이 생기기도 쉬운 곳이다.

부장이 불렀다. 무릎담요를 허리에 감은 채 부장 앞으로 갔다.

"뭐야, 자네. 스코틀랜드에라도 다녀왔나?"
"아, 아뇨, 저어." 제 모습을 내려다보고 횡설수설 했다.
"아, 됐네. 내일하고 모레, 바쁜 일 없지?"
"아뇨, 특별한 일은 없습니다만."
"소매업자들을 초대해서 이즈로 온천 여행에 가는 거 있잖나. 자네도 참석하게. 갑자기 결원이 생겼어. 자네가 대신 수고해주게."
"온천…… 말입니까?" 눈앞이 어찔했다.
"중요한 접대니까 젊은 사람들한테 맡길 수가 없네. 우리 쪽에서는 국장님도 참가하네. 자네 같은 고참이 필요해."
"저어, 죄송합니다. 제가 요통이 심해서……." 허리에 손을 짚고 얼굴을 찡그려 보였다.
"오, 그거 잘 됐군. 그 온천이 요통에 좋대. 욕조에 느긋하게 몸을 담그고 백화점 구매부장들하고 영양가 있는 상담을 해보라고."

눈앞에 캄캄해졌다. 우뚝 선 물건 그대로 온천 여행에 가면 무슨 일이 벌어지겠는가. 생각만 해도 기절할 것 같았다. 더구나 당장 내일 아침에 출발한단다. 손을 쓸 길이 없다.

비어 있는 회의실에 들어가 이라부에게 전화를 했다. 자기도 모르게 그리 하고 있었다. 사정을 설명했다.

"감기에 걸렸다고 하면 어때? 진단서라면 써줄 수 있는데." 이라부의 태평한 목소리.

"안 됩니다. 자기 관리 못하는 놈이라고 윗사람들한테 찍혀요."

"그럼 설사는? 일본뇌염도 괜찮고."

"그랬다간 신문에 나올 텐데요? 조금 무르게 만들 수 있는 방법은 없을까요? 절반쯤만 서게 해주는 약이라든가."

"그런 게 어디 있어." 수화기 저쪽에서 하품 소리가 들렸다. "못 가겠다고 하면 되잖아. 가고 싶지 않다고 해."

"저어, 회사라는 곳은요, '가고 싶지 않다'는 말이 안 통하는 덴니다."

"흠. 큰일이군."

전화를 끊었다. 이라부 같은 조자한테 상의한 자기가 바보였다.

다시 아파온다. 왜 내가 이런 일을 겪어야 할까. 아예 발기불능이 되어버리면 차라리 고맙겠다 싶었다.

결국 아무런 대책도 찾지 못한 채 이튿날 아침을 맞고 말았다. 물론 한숨도 잘 수 없었다. 지난밤에는 실종되는 것까지 생각해보았다. 전국 각지에서 자주 일어나는 실종 사건도 아마 태반은 이런 어처구니없는 이유 때문일 것이다.

통증을 참기로 하고 신축성 좋은 팬티를 입었다. 그 밑에는 수영용 보조 팬티도 입었다. 위로 올릴까 옆으로 뉠까 고민하다가 위로 향하게끔 정돈했다. 캥거루 새끼처럼 얼굴을 내밀게 되지만 어쩔 수 없다. 조금이라도 덜 무리한 태세를 취하도록 하고 싶었다.

호화로운 관광버스로 이즈에 도착했다. 첫 난관은 골프였다. 국장을 앞에 두고 허리가 아프다는 거짓말은 차마 할 수 없었다. "우리 다구치가 거의 골프 선수입니다." 다짜고짜 그렇게 소개를 해버렸던 것이다. "그럼 레슨 좀 받아볼까요, 하하하" 혈색 좋은 중년 남자들이 친근하게 어깨를 두드려주었다.

첫 홀. 이를 악물고 티샷을 날렸다. 쓸데없이 힘을 준 탓에 숲속으로 날아간다. 스윙 직후 격렬한 통증이 치달았다.

세컨샷은 벙커로 떨어졌다. 허리를 살짝 구부린 채 종종거리며 그린을 가로지르자니 온몸에 비지땀이 배어나왔다. 몸을 조금만 움직여도 성기가 쿡쿡 쑤시듯 아팠다.

두 번째 홀, 세 번째 홀. 같은 조에 속한 고객들이 마침내 곤혹스런 표정을 보이기 시작했다. 제대로 되는 것은 퍼트뿐이었다. 데쓰야는 "죄송합니다"를 연발하며 왼쪽 오른쪽으로 뛰어다녔다. 마음에 여유가 없어서 제대로 대화를 나눌 수 없었다.

"다구치 씨, 천천히 해도 됩니다."

"아뇨, 빨리 끝내죠."

배려해주는 말에 무뚝뚝하게 대답해버리고는 더욱 초조해진다. 그룹 안에 썰렁한 공기가 감돌았다.

휴게소 근처에서 국장 그룹에 추월당했고, 복장 불량까지 지적받았다.

"어이, 다구치, 복장이 왜 그래. 셔츠는 바지 안에 넣어야지."

데쓰야는 폴로셔츠를 바지 밖으로 내놓고 있었다. 그렇게 하지 않으면 툭 튀어나온 살이 빤히 보이기 때문이다.

"요즘 이게 유행입니다."

"유행이라니. 이봐 자네, 골프는 매너야."

"아뇨, 저는 이렇게 하겠습니다."

국장 얼굴이 확 굳어진다. 데쓰야는 눈길이 마주치지 않도록 애쓰며 다음 홀로 향했다. 장단 맞춰주고 있을 수가 없었다. 데쓰야의 머리에는 이 자리에서 얼른 도망치고 싶은 생각밖에 없었다.

결국 스코어는 형편없었다. 함께 라운딩 한 고객들은 말수가 적어지고 클럽하우스에서도 데쓰야와 거리를 두고 앉았다. 접대는 물 건너갔다는 것이 분명했다.

"이봐, 다구치." 국장이 곁으로 와서 작은 소리로 말했다. "지금 뭐하나. 고객들하고 어울려야지."

"저어, 너무 피곤해서요."

"지금 농담하나." 국장의 눈이 째졌다. "료칸에서는 확실히 해. 온천에 들어가면 등 밀어주는 정도는 해야 해."

"저, 감기 기운이 있는데요."

"안 돼. 확실히 안 하면 회사에 돌아가 가만두지 않을 거야."

도망치고 싶었다. 여기서 도망치면 어떻게 될까. 잘리지는 않더라도 상당히 무거운 처분을 받을 게 틀림없다. 그래도 좋다. 욕조에서 우뚝 선 물건을 드러내는 것보다는 훨씬 낫다.

왜 어제 그 자리에서 거절하지 못했을까. 부장에게 다소 구박을 받더라도 뚝심 있게 밀고 나갔어야 했다. 줏대가 약해서 스스로 궁지에 빠진 것이다.

그리고 줏대가 약한 탓에 도망치지도 못하고 료칸에 도착했다. 각자 객실로 흩어져 유카타로 갈아입고 대연회실에 모이기로 했다.

데쓰야는 같은 방을 쓰게 된 고객들을 먼저 내보내고 혼자 남았을 때 유카타를 걸쳐보았다. 안 되겠어. 너무 눈에 띈다. 유카타를 포기하고 청바지를 입기로 했다. 있는 힘껏 유카타 소매를 찢었다. 찢어져서 못 입었다는 군색한 변명을 생각해낸 것이다.

자, 문제는 온천탕이다. 당연히 못 들어간다. 옷을 벗을 수는 없다. 하지만 어떡하면 좋을까.

내선 전화가 울렸다. 수화기를 드니 국장이었다.

"뭐 하는 거야? 어서 못 와. 자네가 담당한 고객들만 방치되어 있잖아. 요시다와 야마모토는 자기 담당 고객들의 등을 밀어주고 있어. 사람 난처하게 만들 거야?"

떨리는 목소리로 "지금 갑니다"라고 대답했다.

인생 최대의 위기라고 생각했다. 어린 시절 여름 캠프에서 이불에 오줌을 지렸을 때도 이렇게 곤혹스럽지는 않았다. 그때는 엉엉 우는 것으로 끝났다.

복도를 어기적어기적 걸어갔다. 이제 한 군데만 제외하고 온몸에서 핏기가 가셔 있었다.

엘리베이터 앞에 섰다. 문득 옆을 보니 빨간 버튼이 있었다. 비상벨이다.

고동이 빨라진다. 누를까? 이걸 누르면 당장의 위기는 면할 수 있다―.

마치 누구한테 조종당하는 것처럼 손가락을 뻗는다. 정신을 차렸을 때는 플라스틱 덮개를 깨뜨리고 버튼을 누르고 있었다.

사나운 벨소리가 료칸 내부에 울려 퍼졌다. 데쓰야는 튕겨나듯 그 자리를 떠나 계단을 뛰어 내려갔다. 샅의 통증은 잊고 있었다. "불이야!"하고 큰소리를 지르고 있었다.

 범죄자 심정을 알 것 같았다. 그들은 작은 거짓말을 덮으려고 커다란 죄를 저지르는 것이다.

 접대 여행은 형편없이 끝나고 말았다. 비상벨에 놀라 알몸으로 뛰쳐나온 고객들은 길 가던 사람들이나 구경꾼들에게 알몸을 드러내야 했다. 아무래도 데쓰야의 "불이야!" 한마디가 결정타였던 듯하다. 료칸 측은 즉시 119에 신고했고 소방차나 사다리차가 여러 대나 달려왔다.

 료칸 측은 머리를 바짝 조아리며 소방대와 손님들에게 사죄했다. 범인 찾기는 하지 않았다. 손님 짓인 줄 짐작한 료칸 측이 사태를 키우고 싶지 않았을 것이다.

 데쓰야는 인파 속에 숨어서 시치미 뗀 얼굴로 상황을 살피고 있었다. 범죄 심리를 또 하나 알 것 같았다. 인간은 자기 죄를 감추기 위해서라면 얼마든지 시치미를 뗄 수 있는 존재라는 것이다.

 소동이 진정되자 모두들 욕실로 돌아갔지만 그 즈음에는 국장도 데쓰야를 잊었는지 찾지도 않았다. 데쓰야는 객실에 들어가 담배만 피우고 있었다.

 한 시간 늦게 시작된 연회는 평범하게 진행되었다. 술잔이 돌고 제법 흥이 오르자 접대부의 간드러지는 웃음 소리가 대연회실에 울려 퍼지고 있었다.

데쓰야도 가서 담당 고객에게만은 술을 따르며 돌아다녔다. 국장과 눈을 맞추지 않으려고 애썼다. 아마 인사고과가 나빠질 테지만 아무렴 대수냐 싶었다. 아랫도리 고민에 비하면 그 모든 것은 시시한 문제였다.

2차는 어떡하나 생각하는데 고객 쪽에서 먼저 "우리끼리 알아서 놀 테니까 걱정 말아요"라고 삐딱한 말투로 말했다. 일단 "청구서는 저희에게 주십시오"하고 머리를 숙이고 물러났다.

데쓰야는 혼자서 먼저 잠자리에 들었다. 이불 속에서 살펴보니 팬티 밖으로 똘똘이가 얼굴을 내밀고 있었다.

멀리까지 와버렸구나. 그런 말이 절로 새어나왔다.

정 안되겠다 싶으면 아예 모로코에 가버릴까―. 농담이지만 그런 생각까지 머릿속을 스쳤다.

4

데쓰야에게 회사는 한없이 불편한 장소가 되었다.

남들과 접촉하는 것을 그가 먼저 피하는 탓도 있지만 주위 사람들도 점차 데쓰야를 의아하게 보기 시작한 탓이다. 동기들도 "너, 사람이 변했다는 말이 나돌더라"하고 걱정해주었다. 미도리를 비롯한 여직원들은 서먹서먹하게 대하고 잡담 한마디 건네지 않게 되었다.

데쓰야는 체념과 초조의 나날을 보내고 있었다. 밤이면 텔레비전도 틀지 않고 침대에서 우뚝 선 똘똘이만 바라보고 있으면 '할 수 없지' 하는 마음도 든다. 운명으로 받아들이고 평생 함께 살아갈 각오까지 한다.

그렇지만 아침이 되면 마음은 단숨에 나락으로 떨어졌다. 이제 겨우 서른다섯 살이야. 앞으로 여자를 만나고 결혼도 하고 아이도 낳고ㅡ. 그런 인생 설계를 해도 이상할 게 없는 나이라고. 그런데 이런 희한한 병으로 고통을 받고 있다니. 고함을 질러버리고 싶을 정도로 고독감에 시달렸다.

지난밤에는 오래 전부터 알아온 여자친구가 전화를 했다. "요즘 어떻게 지내?" 평범한 안부 전화였다.

"데짱, 재혼 안 해?"

"혼자 사는 게 편해. 결혼이라면 이제 지긋지긋해." 데쓰야가 의연한 척했다.

"사요코는 잘 살고 있더라."

"어, 그래?" 무관심한 척.

"아기가 생겼대. 임신 3개월이라던데."
"흠."
"이런 말 들으면 쓸쓸하겠지만."
"그런 거 없어."
"곧 만날 건데, 뭐 전하고 싶은 말 없어?"
"별로."

사실은 있어. 이 더러운 화냥년아. 물론 잠자코 전화를 끊는다. 잊으려고 애쓰는데 이게 뭐야. 게다가 임신을 했다니. 나랑 살 때는 "아직은 직장일이 재미있거든" 하던 사람이.

반가운 소식은 하나도 없다.

회사에 가기가 싫어질수록 통원 치료는 거를 수 없는 것이 되었다. 휴진일이면 이라부가 그리울 정도였다. 이라부는 괴짜이지만 그 괴짜 같은 언동이 위안이 되었다. 바보와 괴짜는 치유력을 가지고 있는 걸까? 정 안되겠으면 상식을 차버려도 된다는 생각을 하게 해준다.

그날은 병원 계단을 내려가는데 남녀가 다투는 소리가 들렸다. 분명히 신경정신과 진찰실에서 들리는 소리였다.

문 앞까지 가보니 남자 목소리는 이라부라는 것을 알 수 있었다. 무슨 일이지? 서로 번갈아가며 큰소리로 비난을 하고 있다. 들어갈까 말까 망설였다. 여성 환자와 다투기라도 하나?

충분히 그럴 만하지. 다짜고짜 내 급소에 니킥을 먹이는 사람 아닌가. 유리 깨지는 소리가 났다. 데쓰야는 황급히 손잡이를 잡았다. 그냥 놔두면 안되겠다 싶었다.

문을 열고 보니 이라부와 젊은 여자가 서로 질세라 물건을 던지고 있었다. 뭔가가 날아와서 데쓰야는 저도 모르게 피했다. 돌아보니 주사기가 벽에 부딪혀 깨져 있었다.

"이런 여우같은 년. 사기 결혼으로 고소할 거다" 하는 이라부의 고함 소리.

"뭐야, 이 변태 자식. 너야말로 아내를 정신적으로 괴롭힌 죄로 고소할 테야."

여자를 쳐다보았다. 혹시 이 여자? 위자료를 청구했다는 이라부의 부인? 두 사람 모두 얼굴이 새빨개져 있다.

일단 중간에 끼어들었다. "이러시면 안 됩니다, 선생님. 자, 진정하세요."

"다구치 씨, 비켜!"

"뭐야, 당신. 상관없는 놈은 빠져!"

거구 이라부에게 떠밀려났다. 비틀거리던 데쓰야는 여자한테까지 떠밀려서 바닥에 엉덩방아를 찧었다.

"네 사기 짓 다 들통 났어. 내가 흥신소에 부탁해서 다 조사했다. 뭐가 어째? 은행 다니다 집에서 살림만 배우고 있었다고? 실은 긴시초의 란제리 바에서 일하던 접대부였지? 그 전에는 가메토(긴시초와 인접하여 하나의 커다란 번화가를 이룬 곳으로 환락가이기도 하다―옮긴이)에서 마사지걸로 일했다며? 또 그 전에는 고이와의 여자 폭주족으로 놀았지? 다 알아! 그런 년이 용케 의사들 파티에 기어들어왔냐?"

이라부의 말에 여자가 입술을 부들부들 떨었다. 가만 보니 짙은 화장을 한 여자의 모습이 끅 물장수 분위기였다. 언젠가 이라부가 보여준 사진하고는 영 딴판이었다.

"닥쳐. 너야말로 뭐? 옷을 질리게 사주겠다고? 네가 사오는 옷은 맨 세라복이나 체육복 같은 것뿐이었잖아. 뭐, 밤에 입으라고? 놀고 있네. 게다가 어린애처럼 너희 엄마 말만 들었지? 이치로 짱, 배를 차게 하면 탈나니까 복대 하자꾸나. 그래서 중년 남자가 미키마우스 복대를 하냐? 너 바보 아냐? 이 변태 마마보이 자식아!"

이번에는 이라부가 이를 간다. 볼 살이 후들후들 흔들렸다.

데쓰야는 엉덩방아를 찧은 채 넋을 잃고 상황을 지켜보고 있었다. 여자나 남자나 똑같다. 어느 쪽도 역성들고 싶은 마음이 생기지 않았다.

"뭐라고 떠들어, 이 논다니 같은 년이. 이란인이 그러더라. 오우, 매우 칸탄했습니다!"

"뭐 하러 이란인까지 고용하냐, 이 비겁한 자식아. 네가 직접 덤벼봐."

데쓰야는 놀랐다. 이라부는 정말로 우에노공원에 가서 이란인을 고용했단 말인가.

"너, 가슴에 실리콘 덩어리 넣었지? 의사 눈을 속일 줄 알고?"

"의사라면 네 포경이나 어떻게 해봐라!"

"뭐라고, 이 돼지처럼 코나 드르렁드르렁 고는 년아. 그것도 코 성형에 실패해서 그런 거지?"

"시끄러, 역겨운 암내나 풍기는 놈아. 겨드랑이에 약이나 바르고 다녀라."

마침내 맞붙기 시작했다. 서로 머리칼을 잡아당기고 있다.

"잠깐만. 폭력은 안 돼요." 데쓰야가 다시 끼어들었다.

"걸레 같은 년. 깡패 같은 년. 당장 나가!"

"난쟁이 똥자루만한 돼지 자식. 당장 돈 내놔!"

"진정하세요. 이러지 말고 말로 합시다."

문득 옆을 보니 간호사가 평소와 다름없이 의자에 앉아 잡지를 보고 있었다.

"간호사, 같이 좀 말립시다!"

간호사가 나른한 얼굴로 돌아보았다.

"뭐 어때요. 그냥 놔두세요." 다리를 바꿔 꼬며 허벅지를 하얗게 드러냈다.

"아니……."

이제 두 사람은 얼굴을 할퀴고 있었다. 졸지에 데쓰야 얼굴에도 손톱자국이 나고 말았다.

쌍방의 거친 숨소리가 데쓰야 얼굴을 덮친다. 침방울이 튄다.

"이보세요, 두 사람 모두 진정하세요!"

발에 채였다. 팔꿈치로 얻어맞았다.

왠지 통증은 느끼지 못했다. 한참 싸우는 와중에 데쓰야는 다른 생각을 하고 있었다.

이 사람들은 해방되었구나. 이성에서, 세상의 이목과 상식에서ㅡ. 늘 자유롭게 살고 있구나. 인간이란 동물답게ㅡ.

아마 내가 이런 처지에 처했다고 해도 이렇게 감정을 폭발시키는 일은 없을 것이다. 애초에 분노하는 능력이 없는 것이다.

그러니까 성기가 대신 화를 냈다. 감정을 폭발시키고 있다.

언젠가 했던 생각에 다시 다다랐다. 내 병은 역시 아수라장에서 도망쳤기 때문이다. 인간이 인간답게 살려면 아수라장을 겪을 필요가 있다.

보라, 지금처럼 제삼자로 관여하는 것만으로도 살아 있다는 느낌이 들지 않는가.

이라부와 여자의 싸움은 5분이나 계속되었다. 여자는 "인터넷에다 이 병원 후계자는 변태 자식이라고 퍼뜨릴 테다!"라며 저주를 내뱉고 방을 나갔다. "나도 인터넷에다 네 과거를 다 공개할 거다!" 이라부도 지지 않고 소리쳤다.

이라부는 데쓰야가 얼굴과 팔에 빨간 소독약을 발라준 뒤에야 차분해졌다.

"징그러운 여자라니까. 란제리 바에서 일하던 여자래. 나한테 접근한 것도 돈 때문이었고."

그건 그렇겠지요. 그게 아니었으면 당신이 결혼할 수나 있었겠어? 물론 말하지는 않았다.

"다구치 씨, 결혼은 신중히 생각해야 해."

"실은 저도 결혼 했었어요. 3년 전에 이혼했지만."

"흐음, 그랬군."

"아내가 바람을 피웠어요. 쉽게 말하면 그 남자한테 가버린 거죠."

"열불나는 얘기로군. 위자료는 많이 받았어?"

"아뇨, 땡전 한 푼." 조용히 고개를 저었다. "알량한 체면 때문이었을 겁니다. 실은 후회하고 있어요. 돈은 둘째치고라도 한바탕 욕이라도 해주고 싶기는 해요. 이 더러운 화냥년아, 하고."

"그 여자, 지금 어디 사는데?"

"도쿄에 살아요. 그리 멀지 않은 동네에."

"당장 가볼까? 내가 같이 가 줄게."

이라부를 쳐다보았다. 태평스럽게 짝이 없는 평소의 그 얼굴이다.

"아뇨, 이 시간이면 회사에서 일하고 있을 거예요."

"그럼 회사로 가자고. 나도 한마디 해줄게."

"그건 곤란해요. 다음에 날짜를 정해서―."

"안 돼, 안 돼. 생각났을 때 해치워버려. 조만간 하겠다고 말하는 사람치고 진짜로 하는 인간 없더라."

자기를 두고 하는 말처럼 들렸다. "하지만 선생님은 왜―."

"다구치 씨가 말리는 바람에 성이 덜 풀렸거든."

덜컥 하고 앞으로 쓰러질 뻔했다.

"그리고 지금은 세상 여자들이 다 원수 같아."

이라부가 일어섰다. "자, 가자고."

"하지만 선생님, 환자 진료는."

"마유미 짱, 오후는 휴진이야."

"예약 환자 한 명도 없어요." 간호사가 잡지를 들여다본 채 말했다.

팔을 잡힌 채 병원을 나섰다. 저항하지 않은 것은 데쓰야 마음 어디에도 그런 욕구가 있었기 때문일 것이다. 3년 뒤늦게 한

판 아수라장을 벌여보고 싶다. 고인 것을 다 토해내고 싶다.

될 대로 되라, 하는 생각도 있었다. 어차피 생활은 엉망이 되고 말았다.

건물 뒤 주차장에서 이라부의 포르쉐에 올라탔다. 야성적인 엔진 소리가 울려 퍼진다.

이젠 나도 모르겠다. 데쓰야는 조수석에서 주먹을 불끈 쥐었다.

사요코 회사에 도착하자 두 사람은 나란히 안내 데스크로 직행했다.

"내가 불러내 줄게. 의사 명함이 여러모로 편리하거든. 근처에 이질이 발생했다고 겁주면 돼."

이 남자를 스승님이라고 부르고 싶어졌다.

이라부와 로비에서 기다렸다. 역시 고동이 빨라졌다. 얼굴을 마주하는 것이 3년 만이다. 사실 동요할 사람은 사요코 쪽이다. 아마 너무 놀라서 말도 하지 못하겠지. 얼굴이 파랗게 질리겠지.

잠시 후 사요코가 나타났다. 데쓰야를 보자 흠칫하며 걸음을 멈춘다. 몇 초 뒤 다시 걷기 시작했다. 입가에는 잔잔한 미소를 머금고 있다.

"어쩐지 이럴 것 같더라. 병원에서 날 찾아올 사람이 없거든."

좋아, 말하자. 남들이 쳐다보든 말든 상관없어. 회사에서 떠들어야 사요코가 받는 피해도 크겠지.

"요전에 우리 아파트에 왔었지? 데짱."

"어……." 데쓰야는 말문이 막혔다.

"첫눈에 알겠더라. 남편 때문에 모르는 척했지만 공원에서 우리 부부를 지켜보고 있었지?"

알고 있었구나. 얼굴이 화끈 달아올랐다.

"무슨 일이야? 남편 때문에 말하지 못했지?"

"어, 그게……." 데쓰야가 횡설수설을 시작한다.

"나도 내내 궁금했어……. 그래, 요전번에 유미가 전화했지? 그거 내가 부탁한 전화였어. 무슨 일인지 궁금해서."

진땀이 난다. 눈을 마주칠 수 없었다.

"나, 실은 기대했어. 데짱이 재혼하는 거 아닌가 하고. 그거 말하려고 온 거 아닐까 하고." 사요코는 부드러운 목소리로 말했다. "나, 데짱한테 그렇게 모질게 해서 지금도 마음이 아파. 나만 행복해지는 건 불공평하다고 생각했어. 물론 평생 용서받지 못하리라는 건 알지만, 데짱이 재혼해주면 나도 조금은 마음이 가벼워진다고나 할까."

핏기가 가시는 것은 이쪽이었다. 내 얼굴이 백짓장처럼 하얗겠지.

"응? 무슨 말인지 어서 해봐."

"다구치 씨, 더러운 화냥년, 더러운 화냥년." 이라부가 귓가에 속삭였다.

"아, 누구시죠? 친구 분인가요?"

"아, 아냐, 저어." 진땀이 쏟아지는 기분이었다.

"어서. 철썩 하고 한 대 쳐." 이라부가 부추긴다.

"아무것도 아냐. 당신, 임신했다며? 축하한다는 말을 하고 싶어서."

"뭐? 그거 유미한테 들었구나."

"자, 그럼. 이제 안 올게."

몸을 돌리며 이라부의 팔을 잡았다. "이게 뭐야, 다구치 씨. 말 안 할 거야?" 눈을 부릅뜨는 이라부를 잡아당기며 도망치듯 그 자리를 떴다.

울고 싶었다. 지금의 나처럼 비참한 남자가 세상에 또 있을까 싶었다.

차라리 죽어버리는 게 낫겠다. 그러면 살도 쪼그라들겠지.

이제는 한숨도 안 나온다. 구덩이를 파고 들어가 평생 숨어 살고 싶었다.

회사에 일주일간 휴가를 내서 방에 틀어 막혔다.

병원에 가는 것도 그만두었다. 식사는 배달 음식으로 해결하며 내내 침대에 누워 있었다.

성기는 내내 불뚝 서 있었다. 대체 며칠째인가. 헤아리고 싶은 마음도 없었다.

책도 읽지 않는다. 텔레비전도 안 본다. 그저 멍하니 천장만 바라보고 있다.

사흘째 되는 날 이라부종합병원에서 전화가 왔다. 다만 이라부가 아니라 비뇨기과의 젊은 의사였다.

"다구치 씨, 오랜만입니다. 음경강직증은 어떻게 되었습니까?"

아직도 걱정해주는 사람이 있었구나. 조금 위안이 되었다.

"아직 차도가 없네요." 데쓰야가 대답한다.

"아아, 다행이네. 아, 미안해요. 이상한 소리를 해서. 실은 저는 대학병원에서 이라부종합병원에 파견 나와 있는 의국원인데요, 대학 지도교수에게 다구치 씨 진료 기록과 전에 찍은 사진을 보여주니까 꼭 진찰해보고 싶다고 하셔서요. 그래서 한번 대학병원에 나와 주실 수 있나 해서요."

데쓰야는 승낙했다. 섣부른 기대는 하지 않지만 그래도 가능성을 포기하고 싶지는 않았다.

벽돌로 지은 고풍스런 대학병원에 가보니 젊은 의사와 교수가 몸소 마중을 나와 주었다. 백발이 섞인 성실해 뵈는 교수였다. 어쩌면, 하고 조금 기대감이 생긴다.

"오, 이건 틀림없는 음경강직증이군. 의사 생활 40년 만에 처음 보는군."

교수가 젊은 후배에게 말했다. 후배는 비디오카메라를 준비하고 있었다.

"통증은 어떻습니까?" 데쓰야에게 물었다.

"조이는 옷을 입으면 꽤 아파요. 그래서 끼는 속옷은 입지 않습니다."

"섹스는 가능합니까?"

"글쎄요, 이렇게 되고 난 뒤로는 해 본 적이 없어서. 자위라면 가능합니다."

교수가 질문을 하면 데쓰야는 꼬박꼬박 정중하게 대답했다.

그때 방문이 열리고 흰 가운의 의대생들이 우르르 몰려들어 왔다. 여학생도 몇 명 섞여 있다.

"오, 다들 왔나? 이게 바로 음경강직증이란 거다. 평생에 한 번 볼까 말까 하는 희귀한 질환이니까 잘 봐두도록."

어? 데쓰야가 얼굴을 쳐든다. 의대생들은 진료 기록을 들고 얌전한 얼굴로 메모를 하고 있었다. 개중에는 사진을 찍는 놈도 있다.

"교수님. 측정을 해봐도 될까요?" 하고 한 학생이 묻는다.

"음, 그럼. 재봐."

학생이 자를 들이대고 길이며 굵기를 쟀다. 데쓰야는 곤혹스러웠다. 이게 뭐야.

데쓰야는 의대생들에게 10분쯤 관찰을 당한 뒤 진찰대에서 내려왔다. 모두들 우르르 방을 나갔다.

"어렵게 나와 주셔서 고맙습니다." 교수가 봉투를 내민다. "이건 차비에 보태시라고."

영문을 알 수 없었다. "저어, 진찰이 아니었나요?"

"뭐, 진찰이라면 진찰일 수도 있고요."

"고쳐주는 게 아니었습니까?"

"외과 수술을 하는 방법도 있기는 하지만……." 교수가 턱을 쓰다듬으며 말했다. "죽을병이라면 몰라도 이런 증례가 드문 데다 실질적인 피해가 없는 병이라서 굳이 의료사고 위험을 감수하면서까지 집도하겠다고 나서는 의사가 없을 겁니다."

"그럼 오늘은 무엇 때문에?"

"학생들에게 보여주려고 한 겁니다. 다 후학을 위해서지요." 젊은 의사가 명랑하게 말했다. "다구치 씨, 괜찮을 겁니다. 이러다 곧 나을 테니까요."

온몸의 피가 머리로 뻗치는 것을 느꼈다. 관자놀이가 바르르 떨렸다.

"늬들, 지금 장난 하나!" 목소리가 떨렸다. 갑작스러운 격정이었다. "아픈 사람을 구경거리로 만들어?"

두 의사가 흠칫하며 뒤로 물러섰다.

"환자라고 함부로 무시하지 말란 말이다!" 고함을 지르고 있었다. 제 목소리로 더욱 흥분되었다.

근처에 있던 스툴을 집어 들었다.

"자, 잠깐만요, 다구치 씨. 침착하세요."

"지금 침착하게 생겼냐! 이놈 저놈 할 것 없이 죄 사람을 업신여기고! 내가 계속 얌전하게 예, 예, 하고 있을 줄 알았다면 큰 오산이야!"

스툴을 번쩍 쳐들어 벽에다 내던졌다.

"뭐 하는 겁니까?"

이어서 진찰대를 자빠뜨렸다. 선반에 부딪혀 유리가 와장창 깨진다. 각종 겸자들이 날카로운 금속음을 내며 바닥에 쏟아졌다.

"잠깐만요, 그만하세요!"

"시끄러! 다치고 싶지 않으면 비켜!"

데쓰야는 닥치는 대로 의료 기구를 걷어찼다. 링거용 스탠드가 쓰러지고 뢴트겐 뷰어가 공중을 날았다. 컴퓨터는 창유리를 뚫고 정원에 나뒹굴었다.

"이봐, 경찰에 전화해!" 교수가 소리쳤다.

"그래 불러, 불러. 아예 기동대를 불러라."

온몸을 뜨거운 피가 마구 돌고 있었다.

경찰서에 이틀간 구류되었다. 기물 파괴 혐의는 기소유예처분을 받았고 나머지 문제는 대학병원 측과 합의로 마무리했다.

아무래도 의료 기구 변상은 반액 정도로 깎아준 것 같았다. 교수도 환자를 구경거리로 만든 잘못을 인정하고 양보한 것이다.

풀려날 때는 이라부에게 신원 인수인이 되어 달라고 부탁했다. 부모한테는 차마 연락하지 못하고 회사에도 말할 수 없어서 어쩔 수 없이 그에게 연락한 것이다.

"다구치 씨, 한판 멋지게 해치웠군."

마중 나온 이라부는 평소와 다름없었다. 얼굴을 보자 잇몸을 드러내며 씩 웃는다. 이라부가 여자였다면 와락 껴안아주었을 것이다.

경찰서에서 나올 때는 성큼성큼 걸었다. 리듬에 맞춰 깡충거리듯이.

성기가 쪼그라든 것이다.

대학병원에서 경찰에 연행되어 조사실로 들어설 때였다. 흥분이 채 가라앉지 않은 와중에 문득 뭔가가 달라졌다는 것을 느꼈다. 샅에 위화감이 사라진 것이다. 바지 속으로 손을 찔러 넣어보고 "야호!" 하며 소리를 질렀다. "시끄러!" 경관한테 호통을 들었지만 자꾸 웃음이 비어져 나오는 것을 어쩔 수 없었다. 마침내 '발기지옥'에서 해방된 것이다.

감정을 폭발시킨 것이 좋았던 걸까? 내 가설이 옳았던 걸까?

차 안에서 이라부에게 이야기하자 그는 "그게 자기암시라는 거야"하고 말했다.

"이렇게 하면 나을 거라고 믿고 있다가 그걸 실행하니까 나은 거지. 이른바 플라시보효과 같은 거야. 사람 몸이란 게 참 신기하지."

그런 거야 아무렴 어떤가. 여하튼 나은 것이다.

"그럼 다 나았으니까 도요시마엔 하이드로폴리스에 갈 수 있겠네" 하는 이라부.

그래도 그곳은 싫다.

"그것보다는 선생님, 다음 의사들 맞선 파티에 저 좀 불러주세요. 의사를 사칭해서 여자나 꼬셔보게."

"음, 좋아. 우리 병원 명함을 하나 만들어주지."

이라부의 옆얼굴을 쳐다보았다. 역시 스승님이라고 부르고 싶었다.

포르쉐 엔진 소리가 데쓰야의 고막을 기분 좋게 울리고 있었다.

도우미

1

"저어, 히로미. 신경정신과에 가서 진찰해보는 게 어때?"

퇴근길 카페에서 조심스레 입을 연 사람은 같은 이벤트 사무소에서 일하는 도우미 아쓰코였다.

야스카와 히로미가 흠칫하며 얼굴을 들었다.

"아니, 뭐 히로미가 이상하다는 말은 아니야. 이런 일은 누구나 겪을 수 있는 일이니까." 아쓰코는 얼른 웃음으로 얼버무리고 빠른 말투로 덧붙였다. "그냥 피로한 거야. 병원에서 약 처방받고 2, 3주 쉬면 좋아질 거야."

"그런 게 아니야."

히로미가 한숨 섞인 목소리로 말했다. 찻잔을 옆으로 치우고 손으로 턱을 괬다.

"손해 보는 거 아니니까 한번 진찰해보자는 거야. 내레이터 사토 씨가 자율신경실조증에 걸렸을 때도—."

"그런 게 아니라니까." 모난 목소리로 또박또박 끊어서 말했다.

아쓰코는 코로 한숨을 짓고는 잠자코 레몬스쿼시의 빨대를 물었다.

지난달부터 컨디션이 좋지 않다. 온몸이 나른하고 밤에 잠을 설쳤다. 호흡도 거북했다. 가슴이 따끔따끔 아플 때도 있다.

원인은 알고 있다. 누가 계속 따라다니기 때문이다.

맨 처음 그 사실을 알아챈 것은 이벤트 개시 기념 뒤풀이가 늦게 끝나 적당히 취해서 전차 막차를 탔을 때였다.

택시비를 미처 받아오지 못한 것은 대리점의 유부남이 끈질기게 치근거리는 바람에 도망치듯이 가게를 나섰기 때문이다.

엉큼한 자식. 어딜 자꾸 더듬어. 속으로 욕설을 퍼부으며 손잡이를 잡고 서 있는데 뒤통수에 누군가의 시선을 느꼈다.

저도 모르게 돌아다보았다. 딱히 누가 쳐다보고 있지는 않았다.

신경이 너무 예민해졌나. 다시 똑바로 섰다. 몇 초 뒤 다시 시선을 느꼈다.

이번에는 가만히 고개만 돌렸다. 전차 안에 이상한 사람은 보이지 않았다. 피곤에 절은 샐러리맨들이 저마다 무표정하게 앞만 쳐다보고 있을 뿐이다. 그런데도 잠시 후 또다시 시선이 느

꺼졌다.

사람들 시선이라면 이미 익숙했다. 전에는 레이싱걸로 일한 적도 있다. 남자라면 누구나 돌아볼 만한 얼굴과 몸매를 가지고 있다.

그러나 그날 밤에는 시선의 종류가 달랐다. 욕망이 끈적끈적하게 묻어나는 눈이었다.

기분이 상했다. 전에도 오타쿠가 따라다닌 적이 몇 번 있다. 카메라 들고 도우미를 따라다니는 오타쿠들은 도우미의 웃음을 자기한테 보내는 거라고 믿는다.

역에서 내리자마자 집까지 잔달음질로 서둘렀다.

원룸에 도착해 얼른 커튼 틈새로 가만히 내려다보았다. 거리에 아무도 없는 것을 확인하고야 마음이 놓였다.

그러나 2, 3일 지나자 또 누군가의 시선을 느낄 수 있었다. 이번에는 밤낮이 없었다. 집에서나 일터에서나 히로미가 밖에만 나서면 어디선지 모르게 금방 나타난다.

겁이 나서 아쓰코에게 말했다. 아쓰코는 자기 일처럼 걱정해 주며 경찰에 신고하자고 했다. 아쓰코와 함께 경찰서에 갔다.

상대방의 인상착의를 묻는 스토커 대책반의 여성 경관에게 히로미는 "몰라요"하고 대답했다. 애초에 상대방은 모습을 드러낸 적이 없다.

"집을 나서는 순간부터 시선이 느껴져요."

"어디선가 늘 저를 지켜보고 있다니까요."

그렇게 30분쯤 호소하자 여성 경관과 아쓰코는 당혹스런 표정을 지었다. 여성 경관은 "상대방을 확인하고 나서 다시 오세요" 하고 안으로 들어가 버리고 아쓰코는 말없이 생각에 잠겼다.

자기 말을 믿어주지 않는다는 것을 깨닫자 눈앞이 캄캄했다.

그 후에도 아쓰코에게 몇 번이나 상황을 호소했다. 아쓰코는 고개를 끄덕이며 들어주기는 했지만 믿는 눈치는 아니었고 오히려 히로미의 상태를 걱정하는 것 같았다.

아무래도 정신이 이상하다고 생각하는 듯하다. 그러고도 친구야. 화가 났다.

점점 두려워져서 밥도 제대로 먹을 수 없게 되었다.

체중이 3킬로그램이나 줄었다. 다이어트 한 거나 마찬가지라며 기뻐할 계제가 아니었다.

"일단 정신안정제라도 처방을 받으면 되잖아. 약을 먹으면 적어도 잠은 잘 수 있을 테니까" 하는 아쓰코.

히로미는 대답을 하지 않았다.

"일단은 건강을 회복하는 게 우선이잖아."

그건 안다. 다만 신경정신과라는 곳에 가는 것이 정신이상을 인정하는 것 같아서 싫을 뿐이다.

아쓰코와 헤어져 전차를 탔다. 또 누군가의 시선을 느꼈다.

변태자식. 아마 소심한 오타쿠겠지. 제 놈이 넘볼 만한 여자라고 생각하는 걸까? 이런 상황이 한 달 넘게 계속되자 악을 쓰고 싶은 충동에 시달렸다.

초조해지는 심정을 억누르며 창밖을 보고 있었다.

'이라부종합병원'이라는 간판이 문득 시야로 날아들었다. 하얀 벽이 꽤 청결해 보이는 병원이다.

종합병원이라면 신경정신과도 있을 게 틀림없다.

한번 찾아가는 데는 전문병원보다 부담이 덜하지 않을까? 막연히 그렇게 생각했다. 하룻밤 생각해볼 가치는 있을지도 몰라. 잠을 잘 자게 해주는 약이 있었으면 하는 생각이 간절했다.

히로미는 전차 손잡이에 매달린 채 깊은 한숨을 지었다.

이라부종합병원 신경정신과는 지하에 있었다.

아침에 거울 앞에서 피부가 까칠해진 것을 보고 결심을 했다. 이대로 가다가는 일하는 데도 지장이 생기겠다. 외모는 히로미의 생명줄이다.

"네, 어소세요."

문을 노크하자 엉뚱하다 싶을 만큼 밝고 새된 목소리가 들렸다.

"실례합니다." 의사로 보이는 뚱뚱한 중년 남자가 소파에 파묻혀 있었다.

웩. 속으로 낙담을 했다. 히로미가 제일 싫어하는 하얀 살갗을 가진 뚱보다. 더구나 부석부석한 머리칼에 허옇게 비듬이 앉아 있다. 가슴 명찰에는 '의학박사 이라부'라고 되어 있다.

"안내 데스크에서 연락 받았어. 야스카와 히로미 씨? 밤에 잠을 못 잔다고?"

그렇게 말하며 잇몸을 보이며 씩 웃는다. 히로미는 그의 눈길을 피해 아래를 내려다보며 의자에 앉았다.

"스물네 살에 직업은 탤런트 겸 모델. 어떤 일을 하고 있지?"

"텔레비전 프로그램에 보조 진행자로 출연하거나 잡지 모델을 하고 있어요."

실제로 하는 일은 태반이 이벤트 도우미지만 전에는 그런 일도 하긴 했었다.

"대단하네. 다음에 텔레비전에 나오면 미리 말해줘, 꼭 볼 테니까. 으흐흐."

매우 기분 나쁜 웃음소리였다. 등줄기로 오한이 흐른다.

"그럼 주사 맞을까."

"네?" 히로미는 미간을 찡그렸다.

"주사 말이야. 마음을 편안하게 만들어주는 걸로 한 방 놔줄게."

"……증상이라든가 그런 거 묻지 않아도 되나요?"

"주사 맞고 나서 하지 뭐. 어이, 마유미 짱."

이라부가 간호사를 부른다. 곧 주사 준비가 끝나고 히로미는 주사대에 왼팔을 얹어 놓았다.

마유미라는 간호사가 주사기를 들고 몸을 구부렸다. 간호사복 치마의 슬릿이 벌어지면서 허벅지가 드러났다. 눈이 마주치자 도발이라도 하듯 씩 웃는다.

나랑 한번 해보자는 거야? 조금 귀엽기는 하지만 감히 간호사 주제에?

바로 옆에서 기척을 느꼈다. 얼굴을 돌려보니 이라부가 콧구멍을 넓히고 흥분한 얼굴로 주사바늘이 꽂힌 팔을 보고 있었다.

왜 이래, 이 병원ㅡ. 히로미는 기분이 상했다.

주사를 맞고 다시 이라부와 마주앉았다. 아까보다 거리가 좁혀진 것 같았다.

미니스커트 입고 온 것을 후회했다. 무릎을 꼭 붙이고 손으로 스커트 자락을 눌렀다.

"히로미 씨, 물론 독신이겠지?" 이라부가 반갑다는 투로 물었다.

"아, 네." 대답하면서 온몸에 소름이 돋았다. 히로미 씨?

"나도 독신이야. 어허헝."

이라부가 머리를 긁적이자 비듬이 하얗게 쏟아졌다. 엉겁결에 허리를 뒤로 뺀다.

"이 병원을 물려받을 사람이고, 타고 다니는 차는 포르쉐. 혈액형은 B형에 별자리는 천칭자리."

그래서 뭐? 자기소개를 해서 뭐하게?

"나이는 서른다섯이지만 그렇게는 안 보이지? 앳되게 보일 거야."

농담하나? 족히 마흔다섯은 돼 보이는데.

"저어, 진찰은……." 조심스레 말했다.

"아, 그렇지. 일단 들어봐야겠지." 그제야 책상에 있던 진료기록을 들쳐보았다. "히로미 짱은 왜 불면증이 생긴 거지?"

'짱'으로 변했네. 히로미는 울고 싶어졌다.

히로미는 마음을 가다듬고 건강이 상한 원인을 이야기했다. 미행을 당하고 있다는 것. 경찰이 믿어주지 않는다는 것. 친구한테 말해도 신경이 예민한 탓이라고 하더라는 것.

말하기도 불쾌하지만 어쩔 수가 없다. 의사한테는 사실대로 고하는 것이 좋다고 생각하고 그간의 전말을 다 설명했다.

"큰일이야. 세상에는 정말 이상한 놈들이 있다니까."

그래, 너 같은 놈이.

"한동안 보디가드를 고용해보면 어떨까?"

어? 이라부는 내 말을 믿어주나? 안도하는 심정이 솟아난다.

"하지만 그런 돈은 없어요."

"내가 보디가드 해줄 수도 있는데. 공짜로 말이야, 으ㅎㅎ."

온몸에 맥이 탁 풀렸다. 물론 사양이다. 얼른 일어나 나가자. 가방으로 손을 뻗으려고 했다.

"이미지를 바꾸는 것도 한 가지 방법일 거야." 이라부가 이중 턱을 쓰다듬으며 말했다. "상대는 머릿속에서 히로미 짱의 이미지를 멋대로 증폭시키고 있을 테니까 그걸 일단 부숴주면 된다는 거지."

히로미의 손이 멈췄다.

"이런 이야기가 있어. 할리우드의 어느 여배우가 스토커 때문에 고생을 했는데, 어느 날 스토커가 집까지 찾아왔대. 그 여배우는 그것도 모르고 맨 얼굴에 슬리퍼를 신고 현관으로 나갔다는 거야. 그랬더니 스토커란 놈, 자기가 생각했던 것보다 여배우가 훨씬 작고 못생긴 것을 보고는 그간의 열정이 단숨에 식어버려서 그냥 얌전히 돌아갔다는 거야."

손을 다시 무릎 위에 놓았다.

"말하자면 그 스토커는 하이힐 신고 빈틈없이 화장을 하고 스크린에 등장하는 여배우를 보면서 망상을 품었던 거지. 그러다가 실물을 보고 실망한 거야. 히로미 짱도 한번 맨얼굴로 나가보는 게 어때?"

이라부가 조금쯤 다시 보였다. 터무니없는 바보는 아닌 것 같다.

"아니면 아침에 꾀죄죄한 운동복 차림으로 쓰레기봉투를 내놓고 엉덩이를 벅벅 긁는 모습을 보여준다거나."

"그 정도라면 저도 할 수 있을 것 같아요."

한 줄기 서광을 본 기분이다. 그래, 놈에게 환멸을 안겨주면 된다는 말이지?

"아예 담배를 꼬나물고 사타구니를 벅벅 긁어보든지."

아무리 그래도 그건 좀 너무하네. 하지만 방법은 찾은 것 같다.

"그럼 잠시 통원 치료를 해봐. 컨디션 회복에 좋은 주사를 놔줄 테니까."

이라부가 또 잇몸을 보인다. 여기서 통원 치료를 하라고? 하지만 "예" 하며 고개를 끄덕이고 있었다.

조금 기분 나쁜 남자지만 혼자 끙끙거리는 것보다는 낫지 않을까. 그렇게 스스로를 타일렀다. 실제로 어제보다는 마음이 조금 편해졌다. 남에게 털어놓는다는 것 자체가 고민을 덜어주는지도 모른다.

진찰실을 나갈 때 이라부가 복도까지 나와서 배웅해주었다.

"히로미 쨩, 지금 출근하는 거야? 포르쉐로 바래다줄까? 으흐흐." 눈꼬리를 축 늘어뜨리고 말한다.

히로미는 얼굴이 확 굳어버렸지만 가까스로 웃음을 그려 붙이고 사양했다.

겨우 포르쉐 가지고 자랑을 하냐? 속으로 저주를 퍼부었다. 이 몸은 벤츠부터 페라리까지 고급 차라면 빠짐없이 조수석에 앉아본 사람이야.

밖으로 나서자 또 시선을 느꼈다. 빌어먹을 오타쿠 놈.

주위에 멋진 남자가 없다는 것을 확인하고 아스팔트에 가래침을 탁 뱉었다.

앞에서 걸어오던 주부가 눈이 휘둥그레져서 히로미를 쳐다보았다.

그럴 만한 사정이 있어요, 사정이. 그 소리가 목까지 차올랐다.

2

이튿날은 국제전시장에서 열리는 게임쇼에서 일했다. 계약을 맺은 제조사 부스에서 팸플릿을 나눠주거나 상품 설명을 했다. 물론 피사체 역할도 했다. 지급된 코스튬은 진홍빛 미니 원피스로, 가슴 노출을 지퍼로 조정할 수 있었다.

히로미는 그날 아침 평소와 같은 화장과 옷차림으로 집을 나섰다. 미니스커트에 하이힐, 가슴이 많이 패인 셔츠 차림이다. 이라부 제안대로 할까 했지만 거울을 보다가 마음이 바뀌었다.

광고 회사 담당자 중에 언제 젊고 잘생긴 사원이 나타날지 알 수 없다. 만약 그렇다면 맨얼굴에 따분한 옷차림이어서는 반드시 후회하고 말 것이다.

언제 어디서 기회가 굴러올지 알 수 없다. 일을 마치고 식사에 초대받을 수도 있다.

그 대신 집을 나서면서 요란하게 코를 팠다. 이미 기척을 느끼고 있었으므로 주변을 날카롭게 둘러보고는 10초 정도 꼼꼼하게 콧구멍을 팠다.

게임 쇼는 성황이었다. 히로미가 가장 싫어하는 피부가 하얀 뚱보들이 여기저기 무리를 지어 있었다.

물론 얼굴에 감정을 드러내지 않는다. 히로미는 상품 옆에 서서 관람객들에게 웃음을 뿌려댔다. 등을 똑바로 세우고 가슴을 활짝 편다. 보정 속옷 덕분에 자세도 자연히 좋아졌다. 직업병이다. 거리에 서 있을 때도 종종 다리를 교차시키는 모델 포즈를 취하곤 했다.

"저기, 히로미." 아쓰코가 다가와 작은 소리로 속삭였다. "주오텔레비전의 〈투모로우〉 팀이 왔어."

"어머!"

히로미의 가슴이 뛰기 시작한다. 주오텔레비전의 〈투모로우〉라면 시청률 높기로 유명한 심야 정보 프로그램이다.

"그리고 〈보물〉도 왔어."

〈보물〉은 젊은 남자들에게 인기가 많은 사진 잡지다.

이제 곧 시범 이벤트가 시작된다. 취재진은 아마 그때 모여들 것이다.

히로미는 팸플릿을 보충하는 척하며 세트 뒤로 가서 화장을 점검했다. 평소보다 화장발이 좋지 않다. 쯧쯧 혀를 찼다. 하는 수 없지. 가슴 지퍼를 3센티미터쯤 내렸다.

자리로 돌아와 보니 취재진브다 먼저 카메라 오타쿠들이 무대 앞을 차지하고 있었다.

꺼져, 이 오타쿠들아. 너희들을 위해서 가슴골을 드러낸 게 아니야ㅡ. 하얀 이를 드러내고 웃으면서도 속으로는 그렇게 내뱉었다.

다만 마냥 싫지만은 않았다. 어린 시절부터 카메라 앞에 서는 것이 그렇게 좋았다.

지퍼를 내린 탓인지 카메라 오타쿠들의 렌즈가 히로미에게 쏠렸다.

여기저기 플래시가 터졌다. 바쁘게 이어지는 셔터 소리.

다들 나를 쳐다본다는 쾌감이 히로미 마음을 가득 채운다. 조금 높은 곳에서 카메라 오타쿠들을 굽어보며 포즈를 취했다. 한쪽 다리를 내밀어 허벅지를 드러냈다.

도우미

어이, 팬티도 살짝 보여줄까? 너희들, 오늘밤 내 사진을 들여다보며 손장난을 할 거지?

뭔가를 지배하는 기분에 빠진다. 히로미의 쾌감은 점점 높아졌다.

잠시 후 카메라 렌즈가 옆으로 비켜났다. 문득 옆을 보니 같은 회사의 열아홉 살 에미린이 자신만만한 얼굴로 플래시 세례를 받고 있다.

뭐야, 언제 데뷔할지도 모르는 주제에 예명을 쓰고. 네 가슴, 뽕 넣어서 모아놓은 거잖아.

히로미는 허리를 구부리고 팔을 교차시켜 가슴골을 강조했다. 내친 김에 입술도 오므렸다. 히로미가 승부수로 삼는 포즈다.

그러자 역시 효과 만점이라 다시 카메라 렌즈들을 독차지하게 되었다.

암, 당연히 이래야지. 전문대학 아르바이트생하고는 격이 다르단 말이야. 경력이 벌써 5년차여서 자기를 어떻게 드러내야 하는지 잘 알고 있다.

기다리던 취재진이 찾아왔다. 먼저 온 것은 잡지 〈보물〉이었다.

관리자가 오타쿠들을 옆으로 이동시켰다. 팸플릿을 나눠주던 도우미들이 무심한 척 무대 가까이로 모여들고 있었다. 지명 받을 기회를 노리는 것이다.

수염을 기른 카메라맨이 도우미를 둘러보았다. 잠시 침묵이 흐른다.

"음, 너하고 너하고 너!" 하나하나 손가락으로 가리킨다. "거기 나란히 서봐."

히로미는 그 속에 포함되어 있었다. 작은 안도감과 함께 우월감이 솟구친다. 그래도 보는 눈은 있어가지고―. 카메라맨에게 입꼬리로 살짝 웃음을 지어보이고 재빨리 가운데 자리를 차지했다.

아쓰코는 지명을 받지 못했다. 딱하긴 하지만 어쩔 수 없다. 아쓰코는 아마 평범한 주부가 되겠지. 성격은 좋지만 튀는 매력이 없다.

"자, 웃어요."

카메라맨의 주문에 히로미는 자랑거리인 하얀 이를 드러냈다. 플래시가 터진다. 3년 전 치과의사와 사귀며 공짜로 치열 교정을 받았다. 그리고 교정기를 빼자마자 차버렸다. 죄책감은 전혀 없었다. 젊고 예쁜 여자오― 실컷 즐겼지 않은가. 이득을 본 쪽은 남자라고 해야 마땅하다.

자발적으로 포즈를 바꾸어 가슴골을 보여준다.

카메라맨의 눈빛이 달라지고 셔터 소리는 한층 바쁘게 울렸다.

촬영이 끝나자 기자들이 다가왔다.

"이름과 나이, 쓰리사이즈를 말해봐." 스스럼없는 말투로 묻는다.

히로미는 나이를 두 살 속이고 신체 사이즈는 위아래는 조금 늘리고 가운데는 조금 줄여서 대답했다.

"언제 발매되는 거예요? 좀 크게 실어줘요." 콧소리로 말하며 기자의 팔을 흔들었다.

기자가 쑥스러워한다. 쓰레기 같은 면에 실으면 알아서 해. 속으로 그렇게 일갈했다.

그때 옆에서 촬영이 시작되었다. 뭐지? 뒤를 돌아보았다.

에미린이 단독으로 플래시를 받고 있었다.

히로미는 순간 믿기지 않았다. 어리다는 것 빼면 아무 것도 없는 아이잖아.

아쓰코 옆으로 가서 "어떻게 저런 아이를 뽑을 수 있지?"하고 작은 소리로 말했다.

"뭐가 어때서. 히로미도 방금 플래시 받았으니 됐잖아." 아쓰코가 입을 삐죽거린다.

"저 카메라맨, 롤리타 콤플렉스 아냐?"

분노가 부글부글 끓어올랐다. 저런 꼬마애가 단독이라면 사진을 어디다 실을지는 정해진 거나 다름없다. 이게 뭐야. 이 중에서는 내가 최고인데.

그래서 〈투모로우〉 텔레비전 팀이 왔을 때 히로미는 가슴 지퍼를 2센티미터 더 내렸다.

이벤트는 절정에 접어들었다. 조명이 어두워지고 격렬한 비트로 배경 음악이 흐르자 히로미는 보란 듯이 가슴을 흔들며 춤을 추었다.

춤을 추면서 카메라맨에게 섹시한 눈빛을 날린다. 의도한 대로 그 카메라맨은 입을 헤 벌리고 무대 바로 밑까지 다가왔다. 로우앵글로 확대하며 온몸을 핥듯이 찍었다.

카메라가 얼굴 정면에 왔을 때 윙크를 했다. 됐다, 하며 쾌재를 불렀다.

무대가 어지러워진 틈에 아쓰코가 다가왔다. 카메라가 뒤로 물러나면서 둘이서 함께 찍게 되었다. 뭐, 좋아. 친구니까 좀 나눠주지 뭐.

도우미들이 두 사람, 세 사람 히로미 주위로 모여들었다. 그러자 카메라도 점점 뒤로 물러난다.

아, 짜증나. 너희들 너무 뻔뻔한 거 아냐? 나를 찍고 있었는데.

도우미 하나가 앞으로 나서며 카메라를 향해 키스를 보냈다.

렌즈가 줌으로 바뀌는 것을 알 수 있었다. 이건 뭐야. 제일 영양가 있는 순간을 가로채다니ㅡ.

어느새 밀어내기 게임을 하는 것처럼 옥신각신 하고 있었다.

도우미 157

히로미는 중심에서 점차 밀려났다. 이런 천박한 것들 같으니.

내가 그냥 밀려날 줄 알아. 히로미는 심호흡을 하고 주먹을 꼭 쥐었다. 가슴 지퍼를 1센티미터 더 내리고 도우미들을 헤치고 안으로 들어갔다.

문득 무대 밑을 보니 클라이언트인 중년 사원이 어처구니가 없다는 듯이 입을 멍하니 벌리고 쳐다보고 있었다.

젊고 돈 많고 잘생긴 남자가 아니라면 어떤 눈초리로 쳐다보든 자기하고는 상관없는 일이었다.

꽝꽝 울리는 음악이 귀청을 찢을 것처럼 울리고 알록달록한 조명들이 도우미들을 어지럽게 비추고 있었다.

원룸 아파트로 돌아온 것은 11시가 넘어서였다. 히로미는 샤워를 하고 텔레비전 앞에 앉았다. 오늘 있었던 게임쇼가 보도되는지 확인하기 위해서다.

물론 비디오 녹화도 준비해 두었다. 자기가 1초라도 나오는 프로그램은 전부 비디오테이프로 보존해둔다.

방바닥에 양반다리를 하고 머리를 말리면서 텔레비전을 보았다. 그리고 가끔 감자 칩을 집어먹었다. 오늘 클라이언트는 정말 너무했다. 대기실에 피자만 배달시켜 주고 끝이었다. 게다가 양도 턱없이 모자랐다.

배달을 해주려면 최소한 호텔 레스토랑 정도는 되어야지. 도우미들은 모두 기분이 상했다.

〈투모로우〉가 시작되었다. 오늘의 게임쇼를 첫 코너로 다루었다.

히로미가 화면에 나왔다. 하지만 겨우 3초 정도여서 도저히 만족할 만한 성과가 아니었다. 아니나 다를까 키스를 날린 아이가 클로즈업으로 나오고 있었다.

겨우 이거야? 다리를 맥없이 내던진 채 한숨을 지었다. 인터뷰라도 하지 않으면 불과 몇 초가 고작이다.

페트병 주스를 마시고 머리를 브러시로 빗었다. 머리가 길면 관리하기가 귀찮지만 짧게 치고 싶은 생각은 들지 않았다. 어깨까지 닿는 머리칼을 휙 휘둘러보았다. 그런 몸짓으로 남자를 매혹하는 재미를 톡톡히 봐 왔다.

머리 빗던 손을 멈추고 채널을 〈뷰티풀〉로 바꾸었다. 젊은 여자들이 무리지어 출연하는 심야 버라이어티 프로그램이다.

히로미는 이 프로그램에 출연하는 것이 현재 목표다. 고정으로 출연하게 되면 '뷰티걸즈'로 금세 유명세를 탄다.

화면 속에 낯익은 얼굴을 발견했다. 전에 함께 레이싱걸을 하던 아이다.

어떻게 저런 아이가ㅡ. 얼굴이 뜨거워졌다.

언제부터 출연하게 되었지? 별로 예쁘지도 않은데.

미니스커트 차림으로 다리를 꼬고 앉아 있었다. 사회자가 야한 이야기를 하자 "몰라요"하며 교태를 부린다.

내숭 떨긴. 예전에 레이싱 관계자와 그렇게 놀아난 주제에. 이 프로그램도 스폰서와 잠자리를 하고 따냈겠지.

머리로 피가 뻗치고 입술이 떨렸다. 보고 싶지 않아서 전원스위치를 눌러버렸다.

침대에 엎드렸다. 베개에 얼굴을 묻었다.

스물네 살. 속으로 중얼거려 보았다.

나이를 살짝 속이더라도 탤런트가 되기에는 이제 거의 한계에 왔다.

유명해지고 싶다. 큰 무대에서 스포트라이트를 독차지하고 싶다.

과연 그런 날이 올까. 초조감이 목까지 차올랐다.

누드라도 찍어서 한 방에 역전시켜볼까?

하지만 유두 모양에 자신이 없는데…….

오늘밤도 잘 자기는 틀렸다.

"약을 먹어도 잠이 안 온단 말이지."

이날 이라부는 머리에 젤을 발라서 매끈하게 붙인 모습이었다. 이발소에 다녀왔는지 지난번처럼 불결하지는 않다. 하얀 가운도 풀을 먹여서 빳빳하게 다려 입었다.

"하긴 약을 약하게 썼거든. 오늘은 조금 더 센 걸 처방해주지."

발치를 보니 샌들이 아니라 페라가모 구두를 신고 있다.

게다가 진한 향수까지. 히로미는 먹은 것이 넘어오려는 것을 간신히 참았다.

"자, 먼저 주사부터."

그래서 또 주사를 맞았다. 마유미라는 간호사는 앞 단추를 세 개나 풀어놓고 있었다.

해보자는 거지? 하마터면 그녀도 앞 단추를 풀 뻔했다.

"히로미 짱, 정말 여배우처럼 보이네."

의자에 마주앉자 이라부는 흡족한 듯 잇몸을 드러내며 히로미를 위아래로 훑어보았다.

"뭘요." 자기도 그렇게 생각하지만 짐짓 고개를 가로젓는다.

"화장 안 하고 돌아다녀봤어?"

"그게 아직."

오늘도 화장 없이는 집을 나설 수 없었다. 치마도 미니스커트를 입었다.

오후부터 대형 대리점에서 다음 업무를 위한 미팅이 있다. 다른 도우미들은 아마 완벽하게 차려입고 올 것이다. 자기만 맨얼굴에 시시한 옷차림으로 갈 수는 없다.

"변함없이 누가 계속 미행하고?"

"그렇습니다. 아침에 집을 나설 때부터 시작돼요."

오늘 아침에는 길에다 가래침을 뱉고 쓰레기통에 있던 종이 박스를 발로 걷어찼다.

건너편 담뱃가게 노파가 미간을 찡그렸지만 무슨 상관이랴 했다.

"히로미 짱이 워낙 미인이잖아. 쫓아다니고 싶은 심정도 알 것 같아."

슛, 그런 심정은 몰라도 돼. 하마터면 그렇게 말할 뻔했다.

"아름다운 꽃에 나비가 꾀는 것처럼 말이야."

그야 이해할 수 있지. 문제는 나방도 날아든다는 거야.

"그래서 말인데, 역시 보디가드를 두는 게 가장 좋은 방법 같아." 이라부가 몸을 앞으로 내밀었다. 턱살이 건들거렸다. "잠시 동안 내가 보디가드를 해줄게."

"예에?" 히로미가 귀를 의심했다.

"내가 히로미 짱 옆에 붙어 다니겠다고."

이 놈 정말 의사 맞아? 대꾸할 말이 없었다.

"포르쉐로 데려다주고 데려오고 해줄게. 으흐흐."

이라부가 기분 나쁘게 웃었다. 등에 소름이 돋는다.

"……아뇨, 괜찮아요." 히로미가 간신히 대답했다.

"미안해하지 않아도 돼."

"미안해서 싫다는 게 아녜요." 화가 나서 말투가 까칠해졌다.

"에이, 유감이네."

이라부가 아이처럼 입을 삐죽거린다. 이 사람한테 뭐라고 말 좀 해줘. 그렇게 생각하며 간호사를 돌아보니 마유미라는 여자는 구석 진찰대에 뒹굴며 잡지를 뒤적이고 있었다.

골치가 아파온다. 이 자들에 비하면 나는 얼마나 멀쩡한 사람이란 말인가.

"그런데 그 스토커라는 놈이 한 명인가?" 하는 이라부.

히로미로서는 허를 찌르는 질문이었다. 그런 생각은 해 본 적도 없었다.

"밤낮 없이 가는 곳마다 나타나는 것은 물리적으로 보더라도 불가능할 테니까 어쩌면 여러 명일지도 모르지."

그럴 수도 있겠다 싶었다. 미모가 이 지경이니 망상을 품는 남자가 여러 명이라고 해도 이상할 게 없다. 오히려 한 명이라고 한정하는 것이 부자연스럽다.

"그럴지도 몰라요." 가슴이 불안감으로 가득 찼다. "선생님, 어쩌면 좋아요?"

"그러니까 내가 요전에 말한 것처럼 이미지를 바꾸는 거야.

머리를 커트해보면 어때? 저어, 나, 단발머리도 좋아하거든. 으흐흐."

 이라부가 몸을 배배 꼰다. 히로미는 길게 한숨을 지었다.

"히로미 짱 틀림없이 잘 어울릴 거야."

 머리는 자르고 싶지 않다. 화장이나 옷을 바꾸는 것도 싫다. 히로미에게 그것은 사무라이가 칼을 버리는 것과 다름없는 일이다.

"아니면 차라리 스토커가 따라올 수 없는 곳으로 가버리든지."

"……멀리 이사를 하라는 건가요?"

"아니. 더 높은 곳으로 올라가버리라는 거야. 지금 히로미 짱을 쫓아다니는 스토커는 아마 마음속으로 '어쩌면 내가 차지할 수 있는 여자인지도 몰라' 하고 생각하고 있을 거야. 봐, 히로미 짱은 겉보기는 화려하지만 어딘지 서민적인 분위기도 풍기잖아."

 발끈했다. 이 몸에 서민적인 분위기가? 지금 농담하니? 전문대학 다니던 시절부터 '못 오를 나무'로 통했는데.

"그래서 스토커들이 엉뚱한 생각을 품는 거야. 그러니까 문지방을 크게 높여. 산꼭대기의 꽃이 되라고. 그래서 '아아, 이제 나는 엄두도 낼 수 없겠구나' 하고 체념하게 만드는 것도 한 가지 방법이겠지."

 이라부가 느긋한 말투로 말하고 있다.

"스토커로 고생하는 것은 다 개 아이돌이잖아. 어느 학급에나 있을 법한 여학생을 연출해서 인기를 얻으니까 만만해 보이는 거지. 오히려 슈퍼모델쯤 되면 남자들은 멀리서 바라보기만 하지 자기 여자로 만들어보겠다는 생각은 하지 않거든."

분명히 일리 있는 말이다. 그렇다. 내가 아직은 만만해 보였던 거다. 형편없는 남자들에게 '절대로 어울리지 않는 여자'처럼 보여야 한다. 지금보다 기준선을 훨씬 높여놔야 한다.

좋아. 더 화려한 여자가 되어주마. 나를 더 갈고닦아 주마.

이라부도 제법 괜찮은 말을 할 줄 아네. 그렇게 생각하고 봐서 그런지 못생긴 얼굴도 친숙한 기분이 든다.

"아, 점심은 어때? 긴자에서 초밥이라도 먹을까?"

혼자 열을 내고 있다. 역시 싫다. 냉랭한 얼굴로 사양하고 돌아갈 준비를 했다.

"그럼 히로미 짱한테 이걸 줄게."

이라부가 칸막이 뒤에서 꽃다발을 꺼냈다. 예쁜 장미였다. 몇 만 엔은 썼을 것 같았다. 역시 의사답네. 돈이 많은 모양이다.

히로미 머릿속에서 작은 섬광이 스쳤다.

"어머, 예뻐라." 요란하게 놀라는 시늉을 했다. 그리고 얼른 "근데 어떡하나, 저는 꽃보다 프라다 신품 핸드백이 더 좋은데" 하며 특기인 교태를 지으며 농담처럼 말해보았다.

도우미 165

이라부의 볼이 발갛게 물들었다. "음, 좋아. 프라다라고 했지."

"정말요?" 히로미가 팔짝 뛰었다. 너무 쉽잖아.

"내일 사다놓을게. 으흐흐."

좋았어! 통원 치료하면서 소지품을 몽땅 업그레이드 해버려야지.

이라부의 볼에 키스를 해줄까 하다가 개기름 흐르는 피부를 보고 그만두었다.

저녁때 기획사에서 미팅을 마치고 아쓰코와 차를 마셨다.

아무래도 스토커는 여러 명인 것 같다고 말했다.

"너 괜찮아?" 아쓰코가 미간을 찡그렸다. "신경정신과에 가보지 않았니?"

"신경정신과 의사가 한 말이야. 한 명이라고 보기에는 물리적으로 불가능하니까 여러 명일 가능성이 높대. 듣고 보니 정말 그런 것 같아."

"이상하다, 그 의사. 병원을 바꾸는 게 좋겠다. 그리고 히로미, 왜 그렇게 쉽게 믿니? 착각일 거라는 생각은 아예 없는 거니?"

"또 사람을 환자 취급한다." 히로미가 입을 삐죽거렸다.

"너 요즘 이상해. 오늘도 복도에 가래침을 탁 뱉고."

"어머, 봤니?"

"봤지. 안짱다리로 서서 엉덩이를 벅벅 긁어대고."

"그건 스토커에게 환멸을 주려는 거야. 엉뚱한 망상을 품지 않게 하려고 말이야."

"그럼 대기실에서 어시스턴트 남자를 '야, 너'라고 함부로 부른 건 뭐니?"

"나한테 홀딱 반한 것 같아서 그런 거야. 정규 직원도 아닌 주제에. 알바생이면 알바생답게 분수를 알아야지."

"세상에." 아쓰코가 눈을 동그랗게 떴다.

"어쩔 수 없잖아. 난 피해자야."

"친구로서 한마디 해도 되겠니? 히로미, 너는 자의식 과잉인 것 같아."

"자의식 과잉이라니, 말도 안 돼."

"사실이 그렇잖아. 사람들은 네가 생각하는 것만큼 너한테 관심 있지 않아."

"너무하네. 너 배 아프구나, 아쓰코. 나만 주목을 받으니까."

"배가 아픈 게 아니야."

잠시 옥신각신이 이어졌다. 어느새 흥분했는지 웨이트리스가 다가와 목소리를 낮춰달라고 부탁했다. 저런 못생긴 것한테 주의를 듣다니 하는 생각에 공연히 더 화가 났다.

자기 몫만 계산하고 혼자 카페를 나와 버렸다. 또 시선이 느꺼진다.

"흥, 너희들이 넘봐도 되는 여자처럼 보이지? 착각하지 마."
그렇게 소리 내어 말했다.

지나가던 중년 남자가 흠칫 놀라며 멈추었다. 입을 멍하니 벌리고 히로미를 쳐다보고 있다. 그녀는 머리칼을 한 번 홱 휘두르고 그 자리를 떴다.

왜들 하나같이 이러는지. 분노가 부글부글 끓어오른다.

아쓰코까지 의심하다니. 이라부가 훨씬 이해력이 있다.

전봇대를 냅다 걷어찼더니 힐이 또각 부러지고 말았다.

3

그날은 결혼상담소의 가짜 신붓감 일거리였다. 히로미는 분홍색 정장에 이라부가 일전에 사준 프라다 핸드백을 걸치고 긴자의 호텔로 나갔다.

일을 의뢰한 결혼상담소는 어느 잡지에나 광고를 내는 유명한 회사였다. 못생긴 여자들만 소개하면 남성 고객들 사이에 불만이 나오므로 종종 도우미를 고용해 맞선을 보게 한다. 대부분의 결혼상담소가 하고 있는 사기 행위다. 물론 남자 쪽에서 마음에 들어 해도 상담소에서 적당한 구실을 붙여서 거절해 준다.

식사를 하고 두 시간에 2만 엔. 이벤트 일은 화려한 반면에 보수가 적어서 히로미에게 이 일은 귀중한 수입원이었다.

로비에서 중매인 여자와 협의를 한다.

"잠깐, 야스카와 씨. 오늘 차림은 너무 화려해요."

"그래요?"

시치미 뗀 얼굴로 대답했지만 여자는 못마땅한 눈치다.

"야스카와 씨, 오늘은 전기공사에서 경리로 일하는 아가씨로 되어 있단 말이에요."

그 말에는 대답하지 않았다. 고급 호텔 로비를 어떻게 후줄근한 옷차림으로 다니란 말인가.

"뭐, 좋아요. 일단은 성만 바꾸어놓았으니까 실수 없도록 하세요. 스즈키 히로미. 스물네 살. 도쿄 출생이고 현재 부모와 동거 중. 전문대 가정과를 나와서 지금 다니는 회사에 취직. 취미는 영화감상과 과자 굽기."

지난번에는 '독서와 자수'였다. 매번 웃음이 나오려고 한다.

"그리고 상대 남자는……." 서류를 뒤적이고 있다. "오타 씨. 도쿄 태생에 서른 살. 키 170센티미터에 체중 70킬로그램. 다마고등전문학교를 졸업하고 토목회사에 근무……."

여자의 설명이 이어졌다. 상대방의 연봉은 450만 엔. 그 돈으로 어떻게 결혼생활을 하겠다는 것인지, 히로미는 화가 났다. 자기라면 1천만 엔 이하는 죽어도 싫다.

"그럼 제발 들통 나지 않도록 조심해요."

여자가 다짐을 놓자 "알았어요"하고 사무적으로 대답했다.

여자를 앞장세워 레스토랑에 들어갔다. 지금부터 두 시간만 참는 거다. 웃음을 그려 붙이고 상대방 이야기에 장단만 맞춰주면 된다.

창가 테이블에 감색 양복에 빨간 넥타이를 맨 남자가 앉아 있었다. 볼이 통통한 것이 복을 타고난 듯한 얼굴이다. 히로미를 보자 가는 눈을 크게 뜨려고 애쓴다.

놀랬지? 이렇게 멋진 여자가 나타나서. 히로미는 속으로 빙긋이 웃었다.

남자는 눈초리를 축 늘어뜨리고 볼을 발갛게 물들였다.

여자가 두 사람을 소개했다. 자리에서 일어선 남자는 하이힐을 신은 히로미보다 훨씬 작았다. 이게 어떻게 170이니? 게다가 이렇게 뚱뚱한데, 족히 80킬로그램은 넘겠다.

"성은 빼고, 서로 이름만 부르기로 합시다. 그래야 더 친근감이 생길 거예요, 오호호."

여자는 소개를 마치자 자리를 떴다. 테이블에는 프랑스식 전채요리가 나왔다.

"히로미 씨, 프랑스 요리는 자주 드세요? 실은 저, 격식이 힘들어서 고역이에요." 남자가 들뜬 목소리로 말했다.

"예, 저도 그래요." 히로미가 눈을 내리깐 채 대답했다.

"그럼 다음엔 선술집에서 만나죠." 남자는 흡족한 듯이 미소를 지었다.

다음이 어딨니. 너는 입회비 25만 엔에 회당 3만 엔의 소개료를 지불하면서 계속 사기당하는 거야.

"그런데 히로미 씨처럼 예쁜 분도 결혼상대 찾기가 어렵나 보죠?"

그럴 리가 있겠니. 네가 생각해도 이상하지?

"우리 회사 남자들이 모두 기혼자라서요." 얌전하게 말해두었다.

"그렇군요. 결국 만날 기회가 없다는 것이 우리의 가장 큰 문제였군요. 우리 회사도 여직원은 모두 파트타임으로 일하는 아줌마들이에요."

네 문제는 다른 데 있을 텐데? 살 좀 빼라.

속으로 비웃어주는 것이 시간을 죽이는 유일한 방법이다. 이 일을 하면서 식사가 맛있다고 느낀 적이 없다. 고급 요리인데 참 아까운 노릇이다.

옆 테이블에 젊은 커플이 들어와 앉았다. 별 생각 없이 쳐다보았다. 남자는 멋지고 키가 훤칠했다. 여자는 그저 그런 용모였다. 히로미는 그들을 연신 힐끔거린다.

눈앞에 있는 이런 형편없는 남자랑 함께 있는 자기가 부끄러웠다. 남자는 우적우적 소리를 내며 음식을 먹고 있다.

"히로미 씨는 그동안 회원을 몇 명이나 만나보셨어요?" 게다가 목청은 왜 그리 큰지.

"으음." 어떡할까 하다가 "오늘이 처음입니다"하고 대답했다.

"저는 네 번째에요. 그동안 별로 좋은 사람을 만나지 못했거든요. 그래서 상담소에 불평을 했더니 히로미 씨를 소개해준 거예요."

옆 테이블 남녀가 은근히 귀를 세우고 있다는 것을 알 수 있었다. 히로미는 아래를 내려다본 채 얼굴을 찡그렸다.

"듣기 좋으라고 하는 말은 절대 아닌데요, 히로미 씨, 비교적 괜찮네요."

울화가 치밀었다. 대체 머릿속이 어떻게 생겼으면 이런 말을 내뱉을까. 돼지 주제에.

옆자리 커플이 서로 눈짓을 나누며 소리 죽여 웃었다. 수치와 분노로 얼굴이 달아올랐다.

세상이 틀려먹었다. 이 미모가 이런 치사한 아르바이트에 소모되고 있다니. 정확히 따지자면 여기 있는 어느 누구도 말 한마디 붙여볼 수 없는 사람인데.

"스타일도 나쁘지 않고요."

"뭐 이런 게 다 있어."

포크를 쥔 남자의 손이 뚝 멈췄다. 옆 테이블에서도 마찬가지였다.

아차 싶었다. 내가 말한 거야? 얼굴에서 핏기가 싹 가셨다.

"저어, 그게, 어……." 횡설수설이 되었다. 이마에 땀이 솟아난다. "여기 음식, 저한테는 모두 짜서 나도 모르게 불평이 나왔네요. 오호호호."

간신히 얼버무렸다. 남자는 당혹스러워하면서도 함께 웃었다.

식사를 마치고 정원으로 나왔다. 결혼상담소에 불만을 제기하면 곤란하다는 생각에 히로미는 조신하게 행동하기로 다짐했다.

"히로미 씨, 자녀는 몇 명을 원하시나요?"

일본식 정원의 잉어가 헤엄치는 연못을 바라보며 남자가 물었다.

"저어, 두 명쯤?" 부끄러운 척하며 대답했다.

"나랑 똑같군요. 우리 정말 잘 맞는 것 같은데."

빌어먹을. 다리에서 확 밀어버릴까 보다.

"결혼하면 직장은 어떻게 할 생각이지?"

"저는 그만둬도 좋고 계속 다녀도 좋아요."

도우미

"나는 그만두었으면 좋겠어. 가정을 지키는 게 좋겠지."

연봉 450만 엔짜리 입에서 그런 소리가 나오니? 이젠 화낼 기력도 없었다. 어째서 이런 사내들은 제 분수를 모를까.

고문 같은 두 시간이 지나고 히로미는 호텔을 나섰다. 나는 왜 이렇게 불행할까. 긴자 거리를 걸으며 혼자 중얼거렸다.

빨간 신호등에 멈춰 섰을 때 등 뒤로 시선을 느꼈다. 새로운 종류의 시선이었다. 요기 같은 것이 느껴진다. 아까 맞선을 본 남자라고 생각했다.

몸을 홱 돌려서 살펴보았다. 모습은 보이지 않지만 확신할 수 있었다. 스토커가 또 하나 늘어난 것이다.

머리칼을 마구 쥐어뜯고 싶었다.

이럴 줄 알았으면 마음껏 비난이나 퍼부어줄걸.

히로미는 핸드백을 어깨에 걸치고 성큼성큼 걸어서 교차로를 건넜다.

"그래서 또 한 명 늘어나고 말았군. 히로미 짱이 워낙 매력적이니까 어쩔 수 없이 그렇게 되는 거야."

이라부는 짤막한 다리를 억지로 꼬고 눈썹을 여덟팔자로 그리며 말했다.

자기를 이해해 주는 사람이 있다는 사실에 히로미는 안도감에 싸였다.

아쓰코에게 전화로 말했더니 "나, 더는 너한테 장단 맞춰주지 못하겠어"라고 냉랭하게 말했다. 그녀의 이야기를 잘 들어주는 사람은 이제 눈앞에 있는 이 의사밖에 없다. 히로미의 마음속에서 이라부의 순위가 올라간다. '안기고 싶지 않은 남자 1위'였는데 이제는 2위다.

"스토커라는 것은 관계망상에서 나오는 건데, 처음에는 현실도피에서 시작되지. 자기 처지에 만족하지 못하고 세상이나 남들 탓으로 돌려서 자기를 정당화하기 때문에 죄의식이란 것이 전혀 없어."

참으로 지당한 말이다. 스토커들에게 들려주고 싶은 이야기다.

"쉽게 말해서 자기만의 거울을 가지고 있는 거야. 거기 비친 자기는 멋지고 이성에게 호감을 살 게 분명하고, 남들도 그렇게 보고 있다고 확고하게 믿지."

속 시원하게 말하네. 히로미는 막힌 속이 확 뚫리는 심정이었다.

"그래서 자기 자신을 의심하지 않아. 자의식 과잉이라고 할 수 있지."

어? 누가 했던 말 같은데……. 음, 모르겠다. 아무튼 나는 피해자니까.

"선생님, 어떻게 하면 좋을까요? 익숙해진 탓인지 이제 공포

도우미 175

심은 덜하지만 하루하루가 너무 귀찮고 짜증나요."

히로미가 호소했다. 짜증만 쌓이고 있었다.

"이미지 바꾸기도 싫고 당장은 놈들이 접근하지 못할 곳에 올라갈 수도 없다면……." 이라부가 궁리하는 표정으로 턱을 쓰다듬었다. "스토커의 관심을 다른 사람한테 돌리는 방법도 있겠군."

"다른 사람한테?"

"아이돌하고 같이 출연한 사람이 열혈 팬들한테 공격을 당하는 일이 많잖아. 러브신이라도 찍으면 아이돌이 아니라 상대 배우에게 면도칼이 배달되거든. 우리 아이돌 입술에 키스를 하다니 용서할 수 없다, 이러면서 말이야. 히로미 짱도 그걸 해보면 어때?"

"그러니까 제가 누구랑 데이트하는 모습을 스토커들에게 보여준다는 거군요."

"그렇지. 저녁때 오다이바 같은 곳에서 멋진 남자랑 쪽 하고 뽀뽀하는 현장을 목격하게 하는 거지. 아마 미친 듯이 질투하면서 상대 남자를 쫓아다닐걸?"

히로미는 저도 모르게 몸을 앞으로 내밀고 열심히 고개를 끄덕이며 듣고 있었다.

해볼 가치는 있을 것 같다. 다들 나한테 푹 빠져 있다. 냉정할 수 없을 것이다. 이라부의 순위가 3위가 되었다.

비열한 수단이라는 생각은 들지 않았다. 내 몸이 제일 중요하지.

그럼 그 중책을 누구한테 맡길까. 대학 8학년이며 파친코에서 관리자로 일하는 파친코 사장 아들한테 맡길까? 처자식이 딸린 부동산업자 수 씨에게 맡길까? 작가이며 도의원인 야시에게 맡길까? 전화 한 통에 달려 나올 남자라면 얼마든지 있었다. 그동안 숱한 남자들과 놀아났기에 다행이지. 역시 뭐든지 배워놓으면 한 번은 써먹을 때가 있구나.

곰곰이 생각하고 있는데 "히로미 짱, 그거 내가 해줄게"하고 이라부가 말했다.

"예?"

"우리 집, 보안설비가 완벽해서 위험하지도 않고 히로미 짱을 위해서라면 난 뭐든지 할 수 있거든. 으흐흐." 몸을 배배 꼬고 있다.

"아뇨, 선생님한테 어떻게 그런." 황망히 고개를 저었다. 누가 너 같은 남자랑 한대.

"그렇게 어려워할 거 없어, 히로미 짱."

이라부가 달콤한 목소리로 말하며 손을 뻗어왔다. 어? 손이 잡혔다.

"선생님, 이거 뭐하는 거예요?"

간호사에게 도움을 청하려고 했지만 이쪽을 쳐다보지도 않고 있다.

"나, 왠지 히로미 짱이 좋아진 것 같아."

벌떡 일어나 콧구멍을 넓히며 다가왔다. 지금 장난 하니. 이 변태 의사 녀석.

"그만두지 못해요!" 뒤로 물러섰다. 손을 대는 것도 싫어서 발로 이라부를 막고는 그대로 차버렸다.

이라부가 비틀거리다 소파에 엉덩방아를 찧고는 소파와 함께 뒤로 자빠졌다.

쿵 하는 시원한 소리가 진찰실에 울려 퍼졌다. 바닥에 머리를 찧은 것 같다.

"우우욱" 하는 이라부의 신음 소리. 위에서 내려다보니 아이처럼 울상을 짓고 있었다.

"선생님이 이상한 짓을 하니까 그렇죠." 항의하는 투로 말했다.

"미안, 이젠 안 할게." 이라부는 입을 삐죽거리고 있다. "일단 생각이 나면 뭐든지 실행에 옮기는 것이 내 신조거든."

그런 신조도 있나.

"그래도 방금 히로미 짱의 팬티 봤다." 눈물이 찔끔거리면서도 웃고 있다.

이 작자만은 통 파악이 안 된다. 어디에서도 볼 수 없는 유형의 남자다. 도대체 어떤 성장 과정을 거치면 이럴까? 히로미는 스툴에 앉아 길게 한숨을 지었다.

이라부가 일어나 뒤통수를 쓰다듬으며 "혹이 생겼네"하고 잇몸을 보이며 웃었다.

새삼 이라부를 쳐다보았다. 여태 의식하지는 못했지만 오늘은 가운 앞 단추를 풀어 놓고 있었다.

속에 입은 양복이 꽤 고급스러워 보인다. 히로미 시선을 알아챘는지 이라부는 "이거, 에르메스야"라며 아이가 장난감 자랑하듯 안에 붙은 태그를 보여주었다.

그러고 보니 저번에는 버버리 체크무늬 스웨터를 입고 있었던 것 같다. 또 그 전에는 페라가모 구두였다.

이라부의 멋내기가 점점 화려지고 있다. 하긴 초진 때는 부석부석한 머리에 샌들을 신고 있었던 것이다.

얼굴을 가만히 쳐다보았다. 눈썹도 면도로 가지런히 정리되어 있었다. 피부에 개기름도 흐르지 않는다.

"나 요즘 남성 피부미용실에 다니고 있거든." 이라부가 양손으로 볼을 받치며 말했다. "언제 여성 환자랑 사랑에 빠질지 알 수 없잖아. 으흐흐."

히로미는 깊은 허탈감에 빠졌다. 모르겠어. 이 남자만은 통 모르겠어.

하지만 에르메스 이름이 나왔으니 이 기회를 놓칠 수는 없었다.

도우미 179

"선생님, 아주 잘 어울려요. 어쩌나, 저도 에르메스 정장 갖고 싶은데."

여성의 본능인지 조건반사처럼 교태를 부리고 있었다.

"응, 좋아." 이라부의 얼굴이 맥없이 풀어졌다. "다음에는 아예 백화점 외판원을 이 자리에 불러다 놓을게."

너무 쉬워서 맥이 풀릴 정도였다.

아무렴 어때. 이득이나 챙기면 되지.

희생양은 프리랜서 카메라맨 우치로 정했다. 여자랑 그 짓을 할 생각밖에 없는 최악의 사내다. 이 자라면 만일의 사태가 벌어져도 양심에 가책이 덜할 것이다.

우치가 스토커들의 표적이 된다. 등에 칼을 맞는다. 스토커 그룹 일망타진. 미행에서 해방된다ー. 히로미는 그런 시나리오까지 그리고 있었다.

"간만에 만날까." 전화로 콧소리 섞어서 말하자 꼬리를 흔들며 달려왔다.

"이게 웬 횡재야. 히로미가 나한테 만나자고 전화를 다 하고."

어리석은 놈. 아무것도 모르고.

이쯤 되니 남자들은 전부 도구로밖에 보이지 않았다. 자기한테도 처녀 시절이 있었다는 것이 믿어지지 않았다.

아마 내 몸의 가치를 알아버린 탓이겠지. 구경꾼이 몰려드는데 관람료 받지 않을 바보가 어디 있어.

우치가 운전하는 볼보가 수도고속도로로 들어섰다. 이내 미행이 따라붙은 기미를 느꼈다. 자동차까지 준비하고 있었다니, 적수라지만 훌륭하지 않나.

히로미는 고개를 돌려 뒤에 있는 차들을 살펴보았다.

"히로미, 뒤에 뭐가 있어?" 우치가 의아해 한다.

"아니, 아무것도." 아무렇지도 않게 대답했다.

레인보우브리지의 야경이 시야에 들어왔다. 그 건너편으로 일루미네이션이 반짝이는 대형 관람차도 보인다.

"이 시간이면 관람차 앞에 장사진을 치고 있겠지."

"오다이바 해변공원도 괜찮아. 야경이 예쁘니까."

"그럼 전망광장 쪽은 어때? 가로등이 없어서 뜨거운 커플들이 모이는 곳이거든."

"꿈도 꾸지 마."

장난스레 말했다. 어두운 곳에 가면 스토커들이 우치의 얼굴을 제대로 볼 수 없다. 식사를 마치고 가로등 밑에서 키스 장면을 연출하고 호텔에 들어가는 것이 히로미의 계획이다.

다만 몸에 손을 대게 하지는 않을 것이다. "어떡해, 생리가 시작됐어"라며 내뺄 심산이었다.

레인보우브리지에 접어들자 구불구불하던 수도고속도로가 직선이 되었다.

그러자 금세 사방으로 전망이 훌륭해졌다.

추적자를 확인하려고 뒤를 돌아보았다. 그 순간 히로미 온몸에 오한이 치달았다.

이미 차가 한두 대가 아니었다. 헤드라이트를 쏘는 후속차 전부가 추적자였다.

믿을 수 없어. 벌써 무슨 일이 일어난 거야.

입술이 바르르 떨렸다. 손으로 입술을 가렸다. 하지만 그 손도 떨렸다.

"어이, 히로미, 왜 그래?"

"아니야." 도리질을 했다. 보나마나 내 얼굴이 창백해졌겠지.

옆 차선으로 대형 트럭이 추월했다. 나란히 달릴 때 운전사가 히로미를 돌아다보았다. 입꼬리로 씩 웃은 것 같았다.

"안색이 안 좋은데. 멀미해?"

"아니." 그 말밖에 나오지 않았다.

이게 꿈일까 생시일까. 뇌가 뻐근하게 마비되었다. 머릿속에 가려움증 같은 것을 느낀다.

"왜 그래? 어디 아파? 갓길에 차 세울까?"

마침내 나는 모든 남자들에게 망상의 대상이 되고 만 거야.

내일부터 어떻게 살아가나.

"이봐, 괜찮아? 대답을 해봐."

우치의 목소리가 고음부도 없이 일정한 높이로 들렸다. 소가 길게 우는 듯한 소리가 히로미의 귀청을 둔하게 흔들고 있었다.

4

외출하기도 싫었다. 히로미는 매일 이불 위에서 뒹굴며 생활하게 되었다.

편의점에서 물건을 고르고 계산을 마치고 나올라치면 점원이 바로 따라붙어서 머리가 돌아버릴 것 같았다. 세탁소 주인도, 배달 피자 아르바이트생도 히로미를 보는 순간 그 미모에 반해서 스토커로 변해버린다.

도우미 일도 몇 건을 취소했다. 도저히 웃고 있을 기분이 아니었다. 오타쿠들이 몰려들면 마구 욕설을 퍼부어댈 것 같았다.

아쓰코한테 몇 번이나 도움을 청했지만 의논 상대가 되어주기는커녕 히로미를 두려워하게 되었다.

"저어, 히로미. 생활을 한번 바꿔보는 게 어때? 이 일을 그만두고 일반 회사에서 근무해본다거나." 집으로 찾아와서 조심스레 그렇게 말했다.

황당했다. 도쿄대 출신이 건축 공사장에서 막노동 하는 거 봤어? 올림픽 금메달리스트가 신문 배달 하는 거 봤냐고. 이 미모의 소유자가 왜 복사기나 돌리고 찻잔을 날라야 한다는 거지?

"아쓰코, 경쟁자를 줄이고 싶은 거지?" 머릿속 생각을 대놓고 말해보았다.

"세상에. 그거 진심으로 하는 말이니?" 아쓰코가 눈을 동그랗게 떴다.

"분명히 말해두지만 나는 아쓰코를 경쟁자라고 생각하지 않아. 내 목표는 훨씬 높거든."

아쓰코는 눈을 매섭게 치뜨고는 말도 없이 나가버렸다. 그 뒤로 아쓰코하고는 만나지도 않는다. 전화 연락도 안 한다.

이라부만은 이해해 주었다. 히로미의 재난을 딱하게 여기며 "무리하게 외출하지 않아도 되잖아?"하고 말해주었다.

안기고 싶지 않은 사내라는 데는 변함이 없지만 식사 정도라면 한번쯤 응해줘도 되겠다는 마음은 있었다.

"몸이 안 좋을 때는 무리하지 않는 게 제일이야. 나도 기분이 내키지 않을 때는 깨끗하게 휴진해버리거든. 으하하하." 거침없이 웃고 있다.

한번쯤 바보로 태어나보는 것도 좋을지 모른다. 그러면 별로 고민이 없겠지.

"그런데 히로미 짱, 이번에 내가 쌍꺼풀 수술을 해볼까 생각 중인데 어떻게 생각해?"

"예?" 듣는 귀를 의심했다.

"거울을 보다 보니까 쌍꺼풀이었다면 얼굴이 더 멋있어지지 않을까 하는 생각이 들어서."

어지러웠다. 마땅한 대답이 얼른 떠오르지 않았다.

"히로미 짱도 성형수술 한 거지?"

"천만에요."

모난 말투로 대답했다. 사실은 콧대를 조금 만져주긴 했지만.

"턱도 조금 튀어나오면 어떨까 싶고."

이라부는 어느새 손거울을 들고 있었다. 제 얼굴을 여러 각도에서 비춰보며 삼매경에 빠져 있다. 가만 보니 머리카락 끝이 살짝 염색이 되어 있다. 옷차림도 오늘은 이탈리안 스타일이다.

그 나이에 멋내기에 눈을 떴어? 쓸데없이 애쓰네.

"선생님, 그것보다 턱 주변 비곗살을 제거하면 어때요?" 참다 못해 말해버렸다.

"그거 어떻게 하는 건데?" 이라부가 몸을 내밀며 물었다. "우리 병원에 정형외과가 없어서 잘 모르거든."

"진공청소기 같은 것으로 지방을 빨아내는 거예요……."

열심히 설명해준다. 이라부는 "흠, 흠" 하며 고개를 끄덕였다.

내가 뭐가 아쉬워서 이런 강의까지 하나? 나는 환자잖아.

히로미의 우울은 깊어만 갔다. 매일 백 번도 넘게 한숨을 짓고 있었다.

오래간만에 사무실에 얼굴을 비치자 여사장이 싫은 소리를 했다.

"너 아니어도 일할 사람은 많아."

책상에서 장부를 펼쳐놓고 계산기를 두드리고 있었다.

거들먹거리기는. 변변한 일거리도 물어다주지 못하는 주제에—. 그런 말이 튀어나오려는 것을 꾹 눌렀다.

"뭐, 불만 있어?"

"아뇨……." 눈길을 피하며 고개를 살짝 가로저었다.

애초에 회사를 잘못 골랐어. 히로미는 벌써부터 후회하고 있었다. 더 능력 있는 기획사에 들어갔다면 지금쯤 잘나가는 탤런트가 되어 있을 텐데.

화이트보드에서 스케줄을 확인했다. 자기 이름 칸에는 일거리가 드문드문 정도만 적혀 있었다.

하는 수 없지. 세 번이나 펑크를 내버리고 말았으니.

게시판도 살펴보았다. 여기에는 각종 오디션 전단지가 붙어 있었다.

'제1회 무비스타 콘테스트'라는 글자가 눈으로 날아들었다. 바짝 다가서서 주최자를 보니 업계에서 제일 큰 영화사였다.

대번에 가슴이 뛴다. 대형 영화사라면 데뷔는 따 놓은 당상이다. 상금은 1천만 엔. 상당히 규모가 큰 콘테스트다. 그랑프리 수상자는 비장의 카드라면서 대대적으로 홍보를 하겠지. '제1회'라면 회사의 자존심도 걸려 있다.

각 항목을 자세히 읽어보았다. '신데렐라 부문' '여배우 부문' 등 몇 가지 카테고리로 나뉘어져 있었다. 나는 당연히 여배우 부문이다. 섹시한 여배우의 모습을 보여주마.

"사장님"하고 어느새 입을 열고 있었다. "저, 여기 나갈래요."

"뭐? 야스카와 씨는 버라이어티 지망생 아니었나?"

"실은 여배우가 되고 싶었어요." 어느 쪽이든 상관없다. 연예인이면 된다.

"우리 회사에서는 에미린이 나갈 거야." 뭔가 궁리를 하는 모습이다. "회사로서는 '이 아이가 우리 회사의 우량주입니다' 하고 집중해서 밀어줘야 하니까 가능하면 한 명만 내보내는 것이……."

그런 어린 것이 우량주라고? 볼이 바르르 경련을 일으켰다.

히로미는 감정을 억누르고 "제발 부탁합니다" 하며 머리를 숙였다.

"뭐, 1차 서류 심사 정도라면 좋겠지. 신청해둘게." 사장이 손가락으로 잡은 안경테 위로 쳐다보며 말했다. "그 대신 도우미 일을 갑자기 취소하면 안 돼." 그리고 다시 하던 일로 돌아갔다.

흥, 생색내기는. 선발되면 너 같은 건 내 구두나 들고 따라다녀라.

"아, 참. 야스카와 씨." 사장이 얼굴을 들었다. "나이는 몇 살이라고 적을까?"

"……스무 살로 부탁해요."

사장은 잠시 뜸을 들이다가 "그러지 뭐"하고 혼잣말처럼 말하고 서류 더미를 책상 위에 탁탁 쳐서 정돈했다.

"그럼 가보겠습니다." 인사를 하고 사무실을 나섰다. 히로미는 코를 파서 회사 간판에 쓱쓱 문질렀다.

뭐야, 저런 사람이 사장이라고. 뜨지 못한 탤런트 출신인 주제에. 두 시간 드라마에서 눈요기용 노출 담당이었다는 것도 다 알아.

거리를 걷자 또다시 스토커들이 히로미 뒤를 따라왔다. 이제 군단을 이룬 양상이라 언제나 백 명은 넘는 것처럼 느껴졌다.

마음대로 따라오라지. 이 짓도 얼마 남지 않았다. 나는 이제 곧 영화배우가 된다. 너희들이 따라오지도 못할 곳으로 올라가는 거다.

옷 가게 쇼윈도에 제 모습을 비춰보았다. 포즈를 취한다.

멋지게 들어간 허리선. 살짝 올라간 히프. 불룩 튀어나온 가슴. 완벽했다.

방긋 웃어보았다. 순백색 이가 사르르 드러난다.

확신했다. 뽑힐 사람은 나다. 이보다 나은 여자는 존재할 수 없다.

기분이 쑥쑥 부풀었다.

지나가던 중년 남성이 히로미를 빤히 쳐다보았다.

"라이브로 볼 수 있는 것도 지금뿐인 줄이나 아세요, 아저씨."
으름장을 놓는 투로 말해주었다.

남자가 흠칫 놀라 보도 가장자리로 진로를 바꾸었다. 그 모습이 우스워 히로미는 깔깔거리며 웃었다.

이제야 내 본연의 모습을 찾았다. 뭇사람의 시선을 독차지하는 히로인의 모습 말이다.

그 자리에서 잠시 깔깔 웃어댔다. 길가는 사람들이 모두 히로미를 쳐다보았지만 워낙 예쁘니까 당연한 일이라고 개의치 않았다.

이라부에게 오디션에 대해서 말해주자 응원하겠다고 말해주었다.

"머리띠 두르고 응원해줄게." 눈을 반짝이며 말했다.

대회장이 어디인지는 말해주지 않았다. 이 병원에 다니는 것도 이제 얼마 남지 않았다.

1차 서류 심사는 여유롭게 합격했다.

총 응모자 10만 명에서 추려낸 200명 안에 들었다는 말을 듣고도 전혀 놀라지 않았다.

못생긴 아마추어들이나 떨려나갔을 것이다. 아마 그 200명은 하나같이 어느 기획사에 속해 있을 것이다. "내 허락도 없이 친구가 멋대로 접수해버렸던 건데 1등을 먹었네요." 이런 일은 결코 있을 수 없다. 심사원이 눈여겨보는 것은 무엇보다도 본인의 열정과 의욕이기 때문이다.

진짜 경쟁은 지금부터다. 히로미는 미용실에 다니며 미모를 갈고닦았다. 그렇게 까칠해졌던 피부도 윤기를 되찾고 있었다. 건강은 피부로 바로 드러난다. 아마도 건강을 되찾은 모양이다.

2차 심사는 이벤트 홀을 통째로 빌려서 치른다.

면접, 수영복 심사, 장기 자랑 등 세 가지를 무대에서 보여주고 각 부문마다 열 명 정도가 본선에 진출할 수 있다.

히로미는 물론 자신이 있었다. 주최자가 정통파 미인 여배우를 찾는다는 말을 듣고 뛸 듯이 기뻤다. 이건 완전히 나한테 유리한 게임이잖아. 그리고 매일 거울을 들여다보고 있자니 이 미모는 아마 세계 최고가 아닐까 하는 생각이 들었다.

우선은 일본에서 여배우로 데뷔하고 3년 뒤에는 할리우드로 진출하자. 이것은 꿈이 아니라 계획이다. 지난 며칠 동안 히로미는 얼마 전과는 달리 들뜬 마음으로 보내고 있었다.

대기실은 그냥 크기만 한 방으로, 널찍한 공간에 테이블과 의자들만 띄엄띄엄 놓여 있었다. 참가자들은 저마다 자리를 차지하고 앉아서 메이크업에 여념이 없다.

눈에 익은 얼굴도 몇몇 있었다. 오디션을 전전하는 여자들이다. 째려보는 일은 있어도 인사를 나누는 일은 없다.

"어머, 히로미 선배도 1차에 붙었네요."

그 목소리에 뒤를 돌아보니 소속사 후배 에미린이 서 있었다.

"다행이에요, 아는 사람이 있어서."

가식을 떨긴. 속으로는 똥줄이 타면서.

"그런데 히로미 선배가 스무 살인 줄은 전혀 상상도 못했어요." 비아냥거리는 기미를 드러내며 웃는다.

그런 말로 나를 흔들어놓겠다고? 가소로웠다. 이 몸은 관록이 달라. 예전에는 경쟁자끼리 음료에 몰래 설사약을 탄 적도 있다.

"너야말로 수영복 심사, 괜찮겠니? 체조 같은 것도 해보라고 할 텐데 브래지어에서 뽕이 튀어나오지 않게 조심해. 회사 자존심이 걸려 있으니까."

대기실에 낭랑하게 울려 퍼지는 목소리로 말해주었다. 에미린의 얼굴이 창백해졌다.

"그리고 다니는 학교는 밝히지 않는 게 좋을걸. 공부 못했다는 거 드러날라."

에미린은 입술을 바르르 떨며 제자리로 돌아갔다. "어머, 살벌해라"하고 속삭이는 소리가 여기저기서 들린다.

마음대로 떠들라지. 이건 전쟁이야. 친구 같은 거 필요 없어.

화장실에 가려고 대기실을 나와 계단을 내려갔다. "히로미 짱"하고 뒤에서 부르는 소리가 들렸다.

귀에 익은 소리다. 하지만 설마…….

"에헤헤. 나도 오디션 보기로 했어."

이라부였다. 가죽 점프슈트가 풍선처럼 부풀었다.

"나도 한번 영화에 출연할까 해서 말이야. 남자배우 부문에 응모했어."

"선생님이……?" 할 말이 얼른 떠오르지 않았다.

"그래. 합격하면 의사 겸 배우가 되는 거야. 멋지지 않아?"

"……성격파 배우 부문이나 칼에 찔려 죽는 배우 부문 같은 것도 있었나요?"

"아니. 액션스타 부문이야. 청춘스타 부문도 생각해봤지만."

머리가 아파왔다. 이건 대형 영화사의 제대로 된 오디션 아니었나?

"그럼 선생님, 서류심사는 통과한 거예요?"

"그런 건 무사통과지. 우리 아빠가 일본의사회 이사에다 고준샤(실업가나 명사들로 조직된 재단법인—옮긴이) 간부라서 여기저기 인맥이 많거든." 이라부가 가슴을 활짝 젖히며 말했다. "그러니까 우리 둘이 다 합격하면 동반 출연도 가능한 거야. 러브신도 찍을 수 있고. 으흐흐."

이라부는 계단참에 있는 대형 거울에 제 모습을 비춰보고 있었다. 포즈도 취해보았다.

아아, 알겠네. 이라부는 나르시스트였구나. 저 얼굴 저 몸매를 가지고도 제 딴엔 멋지다고 믿고 있는 거야.

얼마나 행복한 남자란 말인가.

"어때, 드 니로 같지 않아?" 팔짱을 끼고 턱을 쓰다듬어 보였다.

상대를 말자. 저런 흔해빠진 시시한 농담. 그보다는 내 오디션에 집중하자.

"그럼 선생님, 저는 이만." 얼른 뛰어서 사라졌다.

화장실에 들어가 정신을 집중했다. 나는 아름답다, 내가 최고다. 나 자신에게 확신에 말했다. 크게 심호흡을 하고 얍 하며 배에 기합을 넣었다.

오디션이 시작되었다.

면접은 미니 원피스를 입고 임했다. 이 자신 있는 각선미를 보여주지 않을 이유가 없지. 다리를 모으고 살짝 모로 앉은 다음 두 손을 무릎 위에 놓았다.

"야스카와 씨는 어떤 남성이 좋습니까?"

질문이 날아온다. 히로미는 잠깐 생각하는 시늉을 했다.

"꿈이 있는 사람이 좋아요. 그리고 그 꿈을 실현하려고 노력하는 사람이 좋습니다."

흔해빠진 질문에는 조금 뜸을 두었다가 대답하는 것이 요령이다. 급조한 대답이라는 인상을 주지 않기 위해서다.

"여기 자살하려고 하는 사람이 있습니다. 당신이라면 무슨 말로 설득하겠습니까?"

"음, 글쎄요……." 곤혹스러워 하는 표정을 보이는 것도 괜찮다. 다만 귀엽게. "내일 섹시한 동생을 소개해줄 테니까 자살은 그 다음에나 생각해보라고 하겠어요."

심사위원석에서 와락 웃음이 일었다. 쾌감이 등줄기를 타고 달린다. 면접은 성공이다.

히로미는 자기 차례가 끝나자 무대 아래로 내려가 경쟁자들의 면접 상황을 정찰했다. 상대방 시야에 얼쩡거려서 정신을 산

만하게 만들려는 의도도 있었다.

에미린은 멍청했다. 영화 오디션인데 "좋아하는 감독은?"이라는 질문에 "나가시마 씨(프로야구 요미우리 감독―옮긴이)입니다"라고 대답해서 실소를 자아냈다.

그 순간 눈이 마주치자 흥 하고 코웃음을 쳐주었다.

수영복 심사는 히로미의 독무대였다. 레이싱걸 경력을 거친 몸매에 눈길을 빼앗기지 않을 심사위원은 없었다.

다만 청초함도 강조해두어야 한다. 워킹이라면 자신이 있었지만 짐짓 어색한 척 걸었고, 그러면서도 마지막 인사 때는 가슴골을 충분히 보여주었다.

에미린은 여기에서도 멍청한 모습을 드러냈다. "예, 거기서 돌아요" 하는 심사위원의 요구에 잠시 어리둥절한 표정을 짓다가 바닥에 머리를 대고는 앞으로 한 바퀴 데구르르 굴렀다.

회장은 폭소에 싸이고 에미린의 얼굴이 돌처럼 굳었다.

복도에서 스칠 때 "너는 기획사의 수치야" 하고 귓가에 속삭여주었다.

에미린은 새빨개진 얼굴로 입술을 꼭 물고 있었다.

이제 우승한 거나 다름없다. 마지막 장기 자랑에서 결정타를 날리면 된다.

히로미는 디스코 춤을 계획하고 있었다. 면접에서 미니를 입었으니까 이번에는 보이시한 모습을 보여줄 작정이었다. 밀리터리룩에 베레모다.

대기실에서 옷을 갈아입고 거울 앞에서 베레모를 썼다.

지직 하는 소리가 났다. 이게 뭐지, 하며 벗으려고 했다.

그 순간 얼굴에서 핏기가 싹 가셨다.

당했구나—. 눈앞이 캄캄해졌다.

얼굴에서 발까지 내려간 피가 이번에는 반대로 머리끝까지 뻗쳐올라왔다.

모자 속에 박스테이프가 들어 있었던 것이다. 더구나 접착면을 드러낸 채.

"누구야!" 고함을 질렀다. "누구 짓이야!"

누구 짓인지 알고 있다. 에미린이다.

여자들이 모여들었다. 저마다 얼어붙은 표정으로 히로미 머리를 보고 있었다. 그 중에 에미린은 없었다.

모자는 벗었지만 박스테이프는 여전히 머리카락에 들러붙어 있었다. 정수리에도 옆머리에도. 모자 전체에 착실하게 장착되어 있었던 것이다.

눈앞이 어찔했다. 충격과 분노로 온몸이 덜덜 떨렸다.

"야, 에미린!" 목소리가 거칠어졌다. "어디야, 어서 나오지 못해!"

여자들이 히로미를 피해 뒷걸음질 쳤다. 휘말리고 싶지 않은 얼굴들이다.

"이러고도 무사할 줄 알고!"

대기실을 우왕좌왕 돌아다녔다. 무엇을 해야 할지 알 수 없었다. 목구멍 속에서 격정이 터져 나왔다. 히로미는 혼란에 빠졌다.

끝장났다. 오디션은 물 건너갔다. 벌써 스물네 살이다. 이것이 마지막 기회였다. 여배우의 길도 막혀 버렸다. 이대로 평범한 도우미로 끝나버릴 것이다. 못난 남자들에게 망상의 대상밖에 못 되는—.

절망에 빠져들었다. 다리가 엉켜서 똑바로 걸을 수도 없었다.

언뜻 돌아보니 회장 안을 헤매고 있었다. 어디선가 남자들의 고함 소리가 들렸다.

"오디션도 못 보게 하고, 이거 뭐하는 거야! 장난치는 게 아니라고 몇 번이나 말했잖아!"

이라부였다. 회장 구석에서 턱살을 흔들며 진행 요원에게 거칠게 항의하고 있었다.

"이봐요, 당신. 제정신이야? 누구 연줄인지는 몰라도 그 나이에 액션스타가 되겠다니, 왜 말도 안 되는 억지를 부리고 그래요!"

"네 눈은 폼으로 달렸냐? 여기 스타 후보가 눈에 안 보여!"

"어쨌든 돌아가세요. 우리도 바빠요."

"아, 히로미 짱." 이라부가 히로미를 알아차렸다. "이 놈들한테 뭐라고 말 좀 해줘. 나, 장난하는 거 아니라고 말이야."

"저어, 죄송한데요. 저는 야스카와 히로미라고 하는데요, 지금까지 매긴 점수, 제가 1등 맞죠?"

진행 요원한테 매달려 팔을 마구 흔들었다.

"뭐에요, 당신은." 담당자가 흠칫 놀랐다. "이봐, 경비원 좀 불러." 손에 든 무선기에다 대고 소리를 질렀다.

"저 1등 맞죠?"

"이상한 사람이 둘이나 있어. 빨리 회장에서 쫓아내!"

"대답 좀 해봐요."

"하나는 뚱뚱한 중년 남자고 또 하나는 머리에 박스테이프를 덕지덕지 붙인 여자야."

"내가 제일 예쁘죠?"

"나도! 내가 제일 멋있지?" 이라부가 끼어들었다.

당신은 저리 비켜. 내 인생이 걸린 일이란 말이야.

"여기 히로미 짱하고 영화에 동반 출연 하기로 약속했단 말이야."

한 묶음으로 취급하지 마. 제발 한 묶음으로 취급하지 말아줘—.

뒷덜미를 잡혔다. 제복을 입은 듬직하게 생긴 경비원이 여러 명 달려온 것이다.

번쩍 들렸다. 있는 힘껏 버둥거려 보지만 저항할 길이 없었다.

회장 밖으로 실려 나왔다. 시야가 갑자기 밝아졌다. 문득 종달새 소리가 귀로 날아들었다.

온몸에 맥이 탁 풀렸다.

히로미는 높고 청명한 하늘을 올려다보며 '아, 참 오랜만에 보는 하늘이네'하고 상황에 전혀 어울리지 않는 생각을 했다.

머리를 잘랐다. 얼마나 잘랐느냐 하면 아카쓰카 후지오 만화에 나오는 하타보 못지않게 짧게 쳤다.

화장도 옷차림도 바꾸었다. 이런 헤어스타일에는 짙은 아이라인도 짧은 타이트스커트도 전혀 어울릴 것 같지 않았다.

히로미는 몇 년 만에 평범한 청바지를 입었다. 스웨터도 지극히 평범한 것이었다.

지금은 그런 모습으로 디자인 회사에서 견습 사원으로 일한다. 도우미 일은 사무소에서 계약을 해지하면서 그만두었다.

거리를 걸어도 아무도 돌아보지 않게 되었고 물론 쫓아오는 남자도 없어졌다.

귀신이 물러간다는 말은 아마 이런 경우를 두고 하는 말일 것이다.

몸이 가벼워진 것 같고 뭔가를 깜빡 두고 온 것 같은 느낌. 몸도 마음도 시원해진 느낌이다.

다만 상한 몸은 금세 낫지 않는지 히로미는 지금도 매주 한번 이라부종합병원에서 약을 처방받고 있다.

"이상하네, 왜 서류 심사에서 떨어졌을까."

이 남자는 아직 질리지도 않는 모양이다. 여기저기 오디션에 이력서를 보내고 있다.

"선생님은 의사니까 연예인이 되지 않아도 되잖아요."

"하지만 한번쯤 텔레비전에 나오고 싶거든."

진지한 눈빛으로 말하는 것을 보면 그만 웃음이 터져버린다.

"히로미 짱, 몸은 좀 어때?"

"예, 좋아지는 것 같아요. 왠지 요즘 몸도 가볍고."

"아마 갑옷을 벗어던져서 그럴 거야."

"갑옷?"

"흔한 일이지. 불량 중학생이 새로 전학한 학교에서는 리젠트 헤어스타일을 하지 않으니까 갑자기 밝고 얌전한 소년으로 돌아갔다거나."

"선생님, 리젠트 헤어스타일은 호랑이 담배 먹던 시절 얘기예요."

어쩐지 납득이 갔다. 지금까지 자신에게 화장과 미니스커트는 갑옷이었다. 사람은 한번 손에 쥔 무기는 어지간해서는 놓지 못하는 법이다.

"물론 이제 스토커는 없겠지?"하고 묻는 이라부.

"예, 없어요." 히로미가 쓴웃음을 짓는다. "그런데 맨 처음 제가 여기 와서 이야기할 때 선성님은 다 믿었던 거예요?"

"아니." 너무나 쉽게 고개를 가로저었다. "첫 눈에 피해망상이란 걸 알았지. 하지만 그런 병은 부정해봐야 소용이 없거든. 긍정해주는 데서부터 치료를 시작하는 거야. 잠을 못 자는 사람한테 잠 좀 자라고 말해봐야 소용없어. 아무래도 잠이 안 오면 그냥 깨어 있어도 괜찮다고 말해주면 환자도 마음이 편해지지 않겠어? 그럼 곧 잠을 잘 자게 되거든. 그거랑 같은 거야."

히로미는 새삼 이라부를 쳐다보았다. 혹시 명의 아냐?

"그런데 말이야, 나, 히로미 짱의 그 단발머리 너무 마음에 든다. <u>으흐흐.</u>"

눈초리를 늘어뜨리며 다가왔다.

"잠깐만요, 선생님. 이제 안 그러겠다고 하셨잖아요." 히로미가 뒤로 물러났다.

"아니. 단발머리가 되었으니까 얘기가 달라졌잖아." 콧구멍으로 거친 숨을 토해낸다.

이건 또 무슨 억지일까. 이 사람은 포기할 줄을 모른다.

히로미는 먼저 발로 막았다가 지난번처럼 냅다 걷어찼다. 활동에 편한 청바지 차림이라 두 발로 차주었다.
이라부가 소파와 함께 뒤로 자빠졌다.
쿵 하는 소리가 진찰실에 울려 퍼졌다.

프렌즈

1

휴대폰으로 보내는 문자가 하루 200개를 넘었다.

문자 하나에 3엔이니까 하루 600엔이다. 하루도 거르지 않으니 기본요금과 통화료를 합치면 다달이 2만 엔이 너끈히 넘는다.

고교 2학년 쓰다 유타는 부모에게 매달 용돈을 2만 엔씩 받는다. 급우들은 "외아들이라 대우가 다르구나"하고 비아냥거리지만 점심값까지 포함된 돈이라 실제 용돈은 훨씬 적다.

"그만한 돈이면 옷이든 CD든 다 살 수 있겠다"라는 것이 엄마의 주장이다.

세상 돌아가는 걸 통 모른다니까. 요즘 고교생들은 다들 휴대폰 요금 때문에 허덕이고 있다.

유타도 패스트푸드점에서 아르바이트를 해서 겨우 충당해왔다. 일주일에 닷새를 하루 세 시간씩 일해서 한 달에 5만 엔쯤 번다. 그 돈으로 겨우 옷이나 CD를 사는 형편이다.

"그럼 모두 7만 엔이구나. 너, 아빠 용돈은 얼마나 될 것 같냐?"

아빠가 낯을 붉히며 화를 낸 것이 지난달이었다.

"공부는 제대로 하는 거니? 내년이면 3학년이야."

엄마 잔소리는 아침저녁 두 번으로 정해져 있다.

사실 날이 갈수록 부모의 비난은 강도가 약해지고 있다. 유타의 왼손이 경련 증상을 보이면서부터 그렇다.

저녁 식탁에서도 휴대폰으로 계속 문자를 보내는 유타에게 아버지가 짜증난 목소리로 말했다.

"이제 작작해! 맞을래!"

그래도 무시하고 휴대폰 화면에 몰두하자 엄포를 놓은 체면에 물러설 수도 없었는지 정말로 머리를 때렸다.

"아, 왜 때려요!" 유타가 반항했다.

아버지는 휴대폰을 낚아채서 거실 소파에 던져버렸다. 식탁에 무거운 공기가 흐른다. 그리고 몇 분 뒤 유타의 왼손이 멋대로 떨기 시작했다.

손가락 끝에서 시작되어 팔꿈치에 이르더니 끝내는 만돌린이라도 치는 것처럼 팔 전체가 위아래로 흔들렸다.

깜짝 놀란 유타가 얼른 달려가 휴대폰을 주워 왼손에 쥐어주자 그제야 경련이 멈췄다.

아버지와 어머니는 얼굴이 창백해졌다. 마른침을 삼키고 잠시 아무 말이 없었다.

"병원에 데려가 봐……." 아빠가 멍하니 말했다. "전차 타고 가다보면 보이잖아, 이라부인지 뭔지 하는 병원. 종합병원 아니었나?"

유타는 그리 걱정하지 않았다. 문자 보내느라 너무 자판을 누르다 건초염에 걸린 친구도 있는데 그와 비슷한 증상일 거라고 생각했다. 실제로 그 친구는 오른손으로도 자판을 누르게 되면서 그 증세가 사라졌다.

"엄마는 네가 늘 휴대폰을 쥐고 사는 게 걱정돼."

엄마 표정이 잔뜩 흐렸다. 중학교 시절 유타가 한때 등교거부를 했던 것을 떠올리는 것 같다.

"아르바이트가 바빠서 병원 갈 시간 없어"라며 용돈을 달라고 넌지시 암시하자 엄마는 "그럼 만 엔 줄 테니까 병원에 가자"하고 제안했다.

오, 좋았어! 게다가 수업도 떳떳하게 빠질 수 있다.

다만 엄마가 같이 가겠다는 것만은 사양했다. 열일곱 살씩이나 돼서 엄마랑 같이 다니는 건 남세스럽다.

엄마는 '신경정신과'에 예약해두었다고 했다. 유타는 특별한 의문은 품지 않았다. 병원에 대해서도 아는 것이 전혀 없었다. 아는 것이라고는 내과와 외과가 있다는 것 정도였다.

이라부종합병원 신경정신과는 건물 지하에 있었다. 밝고 청결한 로비에 비하면 그곳은 꼭 운동부 서클룸 같았다. 어둑하고 시큼한 냄새가 난다.

지금 지하실. 졸라 겁나.

얼른 휴대폰으로 수업중인 친구들에게 단체문자를 날렸다. 병원에 간다는 것은 어제 알려둔 터였다.

문을 노크한다. 안에서 "네, 어소세요" 하는 새된 목소리가 들렸다.

'어소세요' 래. 진짜 졸라 겁나.

이렇게 번개처럼 문자 날리는 것은 일도 아니다. 1분에 80타는 누를 수 있다. 모닝구무스메 콘서트에 가서 친구들에게 실황중계를 한 적도 있을 정도다.

안에 들어서자 뚱뚱한 중년 의사가 혼자 소파에 앉아 있었다.

딱 보니 하마네. 하마. 대박.

"쓰다 군이지? 그건 뭐 하는 거야?" 의사가 턱살을 흔들며 묻는다.

붙임성은 있어 보인다. 가슴에 단 명찰을 보니 '의학박사 이라부 이치로'라고 되어 있다.

"아, 아뇨." 유타는 고개를 까딱하고 인사를 하는 둥 마는 둥 하며 스툴에 앉았다.

"자, 주사부터 맞자."

"예?" 눈을 동그랗게 떴다.

"아, 괜찮아, 괜찮아. 너희 엄마한테 대강 들었으니까. 어이, 마유미 짱."

다짜고짜 주사 준비가 시작되었다.

허걱, 보자마자 주사부터 맞으래.

"포도당 주사니까 걱정할 거 없어."

주사대에 왼팔을 올려놓았다. 문득 좋은 냄새가 나서 얼굴을 들어보니 눈앞에 간호사의 가슴골이 있었다.

거유 간호사 등장. 가슴골이 다 보여. 쩐당.

이내 성기가 고개를 쳐들었다.

"팔에 힘 빼."

간호사 목소리가 퉁명스럽다. 기분이 안 좋은 것 같기도 하다.

아무렴 어떤가. 숫총각 유타는 여자의 보드라운 피부를 코앞에서 느끼는 것이 난생 처음이다.

휴대폰을 오른손으로 바꿔 들었다. 간호사가 웅크리고 앉자 이번에는 치맛자락 사이로 허벅지가 드러났다.

빤쭈가 보일락 말락 . 쩐당 . 진짜 뻥 아냐 .

 목덜미에 콧김이 훅 닥쳤다. 뭐지? 붉게 달아오른 이라부의 얼굴이 어깨 바로 위에 와 있었다.

헐 , 문자 때리다 들켰당 . 진짜 돌겠네 .

 속으로 하는 생각을 저도 모르게 자판에 누르고 만다. 그런데 제지당하지는 않았다. 이라부는 왠지 달아오른 얼굴로 유타의 왼팔만 응시할 뿐이다.

 주사가 끝나자 이라부와 의자에 마주앉았다.

 "휴대폰 중독이라고?"

 이라부가 잇몸을 드러내며 씩 웃는다. 거침없는 말투에 화가 났다.

 "아닌데요."

 "나는 휴대폰이란 걸 써본 적이 없어."

 믿어지지 않았다. 요즘 그런 일본인도 있나? 엄마도 외출할 때는 핸드백에 챙긴다.

 "잠깐 줘봐."

 마지못해 건네주었다. 신기한 듯이 관찰하고 있다.

 "이거 얼마나 하지?"

 "10엔이요."

이라부가 휴대폰을 바닥에 떨어뜨렸다. 유타가 깜짝 놀라며 얼른 주웠다.

"구형이라 그래요." 묻기도 전에 설명해주었다. "최신형은 이삼만 엔쯤 되지만 낡은 기종은 공짜나 다름없이 주고 그 대신 통화료로 버는 거죠."

"흐음." 이라부는 아랫입술을 쑥 내밀고 있었다. "그럼 문자라는 건 어떻게 보내는 거지?"

귀찮아. 그래도 표정으로 드러내지 않고 가르쳐주었다.

"굉장하네. 버튼이 요 정도밖에 없는데 한자 변환까지 할 수 있다니."

이라부는 아이처럼 눈알을 반짝이고 잠시 버튼을 조작하느라 열을 올렸다.

"와, 기호까지 되네. 우는 얼굴이나 웃는 얼굴도 있잖아!"

"그런 건 중학생들이나 가지고 놀아요. 우리는 실력이 되니까 제대로 된 문자를 보내죠."

유타는 으쓱하며 대답했다. 유치한 그림문자 가지고 놀다가는 친구들한테 무시당한다.

"이건 무슨 구멍이지?" 하고 묻는 이라부.

"스트로보 꽂는 잭이에요. 최신 휴대폰은 사진을 찍어서 전송할 수도 있어요."

"그으래? 스트로보 가지고 있어?"

"예, 허접한 거지만."

주머니에서 꺼내 보여주었다. 플라스틱 장난감 같은 모양을 보고 이라부의 얼굴이 환해졌다.

"좋아, 찍어봐, 찍어봐."

휴대폰을 유타에게 쥐어주고 손가락으로 브이를 그린다. 이 아저씨, 정말 의사 맞아?

하는 수 없이 셔터를 누르고 화면에 나온 제 모습을 보여주었다. 이라부는 콧구멍을 넓히며 그렇게 좋아할 수 없다. 그 기뻐하는 모습이 아무리 봐도 어른의 모습이라고 할 수 없다.

이게 바로 하마 의사.

모처럼 사진을 찍은 김에 틈을 봐서 얼른 문자를 보냈다.

"휴대폰은 어디서 사는 거지?"

이라부가 다시 유타의 휴대폰을 낚아챘다. 그런 것도 모르나?

"전자 제품 파는 데면 어디나 있어요. 편의점에서 팔기도 하고요."

"아, 걸렸다, 걸렸다." 이라부가 멋대로 전화를 걸었다. "현재 시간 알려주는 번호야."

남의 통화료로 쓸데없는 통화를 하다니.

"110(경찰에 범죄를 신고하는 번호—옮긴이)에 걸어볼까?"

"하지 마세요. 통화 기록 남는단 말예요."

이라부는 휴대폰을 돌려주려고 하지 않았다. 왼손으로 꼭 쥐고 도라에몽 같은 손가락으로 여기저기 자판을 누르고 있다.

"오오, 게임도 할 수 있잖아!"

"저어, 메모리 되어 있는 거 지우지 마세요." 유타는 속이 탔다. 이라부는 홀린 것처럼 휴대폰에 몰두하고 있다.

10분쯤 지나자 유타의 가슴은 초조함 비슷한 감정으로 끓어올랐다.

문자가 와있을 텐데. 쉬는 시간이면 대개 누구한테서든 문자가 온다.

"죄송한데요, 선생님. 휴대폰 좀 돌려주실래요?"

대답이 없다. 다시 한 번 재촉했다. 이라부는 착신음 멜로디를 틀며 놀았다.

왼손이 떨리기 시작한다. 얼굴에는 비지땀이 나오고 있다.

"선생님, 주세요." 하며 휴대폰으로 손을 뻗었다.

"쪼끔만 더." 이라부가 몸을 틀며 피했다.

뭐야, 이 아저씨. 꼭 어린애 같잖아. 그것도 초등학생처럼 자기밖에 모른다. 유타의 심장 박동이 빨라지고 입술이 바짝 탔다.

"선생님, 제발 돌려주세요." 스툴에서 일어나 이라부 손에서 휴대폰을 억지로 빼앗았다.

"아, 미안, 미안." 이라부가 그제야 제정신을 차렸다. "나도 모르게 폭 빠졌네."

어깨에 힘이 탁 풀렸다. 유타 입에서 탄식이 흘러나온다. 온몸이 땀으로 흠뻑 젖은 것을 그제야 알았다.

"나도 당장 사야지." 이라부가 환하게 웃었다. "그럼 오늘은 여기까지. 내일 또 와."

통원 치료를 하자고? 가만히 한숨을 지었다.

"안녕히 계세요" 하며 고개를 숙이고 복도로 나왔다. 마유미라는 간호사가 벤치에 앉아 담배를 피우고 있었다. 허벅지가 훤히 드러나도록 다리를 꼬고 앉아 있다.

내일 또 올게요. 유타는 속으로 그렇게 소리를 질렀다.

"저어." 주저주저 말을 건넸다. "누나, 휴대폰 메일 주소 좀 가르쳐줄래요?"

전화번호를 달라고 할 용기는 없지만 메일 주소라면 인사 겸 부담 없이 물을 수 있다. 여자친구는 없지만 여자 메일친구라면 백 명은 된다.

마유미가 유타를 힐끗 쳐다보았다. "그런 거 없어." 나른한 목소리로 말했다.

유타는 귀를 의심했다. 이라부는 아저씨라 그렇다 쳐도 마유미 씨는 척 보기에 스물두세 살밖에 안 될 것이다.

휴대폰 없는 사람을 두 사람이나 연달아 만나는 것이 참으로 희귀하게 느껴졌다. 휴대폰 없이 어떻게 연애를 하지?

"그럼 폰카로 한 장만 찍어도 될까요?"

"그냥 보기나 해."

간결하게 거절당했다. 마유미 씨가 담배를 재떨이에 비벼 끈다. 또 가슴골이 보인다. 아랫도리가 몸부림을 친다.

"또 무슨 볼일 남았니?" 멀거니 서 있자 마유미가 목을 박박 긁으며 물었다.

고개를 가로젓고 물러간다. 정말 이상한 병원이다. 의사고 간호사고 모두.

학교에 도착한 유타는 즉시 친구들에게 오늘 일을 보고했다.

"진짜 죽이게 섹시하더라, 그 간호사. 가운 앞 단추를 세 개나 풀어놓고 있더라고."

"그런 간호가가 어딨냐. 지어낸 얘기지."

"진짜라니까. 잘 하면 젖꼭지도 보이겠더라니까."

"그래, 왜 아니겠냐. 거기다 치마도 미니스커트였겠지?"

"그 성인 쇼, 볼만하디?"

"연장 요금 뜯기진 않았냐?"

저마다 놀려댄다. 내일은 돌카라도 찍어 와야지 생각했다. 그 간호사 사진을 보면 다들 통원 치료 하겠다고 야단나겠지.

"그런데 유타, 글레이의 최신 CD 샀냐?"

친하게 지내는 친구 요스케가 물었다. "응." 당연하다는 투로 대답했다.

"내일 MD 가져올 테니까 녹음해줄래?" 손을 모으고 부탁한다.

"좋아." 너른 아량으로 응해주었다.

"그럼 유타, 시이나 링고의 신보는?" 또 다른 친구 신페이가 끼어든다.

"당근 샀지."

의자 등받이에 몸을 기대며 담배 피는 시늉을 했다.

"난 그거 녹음해줘."

"음, 알았어." 친절하게 다 받아주었다.

"스가 시카오는 샀냐?" 세 번째 친구 나오야가 묻는다.

"아직."

"빨리 사서 빌려주라." 그렇게 말하며 어깨를 툭 쳤다.

조금 화가 나지만 "알바한 돈 받으면" 하고 대답하고 잡담을 계속했다.

유타는 매달 싱글과 앨범 CD를 열 장 넘게 구입한다. 1만 엔에서 1만 5천 엔은 든다. 고교생치고는 많이 쓰는 편이다.

히트 차트 상위에 오를 만한 CD는 대개 구해둔다. 그래서 음악 이야기를 할 때는 대부분 대화를 주도할 수 있다.

친구들이 자기한테 의지하는 것도 기분이 좋다. 여학생들이 "좀 빌려줘"하고 부탁할 때가 있어서 요즘은 후쿠야마 마사하루 같은 가수까지 범위를 넓히기도 한다.

유타는 별로 유행하지 않는 서양 팝송을 듣는 아이들의 마음을 통 이해할 수 없었다. 같은 반에도 비요크라는 가수를 좋아하는 아이가 있다. 덕분에 대화에 끼지 못하는 모양이다.

"어이, 여상 애들한테 문자가 왔어. 미팅 하재." 요스케가 휴대폰을 들여다보며 말했다.

"왜 네 휴대폰으로 연락이 오지?" 나오야가 입을 삐죽거렸다.

잡담을 하면서도 모두들 휴대폰을 손에서 놓지 않는다. 유타도 입으로 떠들면서도 왼손으로는 쉴 새 없이 문자를 입력하고 있다. 인터넷에서 알게 된 얼굴도 모르는 메일 친구도 있다.

유타는 이렇게 동료와 어울리는 것이 좋았다. 혼자가 아니라는 안도감을 느낄 수 있고 여기저기 얼굴을 내밀면 아는 사람들이 늘어나기 때문이다.

아마 친구가 서른 명은 될 것이다. 방과 후 역 앞에 한 시간만 서 있으면 아는 친구 몇 명은 만날 수 있다. "어이, 유타"하고 모두들 부담 없이 인사를 한다.

발이 넓은 건 좋은 일이다. 관계를 유지하느라 돈과 시간을 쓰는 것은 어쩔 수 없는 일이다. 유타는 이것도 투자라고 믿고 있었다.

2

 이튿날 병원에 가보니 이라부가 책상 위에 휴대폰을 여러 개 죽 늘어놓고 유타를 기다리고 있었다.
 "자, 사용법 좀 가르쳐줘."
 말문이 막혔다. 각 회사의 최신 기종이 나란히 놓여 있었다.
 "선생님, 뭘 이렇게까지……."
 "어느 회사 걸 사면 좋은지 몰라서 말이야."
 잇몸을 드러내며 웃는다. 이라부는 정말로 아는 것이 없는지 문자 보내는 방법도 몰랐다. 패스워드나 어드레스를 설정해서 당장 사용할 수 있게 해주었다.
 "그럼 내가 쓰다 군 휴대폰에 문자를 보내볼게."
 이라부는 도라에몽 같은 손가락으로 버튼 조작에 열중했다. 곧 무사히 수신된 화면을 보여주자 이라부는 뛸 듯이 기뻐했다.
 "이번엔 쓰다 군이 보내봐."
 이라부의 재촉에 저도 모르게 평소 버릇대로 '우리 메일 친구해요'하고 보냈다. 이라부는 눈초리를 늘어뜨린 행복한 얼굴로 손가락을 모아 오케이 사인을 해보였다.

대체 무엇 하러 여기에 왔는지 알 수가 없었다. 엄마는 아들이 병에 걸렸다고 걱정해서 보낸 것인데.

"그럼 주사 맞을까. 어이, 마유미 짱"하고 부르는 이라부.

그래, 오늘은 마유미 씨 사진을 찍기로 했지.

유타는 몰래 휴대폰에 스트로보를 장착하고 오른손에 바꿔들었다. 주사대에 왼팔을 얹어 놓고 마유미 씨가 몸을 굽히는 순간을 기다렸다.

소독약을 바른다. 바늘이 찌른다. 미지근한 숨결이 목덜미에 불어와 뒤를 돌아보니 또 이라부 얼굴이 바로 옆에 와 있었다. 정말 왜 이래, 이 아저씨!

하지만 지금은 그런 데 신경 쓸 때가 아니다. 마유미 씨의 가슴골은 오늘도 활짝 열려 있다.

좋은 냄새가 유타의 코를 들쑤셨다. 꼭 껴안고 싶은 충동에 시달린다. 셔터에 손가락을 올렸다.

그때 왼팔에 예리한 통증이 왔다. 저도 모르게 비명을 질렀다.

"아, 미안. 혈관을 놓쳤네." 마유미 씨가 말했다. 전혀 미안해 하는 목소리가 아니다. 그녀는 유타의 팔에 감은 고무 밴드를 풀려고 했다. 그러다 손이 미끄러져 유타의 오른손을 툭 쳤다.

그 바람에 휴대폰을 놓치고 말았다.

휴대폰이 소리를 내며 바닥을 굴렀다.

"어머, 이런!" 마유미 씨가 몸을 일으킨다. 사과 한마디 없다. 차가운 눈으로 유타를 내려다보고 "다시 놓자. 바늘이 부러지지 않아야 할 텐데"라는 겁나는 소리를 했다.

눈치를 챈 것 같아서 계획을 중단했다. 눈을 마주치지 않으려고 애쓰며 물러났다. 그나저나 마유미 씨는 성격이 꽤 거친 것 같다. 저래 가지고 남자나 있을까 싶었다.

학교에서는 늘 친구들과 놀 계획을 짰다. 쉬는 시간은 대개 친구들과 어울린다.

혼자 추리소설이나 읽고 있는 급우들을 유타는 도통 이해할 수 없었다.

"재미있냐, 그거?"하고 그 아이에게 물어본 적이 있다.

"재미있어"라는 따분한 대답이 돌아왔다.

소설나부랭이는 언제 읽어봤는지 기억도 나지 않는다. 유타는 한 시간도 가만히 앉아 있지 못한다.

"여상 애들하고 미팅하는 거 말인데." 요스케가 책상 위에 양반다리를 하고 앉아서 말했다. "네 명씩 나오기로 했어. 신페이, 나오야, 유타, 그렇게 알고 있어."

"호박들만 나오면 알아서 해."

"미리 사진을 보내라고 해."

"그거 좋은 생각이다. 우리도 보내주자."

넷이 머리를 모으고 휴대폰으로 찍었다. 그리고 즉시 상대 여학생에게 전송했다.

그동안에도 저마다 휴대폰으로 문자를 보내고 있었다. 다만 유타의 휴대폰이 상태가 좋지 않았다. 자꾸 '송신 실패'라는 에러 메시지가 뜨는 것이 메일 기능이 제대로 돌아가지 않았다.

병원에서 떨어뜨린 탓일까? 게다가 수신도 불안하다. 수신 데이터에 에러가 나오자 상대방이 그냥 지워버리는 것 같았다.

시험 삼아 요스케에게 한번 보내보라고 했다. 역시 수신하지 못했다.

이렇게 되자 안절부절 견딜 수 없었다. 중요한 메일을 받지 못하는 건 아닐까? 걱정이 돼서 죽을 노릇이다.

다른 학교 친구에게 전화를 걸어보았다.

"혹시 나한테 문자 보냈나?"

"아니. 왜?"

"아무래도 휴대폰이 고장 난 것 같아서."

"흠." 관심 없다는 듯이 반응한다.

그런 전화를 몇 명에게 해보았다. 모두들 "오늘은 안 보냈는데"라는 대답이었다.

그러나 이건 우연일 뿐이다. 보내는 것보다야 훨씬 적지만 하루에 수십 통은 문자를 받아왔다.

계속해서 여기저기 전화를 걸었다. 마침내 통화 기능까지 이상해졌다. 번호를 눌러도 통화중을 뜻하는 뿌우뿌우 하는 소리만 들렸다.

"어이, 나오야. 휴대폰 좀 빌려줘."

"안 돼."

냉정하게 거절당했다. 요스케도 신페이도 문자 보내느라 바빠서 들은 척도 하지 않는다.

마침내 전원도 들어오지 않게 되었다. 휴대폰이 주머니만 차지하는 짐이 되고 말았다.

오후 수업은 유타에게 고문이나 다름없었다.

보나마나 문자를 보내지 못해서 애태우는 친구가 있다. 어쩌면 그래서 기분이 상한 친구가 있을지도 모른다. 문자를 교환하는 여학생들은 금세 다른 상대를 찾을 가능성도 있다.

그렇게 생각하니 안절부절 할 수 없었다.

주위를 둘러본다. 몇몇 남녀 학생들이 교과서를 병풍처럼 세워놓고 휴대폰을 만지작거리고 있었다. 본래대로라면 자기도 그 일원이 되었어야 하는데―.

얼굴에 땀이 배어나왔다. 심장 박동이 빨라진 것 같았다. 자꾸만 밀고나오는 하품을 깨물며 다리만 채신머리없이 달달 떨고 있었다.

학교가 파하면 제일 먼저 서 휴대폰을 사러 가자. 돈이 없어서 최신 기종은 힘들지만 이것과 같은 기종이라면 공짜나 다름없는 것들이 즐비하다. 기종 변경 절차라면 30분이면 족해서 그 자리에서 당장 사용할 수 있을 것이다.

왼손에 경련이 왔다. 당혹스러워 엉덩이 밑에 깔고 앉았다. 이를 악물고 온몸에 넘쳐나는 듯한 초조감과 싸웠다.

"어이." 옆자리 요스케에게 작은 목소리로 말을 건넸다. "부탁 좀 하자."

요스케가 처다보며 "왜? 안색이 안 좋다, 너"하고 걱정스러운 목소리로 말했다.

"니시고등학교의 야마다랑 기타고등학교의 다카하시한테 문자 좀 넣어줘. '쓰다 유타 휴대폰은 현재 고장 중'이라고."

"무슨 약속 있어?"

"그건 아니지만."

"그럼 뭐하러 보내?"

"나한테 메일을 보내지 못해서 짜증을 내고 있을 것 같아서."

요스케가 미간을 찡그렸다. "뭐하고 그렇게까지 하냐. 전송이 안 되면 그냥 포기하겠지."

"이봐, 거기!" 교단의 교사가 날카롭게 주의를 주었다. 두 사람 모두 자라목이 되었다. 요스케는 휴대폰을 주머니에 넣어버렸다.

땀이 점점 심하게 났다. 방과 후까지 기다릴 수 없을 것 같았다. 5교시가 끝나면 몰래 학교를 빠져나가자. 역전 가전제품점에 가면 각 회사의 휴대폰이 다 모여 있다.

마른침을 삼킨다. 아니, 이젠 5분도 못 기다리겠다. 친구들이 메일을 보내지 못해서 짜증을 내고 있을 게 틀림없다. 그 중에는 중요한 연락도 있을 텐데.

견디기 힘든 불안감이 엄습했다. 이런 일은 처음이었다.

유타는 가방에 노트들을 집어넣고 가만히 어깨에 둘러맸다.

요스케가 눈을 동그랗게 뜨고 쳐다보았다. "야, 땡땡이 칠 거냐?"

대답하지 않았다. 교사가 칠판을 향하고 있는 틈에 엉거주춤한 자세로 교실 뒷문으로 종종거렸다. 그를 본 몇몇 아이가 눈을 동그랗게 뜨고 있었다.

가만히 문을 열고 복도로 나섰다. 교사는 아직 모르고 있었다. 주저 없이 행동하니 오히려 들키지 않았다고 생각했다.

곧장 학교를 빠져나가 버스에 올라탔다.

암만해도 이상한데. 유타는 새 휴대폰을 꼭 쥐고 생각했다.
수업을 팽개치고 도망 나올 필요도 없었다. 냉정해지고 나서 생각해보니 일각을 다툴 필요가 전혀 없었다.
휴대폰을 구입하기 무섭게 그 자리에서 친구들에게 줄줄이 문자를 보냈다. 고장 났었다고 설명하고 불통 사태를 사과했다. 그러나 반응은 썰렁해서 대부분이 "아, 그래?" 하는 게 고작이었다.
다만 같이 아르바이트 하는 유리가 "그 기분 이해해"하고 말해주어서 그나마 위안이 되었다.
"나도 휴대폰 잃어버렸을 때는 공황 상태에 빠지더라."
만약 지금 휴대폰을 잃어버린다면 난 졸도할지도 모르겠다.
"그런데 쓰다, 오늘 저녁 알바들끼리 노래방에 가기로 했는데 너도 갈래?" 하는 유리.
"응, 당근이지." 냉큼 고개를 끄덕였다.
"쓰다, 늘 호응이 좋아." 유리가 웃고 있다.
유타는 누가 놀러 가자고 했을 때 거절한 적이 없다. 자기가 없는 자리에서 뭔가 재미난 일이 일어날 거라고 생각하면 절대로 거절하지 못한다.

유타는 햄버거 가게 주방에서 감자를 튀긴다. 매뉴얼대로만 하면 되므로 쉬운 일이다. 주머니에는 휴대폰을 숨겨놓는다. 몇 초라도 틈이 나면 문자를 체크하는 것이다.

수신 마크가 깜빡였다. 누굴까. 열어보니 이라부였다.

오늘 날씨 좋네.

뭐라고 답신해야 좋을지 몰라서 그냥 무시하기로 했다.

1분 뒤 이라부한테서 또 문자가 왔다.

내일도 맑으면 좋겠다.

휴대폰 조작법을 익히고 너무 좋아하는 모양이다.

모레도 맑으면 좋겠다.

잇달아 메일이 날아온다. 그 나이에 이게 뭐하는 짓일까.

글피도 맑으면 좋겠다.

어처구니가 없어서 상대하지 않기로 했다. 마유미 씨라면 즉각 답신을 보내겠지만.

아르바이트가 6시에 끝나자 그 길로 곧장 노래방에 갔다. 엄마한테는 '저녁은 밖에서 먹어'라는 짤막한 문자를 보냈다. 일방적으로 통고할 수 있다는 것도 휴대폰의 위대한 점이다.

언젠가 대학 4학년인 사촌이 "내가 고교생일 때는 휴대폰 쓰는 사람이 아무도 없었어"하고 말했다. 예전 고교생은 귀가가 늦어질 때마다 일일이 부모에게 전화를 했단 말인가? 어떻게 그런 번잡한 짓을.

"쓰다, 네가 1번 타자야" 하는 유리.

사실은 분위기가 무르익었을 때 부르고 싶었지만 괜히 사양하다가는 분위기 망치면 아이들한테 미안하다. 유타는 냉큼 일어나 마이크를 잡았다. "오, 예!" "오빠! 오빠!" 하는 환성이 터진다.

"히라이 겐의 신곡 있니?" 유카가 물었다.

"세상에! 그걸 벌써 부를 줄 알아?"

뒤져보니 벌써 목록에 올라 있었다. 이제 막 발매된 앨범에 있는 노래이므로 모두들 노래방에서는 처음일 것이다. 유타가 노래를 시작하자 다들 놀라고 있다는 것을 표정으로 알 수 있었다. 제법 쾌감이 솟는다.

노래방에서는 늘 신곡을 선보인다. 싱글 CD가 나오면 바로 구입해서 자꾸 들으며 연습한다. 덕분에 비용이 만만치 않게 들지만 아이들한테 존경을 받는다는 걸 생각하면 그만둘 수가 없다.

노래가 끝나자 살짝 경박한 포즈를 취하며 마무리를 지었다. 부담 없는 행동이 아이들과 잘 어울리는 요령이다.

"쓰다, CD 좀 빌려줄래?"

여기에서도 보탬이 되는 인간이 된다. 솔직히 귀찮을 때도 있지만 인색한 놈으로 비치고 싶지 않아서 "오케이"하고 웃는 얼굴로 대답한다.

이날은 처음 보는 얼굴이 하나 있었다. 사립학교의 요란한 교복을 입은 고지라는 남학생이다. 여자아이가 마이크를 쥐어주자 고스페라즈의 신곡을 불렀다.

유타가 아직 구입하지 않은 CD에 있는 곡이다. 갑자기 초조해졌다.

게다가 고지는 나이키의 신제품 스니커를 신고 있었다. 요즘 한창 잡지에 소개되는 신제품인데, 실물을 보는 것은 유타도 처음이다.

나도 사야지. 하지만 못 나가도 2만 엔은 나갈 텐데.

아르바이트를 늘리자. 하루 한 시간만 더 일하면 새 옷과 신발을 더 살 수 있다.

고지가 옆자리에 앉았다. "쓰다" 하며 스스럼없이 어깨를 툭 쳤다.

"시계 좀 보자." 유타의 왼손을 잡았다. "지샥 애니버서리 모델이구나. 멋진데."

왜 이런 이야기를 꺼내는지 유타는 알고 있었다. 고지의 손목에는 마찬가지 지샥의 레어 아이템이라 불리는 다이버가 채워져 있었던 것이다.

"네 게 더 멋진데." 신경에 거슬렸지만 장단을 맞춰주었다.

"청바지는 뭐 입었냐?" 이어서 태그와 라벨을 살폈다. "오, 리

바이스 빈티지인걸."

 말투로 보건대 고지는 청바지를 한 단계 더 높은 레어 아이템으로 가지고 있을 것이다. 다음에는 그걸 입고 나올 생각이겠지. 꿀릴 수 있나. 시부야 헌옷 가게에 가서 그것보다 더 좋은 빈티지를 구해서 입어주마.

 겨울방학에는 매일 아르바이트를 하자. 소지품에서 다른 아이들한테 밀리고 싶지 않다.

 "근데 쓰다, 스키 타니?" 잡담을 하던 여자애가 물었다.

 "타본 적 없는데."

 "에고, 이번에 스키 투어 계획이 있는데."

 "나도 갈게. 배워보지 뭐." 냉큼 대답했다.

 할머니 댁에 가서 부모님 몰래 용돈을 타내자. 고등학교 생활은 돈이 들게 마련이다.

 이튿날 병원에 가니 이라부가 볼이 부어 있었다.

 "왜 답장을 안 했어?"

 유타가 이라부의 문자를 무시한 것이 못마땅한 것이다.

 어젯밤 확인 안 한 문자를 체크해 보니 100통 이상이나 쌓여 있었다. 이상한 예감에 열어보니 모두 이라부가 보낸 것이었다.

 지금 목욕할 거야.

목욕 끝났어.

저녁 메뉴는 햄버거.

당근 남기지 말라고 엄마한테 야단 맞았어.

이런 문자에 대체 뭐라고 답신을 한단 말인가. 아저씨잖아? 도대체 이 의사는 그 나이가 되도록 결혼도 안 하고 뭐했어?

"아르바이트랑 숙제 때문에 바빴어요." 어처구니없다고 생각하면서 그렇게 변명했다.

"그래도 하나도 보내지 않은 건 너무한 거 아냐?"

그 심정 이해할 수 있다. 유타도 답신을 받는 것은 다섯 통에 한 통 꼴이다. 자기는 문자만 오면 하나도 거르지 않고 답장을 해주는데. 유타도 불공평하다고 생각할 때가 있다.

"죄송해요······." 귀찮아서 그렇게 말하며 고개를 꾸뻑했다.

"아, 괜찮아. 이젠 휴대폰도 지겹네." 이라부가 목을 벅벅 긁고 있다.

그러고 보니 책상 위에 휴대폰이 없다. 주머니에 들어 있는 것 같지도 않다.

"선생님, 휴대폰은 어디 있어요?"

"서랍 속." 턱짓으로 가리켰다. "생각해보니까 나한테 연락할 사람이 없으면 휴대폰도 아무 소용이 없더라고."

그렇게 말하며 이라부는 조금 쓸쓸한 표정을 보인다. 연락을 주고받을 상대도 없다니. 그런 사람도 있단 말인가.

"선생님, 시간 날 때 문자 보내드릴까요?" 동정심에 그렇게 말하고 말았다.

"정말?" 이라부의 눈이 금세 반짝거린다. "오, 좋지!" 유타의 손을 덥석 잡고 마구 흔들어댔다.

무엇 때문에 병원에 왔는지 알 수가 없었다.

그날도 주사는 거르지 않았다. 마유미 씨는 변함없이 무뚝뚝했다.

주사가 끝나고 이라부가 곁을 비우자 살짝 물어보았다.

"간호사 누나, 애인 없어요?"

아무 말 없이 째려보기만 한다.

"다음에 같이 노래방에 갈래요? 싫음 말고." 그리고 장난스레 입을 오므렸다.

마유미 씨는 주사기와 앰플을 선반에 정돈하고 있었다.

"너, 사실은 소심한 외톨이지?" 마유미 씨가 툭 던지듯 말했다.

가슴이 덜컥 했다.

"소심한 외톨이란 사실이 드러날까 봐 자꾸 떠벌이는 거고."

"허, 왜 그래요, 간호사 누나. 정색을 하고. 그냥 농담해본 거예요."

"땀 흘리는 거 봐."

"땀은 무슨. 에이, 왜 그러세요." 가볍게 웃고 싶었지만 얼굴이 굳어버렸다.

"걱정이야, 요즘 고삐리들."

마유미 씨는 의자에 앉아 담배에 불을 붙였다. 허벅지가 다 드러나게 다리를 꼰다. 자기가 뱉은 연기를 나른한 눈길로 쳐다보고 있었다.

3

옆 반 애가 부탁을 했다. 파티를 열 계획인데 음악이 필요하니까 테이프로 만들어달라는 것이다.

물론 만들어주겠다고 했다. 소장한 CD 중에서 분위기 살려주는 곡을 골라내고, 소장하지 못한 곡은 새로 사들였다. 그러느라 1만 엔쯤 썼지만 같은 학년에 인맥을 넓힐 수 있을 것 같아서 기꺼이 만들어 주었다.

아르바이트 하는 가게에서는 유리가 손목시계를 빌려달라고 했다.

"쓰다가 쓰는 물건은 다른 아이들한테 자랑할 만하거든."

기분이 좋아서 지샥 컬렉션을 더 늘렸다. 고지한테는 데스스

톡 청바지를 빌려주었다. "대단하구나!" 하며 존경의 눈초리로 쳐다보았다.

이라부는 연일 대량의 문자를 보내다가 얼마 후 뚝 그쳤다. 유타가 '성인만남 사이트' 이용법을 가르쳐주었기 때문이다. 이라부는 거기에서 '26세 총각 의사'로 위장하고 뜨거운 인기를 누리는 것 같다.

"다들 만나고 싶다고 난리인데 어떡할까?" 하고 유타에게 상의하기도 했다.

물론 "관두는 게 좋을걸요"라고 충고해주었다.

엄마는 "병원에서는 어떤 카운슬링을 하고 있니?" 하고 물었다.

카운슬링? 생각해본 적도 없었다. 수업을 떳떳하게 빼먹을 수 있다는 생각밖에 없었다.

휴대폰 문자는 변함없이 하루 200개 정도 보내고 있다. 호흡과 같은 거라서 어쩔 수 없다.

그날은 토요일이라 놀 건수가 세 개나 잡혀 있었다.

오전 수업만 마치고 학교가 파하면 중학 동창 미키 등 아이들과 만나 J리그를 관전하고, 저녁에는 요스케 등과 마작도 해야 하고, 거기에다 같이 아르바이트 하는 아이들과 노래방에 가기로 했다.

그 가운데 하나만 선택하자는 생각은 없었다. 모처럼 같이 놀자고 하는 것을 거절하는 것은 유타에게 있을 수 없는 일이었다.

게다가 스케줄이 꽉 차는 것은 자랑스러운 일이었다. 수첩의 스케줄란이 빈칸으로 있으면 불안해서 견딜 수 없다.

요스케한테는 "마작판에 한 명 더 불러서 다섯이 하자. 그러면 한 명은 돌아가며 쉴 수 있잖아"하고 말해보았다.

"야, 귀찮아." 요스케는 얼굴을 찡그렸다. "그럼 5반의 데쓰를 부를 테니까 너는 안 와도 돼."

"아니야. 나도 마작하고 싶어." 간신히 수습해놓았다.

수업이 끝나자 버스를 타고 시내 중심가에 있는 전차 역으로 향했다.

지금 간다.

만나기로 한 미키에게 메일을 보낸다. 확인 안 한 메시지가 있어서 열어보니 이라부가 보낸 것이었다.

점심은 오므라이스였어.

정말 할 일 없는 사람이네. 이런 어른이 있다는 것 자체가 유타에게는 신선한 충격이었다.

버스를 타고 가는데 중년 아저씨가 어깨를 툭 쳤다.

"어이, 버스 안에서 휴대폰 쓰면 되나."

"아, 문자만 보내는 건데요."

"전자파 나오잖아. 심장에 박동 조율기 넣고 다니는 사람이 있으면 어떡할래."

여기 그런 놈이 어디 있다고 그래요. 하마터면 그렇게 말할 뻔했지만 다른 어른들도 못마땅한 눈초리로 던지고 있는 것을 알고 어쩔 수 없이 폴더를 닫았다.

제대로 만날 수 있을까—. 조금 불안해진다.

전차 역 매표소 앞에서 1시. 시합 입장권은 예약 없이 당일 현장에서 구입하기로 했다. 그러니 축구장 응원석에서 모일 수도 없다.

이마에 땀이 배어나온다. 손등으로 닦는다. 평소와 달리 식은 땀이다.

왜 이러지? 맥박이 빨라진 것 같다. 속 타는 기분이 목구멍까지 밀고 올라온다.

전차 역에 1시. 전차 역에 1시. 입속으로 중얼거려 보았다.

아차, 싫었다. 역 개찰구가 두 군데였잖아! 동쪽 출구와 서쪽 출구, 어느 쪽인지 확인해두지 못했다.

아니, 괜찮아. 미키랑 저번에 만난 곳이 동쪽 출구였으니까 특별한 말이 없으면 당연히 이번에도 그곳일 것이다.

휴대폰 폴더를 열자 대각선 방향에 앉아 있던 아저씨와 눈이 마주쳤다. 혀를 끌끌 차며 다시 주머니에 넣었다.

아무래도 이대로 있지 못하겠다. 휴대폰으로 연락해서 확인하면 될 일이다.

손목시계를 본다. 아직 시간에 여유가 있었으므로 유타는 버스를 도중에 내리기로 했다.

내리자마자 미키의 번호를 눌렀다.

그런데 전원이 꺼져 있다. 아마 미키도 버스를 타고 있는 모양이다.

"나 쓰다야. 동쪽 출구에서 만나는 거 맞지? 전화나 문자 부탁해."

음성 서비스에 녹음해두었다.

버스나 전차 안에서 휴대폰을 쓰지 말라니, 도대체 어떻게 생겨먹은 어른이 이런 예절을 만들었단 말인가. 연락을 못하면 무슨 소용인가. 언제 어디서나 연락할 수 있으니까 휴대폰이 좋은 건데.

다시 버스를 탄다. 휴대폰 대기 화면을 들여다보고 있다가 또 주의를 들었다.

"손님, 휴대폰 사용은 금지입니다."

이번에는 운전사였다. 백미러로 지켜보고 있었다니, 음험한 사람이다.

마지못해 전원을 끈다. 휴대폰을 꼭 쥐고 잠시 창밖 경치를 보고 있는데 왼손이 덜덜 떨리기 시작했다. 하품도 자꾸 터져 나온다.

스스로 생각해도 이상했다. 그까짓 전원이 꺼져 있는 것 가지고 견딜 수 없을 정도로 불안하다니. 이를 악물지만 1분도 참을 수 없을 것 같았다.

유타는 다시 도중에 버스에서 내렸다. 내려서 문자를 확인했다.

디저트로 초콜릿 파르페 먹었어.

이라부가 보낸 것이었다.

으악! 속으로 고함을 지르며 발을 굴렀다.

역까지 뛰어가기로 했다. 시간에 대지 못할 가능성도 있지만 전원을 꺼놓는 것이 더 무서웠다.

달리면서 휴대폰 통화를 시도했다. 미키의 휴대폰은 여전히 전원이 꺼져 있었다.

길가에 자전거가 기대어져 있었다. 한눈에도 방치되어 있다는 것을 알 수 있는 싸구려 일반 자전거. 자물쇠도 망가져 있었다. 주저 없이 올라탔다. 유타는 자전거를 타고 역으로 달렸다.

도중에 주택가에서 순찰차가 스쳐지나갔다. 경관과 눈을 맞추지 않으려고 했다. 그러나 초조함이 거동에 드러났는지 순찰차가 유턴하여 쫓아오면서 정지하라고 마이크로 명령했다.

물론 그냥 내뺐다. 추격전이 시작되었다.

왜 이렇게 되었지? 나는 불량배도 아니고 변태도 아닌데. 친구와 만나기로 약속해서 서둘러 달려가고 있는 평범한 고교생이 아닌가.

금방 따라잡혔다. 시간에 댈 수 없을 것 같아서 방치된 자전거를 허락 없이 빌렸다고 사실대로 말했다. 하지만 '빌렸다'고 보기 힘든 경우였는지 가까운 경찰서로 연행되었다.

순찰차 뒷좌석에서 문자를 확인했다.

홍차는 다즐링으로 마셨어.

고개를 떨구었다. 이라부는 대체 일을 하기나 할까? 어떻게 하면 이런 어른이 생겨날 수 있을까.

경찰에서는 학교에 알리지는 않겠다고 했지만 보호자가 와서 데려가야 한다고 했다.

부모가 맞벌이라고 거짓말을 하고 할머니를 불렀다. 할머니는 택시를 타고 달려와 주었지만 "엄마한테 숨길 수는 없다"며 어두운 표정을 지었다.

경찰서만 벗어날 수 있으면 아무렴 좋았다.

유타는 얼른 축구장으로 달려갔다. 도착할 즈음에는 시합이 끝났을 게 분명하지만 친구들을 말도 없이 바람 맞출 수는 없었다. 아마 자기를 걱정하고 있을 게 틀림없다. 만나기로 한 장소에 나타나지 않았으니까.

연신 휴대폰을 확인해보지만 미키한테서는 문자도 음성메시지도 없었다. 걸어 봐도 전원은 여전히 끊어져 있었다.

혹시 불의의 사고라도 당했나? 다른 동행자는 잘 모르는 사람들이라 내 휴대폰 번호를 모를 것이다.

축구장에 도착해보니 시합은 벌써 끝나고 관객이 쏟아져 나오는 참이었다.

정문 옆에서 친구들을 찾아보려고 했다. 하지만 도저히 찾을 수 있을 것 같지가 않았다. 1만 명 넘는 사람들이 우르르 쏟아져 나오기 때문이다.

손에 쥔 휴대폰을 보았다. 통 울릴 줄 모르는 그것은 거대한 곤충의 사체처럼 보였다.

혹시 수신 기능만 고장 난 것은 아닐까? 그런 의심까지 해본다.

요스케에게 전화해서 자기 휴대폰으로 시험 삼아 걸어보라고 부탁했다. 착신음이 울리고 제대로 연결되었다.

"야, 이 휴대폰 중독자야. 작작해라."

드러내놓고 짜증을 냈지만 유타는 크게 안심했다.

"그런데 우리가 다니던 마작가게가 내부 수리중이라고 해서 데쓰가 다닌다는 가게로 옮겼어. 먼저 시작하고 있을 테니까 근처에 오면 전화해."

그리고 가까운 전차 역을 말해주었다.

유타는 다시 전차를 타고 시내로 돌아가게 되었다.

전차 안에서 연신 문자를 확인한다. 수신 메일은 있었지만 서두를 필요가 없는 문자 친구들한테 온 것뿐이었다.

착신음이 울렸다. 받아보니 유리였다.

"오늘 저녁에 갈 노래방이 결정됐어."

목소리만 들어도 기뻤다. 나는 역시 친구들과 확실하게 연결되어 있어.

"거기, 먹을 거 가지고 들어갈 수 있는 데니? 괜찮다면 감자칩이나 스콘 같은 것 좀 사가지고 갈게." 저도 모르게 속사포처럼 말하고 있었다.

"뭐? 햄버거는 아니고?"

"유리를 살찌게 만들면 남자 팬들한테 미안하잖아."

스스로 잘한다고 믿고 있는 유머도 날렸다.

"뭐? 벌써 요시노야 쇠고기덮밥을 세 그릇이나 해치웠다고? 그럼 이미 충분하겠네."

유리가 깔깔 웃었다. 더욱 의기양양해진다.

"오우! 새콤한 게 당긴다고? 유리, 너 혹시 입덧하는 거니?"

"야, 시끄러!"

누가 팔을 붙들었다. 돌아보니 질이 안 좋아 뵈는 남자 얼굴이 바로 옆에 와 있었다.

"아, 죄송합니다." 일단 사과했다. "유리, 그럼 나중에 봐." 휴대폰을 껐다.

"아무 데서나 휴대폰 들고 계집애랑 시시덕거려?"

세 명이었다. 척 봐도 불량스런 놈들이다. 얼굴에서 천천히 핏기가 가셨다. 주위를 둘러보도 승객들은 모두 못 본 척하고 있다.

휴대폰을 사정없이 빼앗기고 말았다.

"오, 건방지게시리 신품이네." 휴대폰이 가죽 점퍼 주머니 속으로 들어가고 말았다.

역에 도착하자 남자들이 내렸다.

"잠깐만요, 그거 돌려주세요." 유타가 쫓아갔다. 계단을 달려 내려가 역 바깥으로 나왔다.

남자들은 가끔 유타를 돌아보며 자전거 주차장으로 걸어갔다. 이대로 계속 따라가다가는 흠씬 얻어맞을 게 뻔했다. 축구 시합을 봐야 하고 마작가게와 노래방에도 갈 예정이라 오늘 주머니에는 2만 엔 가까이 들어 있다.

휴대폰은 단돈 10엔이다.

에잇, 또 사버리자. 귀찮지만 폭행을 당할 가능성도 있지 않은가. 다치기라도 하면 정말로 한심해진다.

유타는 도망치기로 했다. 발길을 돌려 역으로 뛰어서 돌아갔다. 목적지 전차 역에 내리면 전자 제품점을 찾아서 휴대폰부터 사자. 도난 신고를 하면 절차가 복잡하니까 분실했다고 하자. 수수료는 2천 엔이다. 휴대폰이라면 알 만큼 안다.

휴대폰이 다시 새 것으로 바뀌었다. 쓰던 번호는 정지당하고 새 번호를 받았다.

다만 다시 이용하려면 월요일 이후나 되어야 했다. 유타의 이전 휴대폰에 미납 요금이 있었기 때문에 그것을 청산하기 전에는 절차를 밟아주지 않는다는 것이다.

아, 하필 이럴 때. 눈앞이 캄캄했다.

월요일까지 휴대폰 없이 버틸 수 있을까? 유타의 왼손이 부들부들 떨리기 시작했다.

이럴 줄 알았으면 그 불량배들하고 맞짱 떠볼 걸 그랬다. 이럴 줄 알았다면 아마 스스로도 믿기 힘든 위력을 발휘했을 것이다.

역전 공중전화 박스로 뛰어들었다. 요스케와 유리에게 연락을 해보려고 했다.

그런데 번호를 알 수 없었다. 휴대폰에 입력해둬서 하나도 기억나지 않는다.

큰일 났네! 이젠 무작정 근처로 가보는 수밖에 없다. 각 약속마다 이미 많이 늦었다. 아마 모두들 걱정하고 있을 것이다.

숨이 가빠졌다. 가슴에 에는 듯한 통증이 할퀴고 지나갔다. 몸 상태는 최악이다. 시야로 들어오는 풍경까지 일그러져 보이는 것 같았다.

전차를 타고 요스케와 아이들이 마작을 하고 있는 지역의 전차역에 도착했다. 저도 모르게 평소 버릇대로 휴대폰을 꺼내들었다가 아무 소용도 없다는 것을 깨닫고 다시 얼굴이 일그러진다.

어쩌나. 마작가게 이름을 물어보지 않았던 것이다.

유타와 만나는 약속은 휴대폰으로 연락이 닿는 것을 전제로 잡아놓은 것이었다. 사전 약속이나 합의는 없는 거나 마찬가지였다.

상가를 어림짐작으로 돌아다녔다. 마작가게 간판이 보이면 내부를 살펴보았지만 학생들이 모여드는 곳이어서 마작가게가 너무 많았다.

유리가 간다는 노래방에나 갈까? 어쨌든 아는 얼굴들을 보고 싶었다.

전차로 한 정거장 떨어진 유흥가로 가서 유리가 알려준 노래방으로 갔다.

그런데 어느 방에 들어가 있을까. 휴대폰이 없으니 그것도 알 수 없었다. 복도를 돌아다니며 각 방마다 유리 너머로 들여다보지만 찾을 수가 없었다.

점원에게 유리의 인상착의를 설명했다. "주말 저녁이라 초저녁부터 만실입니다. 그래서 포기하고 다른 데로 가신 분도 있어요." 점원이 사무적으로 알려주었다.

빈 방이 없어서 다른 데로 갔을까? 평소라면 휴대폰으로 연락했을 것이다.

고함을 지르고 싶은 충동에 시달렸다. 약속이 세 건이나 되었건만 아무도 만나지 못하고 있다니.

문득 생각이 나서 공중전화로 미키네 집에 연락해보았다. 오래된 친구여서 전화번호를 기억하고 있었다.

"오, 유타. 오늘 어떻게 된 거니?" 미키 본인이 받아서 느긋한 말투로 말했다.

"못 가서 미안. 자전거를 실례했다가 경찰에 붙들리는 바람에 말이야."

"너 사고 쳤구나." 전화 저편에서 웃고 있다.

"너한테 몇 번이나 전화를 했는지 몰라. 문자도 보내고."

"미안, 미안. 오늘 휴대폰을 깜빡하고 나갔거든."

유타는 할 말을 잃었다. 휴대폰도 없이 외출할 수 있다고? 그래도 아무렇지도 않다고?

"축구 시합은 봤어?"

"봤지. 네가 안 와서 우리 학교 애들이랑." 전혀 미안한 기색도 없이 말한다.

내 걱정은 하지도 않았단 말인가?

"내 휴대폰에 문자를 넣어주었으면 좋았잖아." 유타가 항의했다.

"휴대폰을 깜빡하고 나갔다니까."

"친구 걸 빌리면 되지."

"뭘 그렇게 화를 내니? 고작 약속 하나 펑크 난 것 가지고."

"고작이라니……."

"다음에 또 가면 되잖아."

미키는 내내 태연했다. 비닐우산이라도 깜빡 잊고 온 듯한 말투였다.

전화를 끊고 다시 거리를 헤맸다. 피코트 깃을 세우고 열 손가락에 입김을 호호 불었다.

아무짝에도 쓸모없는 휴대폰이지만 여전히 꼭 쥐고 있다.

오늘은 이미 요스케나 유리를 만날 수 없다. 약속을 어긴 미안함과 혼자서만 놀이에 끼지 못한 초조감 때문에 유타의 마음은 한없이 가라앉았다.

뭉근한 두통이 왔다. 내장이 멋대로 꿈틀거리는 느낌이다. 유타는 걸음을 멈추고 아스팔트에 조금 토했다. 시큼한 신물이 목으로 차오르자 시야가 눈물로 흐려졌다.

월요일까지 휴대폰을 쓸 수 없다. 친구들과 연락을 취할 수 없다. 그걸 생각하니 우주에 내동댕이쳐진 듯한 고독감에 시달렸다.

4

하루에 보내는 문자가 300개를 넘었다.

유타는 한순간도 휴대폰을 놓지 않았다. 수업도 젖혀두고 버튼 조작에만 열중했다.

지난주 토요일 친구들과 약속을 세 건이나 잡아두고도 아무도 만나지 못했다. 연락을 되지 않는다는 것이 얼마나 무서운 일인지 알았다.

그러나 그 이상으로 충격을 받은 것은 바람맞은 사람들이 아무도 개의치 않더라는 것이다.

미키뿐만 아니라 요스케나 유리까지도.

일요일 아침, 약속을 지키지 못한 까닭을 전화로 설명하고 용서를 구하자 요스케는 "어, 괜찮아. 5반의 데쓰가 왔으니까"하고 전혀 개의치 않았다.

"데쓰란 놈, 나를 상대로 역만(마작 패 중에서도 매우 귀한 패여서 높은 점수를 받는다—옮긴이)을 뽑았어. 다음 주에 반드시 복수해야지."

마작 멤버가 늘어난 것이 좋아 죽겠다는 투였다.

유리는 자고 있었는지 트릿한 목소리로 불쾌하다는 듯이 "됐어, 뭘 그런 걸 사과까지 하고 그러니"하고 말했다.

"내가 없어서 외롭지 않았을까 걱정돼서."

유타가 농담을 했지만 "고지가 사립고등학교 애들을 데려와서 떠들썩하게 잘 놀았어"하고 퉁명스럽게 대꾸했다.

가장 충격이었던 것은 요스케도 유리도 유타의 휴대폰에 문자 하나 넣지 않았다는 것이다.

"내 휴대폰이 어제 저녁부터 고장이라서 말이야."

이렇게 말하며 연락을 하지 못한 것을 사과했지만 두 사람 모두 "어, 그래"하고 대답할 뿐 특별한 말이 없었다.

연락을 취하려고 발버둥 치다시피 했던 것은 유타밖에 없었다. 그들은 유타는 까맣게 잊고 다들 즐겁게 놀았다.

자기가 중요한 멤버인 줄 알았는데 그게 아니었다. 늘 문자를 보내주지만 아무렇지도 않게 무시당했다—.

순간, 이제 문자 같은 거 그만둘까 생각하기도 했지만 문자를 쉬는 공포가 훨씬 컸다. 일방통행 문자라도 계속 보내지 않으면 아마 존재 자체를 무시당할 것 같았다.

"어이, 같은 반인데 그냥 말로 해." 요스케한테 그런 소리까지 들었다.

"매일 오후에 얼굴을 보잖아." 유리는 곤혹스런 표정이었다.

아버지는 "너는 휴대폰 중독이야"라고 비난했다.

그래도 그만둘 수 없었다.

잠자는 시간을 제외하고 하루 열여섯 시간은 휴대폰을 들여다보는 날들이었다.

"이젠 지겨워."

이라부가 어린 아이처럼 말했다. 요즘 이라부한테 문자가 안 온다 했더니 휴대폰들은 전부 배터리가 나간 채 서랍 속에서 잠자고 있는 것 같았다.

"성인만남 사이트 드나들고 문자 친구 사귀어도 실제로 만나는 것은 귀찮단 말이야."

"사람 사귈 기회가 늘어나는 건 좋잖아요?" 유타가 반론했다.

"만나고 싶지 않아. 귀찮아."

"선생님, 친구 없어요?"

"응, 없어." 아무렇지도 않게 말했다.

이라부에게 친구가 있을 거라고 생각하지는 않았지만 스스럼없이 인정하는 모습에는 놀라지 않을 수 없었다. 유타 주위에는 그런 사람이 없었다. "친구 있어?"하고 물으면 다들 정색을 하고 "있어"하고 대답한다. 10대에게 교우 관계는 존재 증명과 같은 것이다. 가장 커다란 공포는 혼자 고립되는 것이다.

"그럼 선생님은 휴일에 뭐 하세요?"

"요즘은 프라모델에 푹 빠져 살지. 다미야에서 발매하는 24분의 1 크기 전차 시리즈. 지금은 타이거랑 롬멜을 동시에 만들고 있어. 에헤헤."

이라부가 눈을 가늘게 뜨고 웃는다. 유타는 길게 한숨을 지었다.

"저어, 실은 아버지가 저 보고 휴대폰 중독이래요. 역시 그런 건가요?"

"흐음." 굵은 목을 움츠리고 팔짱을 낀다. "그럴지도 모르지만, 뭐 어때. 특별히 해도 없는데."

"아, 예……."

"나는 실제로 해가 없으면 그냥 놔두자는 주의거든." 코를 파기 시작했다.

실제 해가 있지. 돈이 너무 들어서 미치겠다.

또 주사 시간이 되었다. 마유미 씨는 변함없이 무뚝뚝하다. 바늘이 무자비하게 찌르고 들어온다. 날이 갈수록 더 아픈 것 같았다.

"간호사 누나는 친구 있어요?" 팔을 문지르며 결국 그렇게 묻고 말았다.

마유미 씨가 천천히 고개를 든다.

"없어." 이라부와 마찬가지로 대수롭지 않다는 듯이 말했다.

하지만 마유미 씨는 이라부하고는 다르지 않은가. 젊은 아가씨다. 친구들과 어울리며 신나게 놀고 싶은 나이다.

"외롭지 않아요?" 안색을 살피며 물었다.

"외로워." 냉큼 대답이 돌아온다.

"그럼 왜."

"혼자가 좋아. 속 편하고." 마유미 씨는 고개를 좌우로 갸웃거리다가 유타를 똑바로 쳐다보았다.

"너, 사실은 친구 없지?"

"아아뇨." 눈을 크게 뜨고 입을 삐죽거렸다. "엄청 많아요. 이번 주 토요일에도 만나기로 했는데요."

"그래? 다행이네." 흥 하고 코웃음을 친다.

그런데 이라부도 그렇고 마유미 씨도 그렇고, 친구가 없어도 아무렇지 않은가 보지? 어떻게 그렇게 "없어"라고 당당하게 말할 수 있을까?

크리스마스가 다가왔다. 유타의 수첩에는 아무 계획도 적혀 있지 않았다.

고교생들이라 여자친구와 같이 자기로 했다는 놈은 거의 없지만 그래도 각자 약속을 잡아두고 있었다.

요스케는 여상 아이들과 파티를 한다고 한다. 신페이나 나오야는 벌써 초대를 받았다고 한다. "저쪽에서 네 명이 나온대." 복도에서 셋이서 그렇게 상의하는 것을 지나가다가 들었다. "어이, 쓰다"하고 불러주기를 기다렸지만 아직 그런 일은 없다.

유리는 아이들과 스키 여행을 세웠다고 한다. 마침 겨울방학과 겹치므로 1박 2일 버스 투어에 참가한다고 한다. 아르바이트 하는 가게 대기실에서 여자아이들끼리 상의하는 것을 주워들었다.

그 아이들도 유타에게 아직 아무 말도 하지 않는다. 요스케보다 유리 쪽을 우선시하려고 생각하고 있다. 스키 투어가 더 화려하고 남한테 자랑할 수도 있다.

아르바이트가 끝나자 대기실에 남아서 짐짓 자연스레 유리와 아이들의 대화에 끼어들려고 했다.

"요전에 미스터 칠드런의 신곡 CD 샀거든. 원한다면 녹음해서 줄 수 있는데."

"정말? 고마워."

"우타다 히카루 앨범도 샀으니까 같이 녹음해 줄게."

"고마워."

대화가 이어지지 않았다. 한 여자애가 유리에게 눈짓을 하는 것을 알았다.

"그럼 갈까" 하는 유리.

"노래방에 안 갈래?" 하는 유타.

"아쉽지만 곧 시험이 있어."

모두 밖으로 나가 역으로 걷기 시작했다. 그동안에도 유타는 유리와 아이들에게 계속 뭐라고 말하고 있었다. 그러나 반응이 없다.

"어이, 유리!" 저쪽 앞에서 남자 목소리가 들려왔다. 역전 분수 광장에서 고지가 손을 크게 흔들고 있었다. 뒤에는 사립학교 교복을 입은 남학생 몇 명이 있다.

"맥도널드 2층에서 얘기하자."

고지가 스틱으로 눈밭을 찍는 시늉을 했다. 순간 유리의 볼이 굳어버렸다.

아, 그렇구나. 유타도 그제야 눈치 챌 수 있었다. 유리는 사립학교 남학생들과 스키 타러 가는 것이다.

"어? 쓰다도 가냐? 크리스마스 스키 투어." 고지가 물었다.

유리가 미처 대답하지 못하고 있다.

"뭐야, 너희들 스키장에 가냐?" 유타가 쾌활하게 말했다. "나도 가고 싶지만 안 되겠다. 선약이 있거든. 크리스마스 이브에 여상 아이들이랑 미팅도 있고."

유리와 아이들의 표정에 안도가 번진다.

"야, 쓰다, 제법인걸." 하얀 이를 보이며 웃는다.

"그럼 난 이만." 밝은 얼굴로 손을 흔들고 자리를 떴다.

북풍이 불어오자 머플러를 마스크처럼 얼굴에 감았다.

혼자가 되자 휴대폰을 꺼낸다. 요스케에게 걸자 바로 받았다. "예, 여보세요." 뒤에서는 마작패 두드리는 소리가 들린다.

"요스케, 마작하고 있나?" 유타는 기운이 났다. 신페이와 나오야도 있다고 했다. 친구들을 만나는 것은 언제나 즐겁다.

"나도 갈게. 아르바이트가 막 끝났거든."

"어, 좋아." 요스케는 그렇게 대답했지만 그 대답에 잠시 뜸이 있었다.

"좋지, 뭐, 한 사람씩 돌아가면서 쉬면 되니까."

누가 또 있나? 가보니 5반의 데쓰가 와 있었다. "왔냐"하며 웃는 얼굴로 손을 처든다.

"누가 이기고 있냐?" 옆에 앉으며 말을 건넸다.

"데쓰가 이기고 있어. 가만 안 둬, 이 자식."

"또 역만 뽑았네. 그거도 더블로."

"귀신이 씌웠나 봐, 세긴 세네."

세 사람이 저마다 데쓰를 저주한다. 얄미워 죽겠다는 투로 들리지만 자못 흥겨운 목소리였다.

"이긴 순서대로 지명권을 준다니까 꼭 이겨야지." 데쓰가 말했다.

"무슨 소리야?" 유타가 고개를 돌리며 묻자 "여상 애들이랑 미팅 하는 거, 앗싸." 데쓰가 패를 쌓으며 탄성을 질렀다.

요스케와 다른 아이들의 표정이 어두워진다. 내가 아니라 데쓰를 불렀단 말인가.

"아니, 그게." 요스케가 머리를 긁적이며 입을 열었다. "양쪽에서 네 명씩 나오기로 해서 말이지. 뭣하면 저쪽에 한 명 더 데리고 나오라고 해서……."

"아냐, 괜찮아." 유타는 고개를 저었다. "크리스마스 이브잖아. 나는 아르바이트 하는 여자애들이랑 1박으로 나에바 스키장에 가기로 했어."

"오호." 신페이와 나오야가 순간 얼굴이 환해졌다. "우리한테 말도 없이 혼자 단물 빨아 먹기냐, 너." 발로 차는 시늉을 했다.

"아, 미안."

밝고 자연스럽게 행동할 수 있었다.

휴대폰을 들여다보며 문자를 열람하는 시늉을 했다.

"선생님, 가슴이 너무 답답합니다." 수업을 빼먹고 병원에 갔다.

유타는 묻기도 전에 증상을 호소했다. 휴대폰을 보고 있으면 호흡이 힘들어지고 자꾸 하품만 나온다고 했다.

"불안해 죽겠어요. 문자가 없거나 한 시간쯤 착신 멜로디가 울리지 않으면 심장이 마구 뛰기 시작해요."

"휴대폰을 버리는 게 어때?"

이라부가 태평한 목소리로 말했다.

"안 돼요. 친구들한테 어떻게 연락하라고요?"

"연락하지 않는다고 죽는 것도 아니잖아."

코털을 뽑고 있다.

"어떻게 그런……." 유타의 얼굴을 일그러졌다.

"그보다 지금 아키하바라에서 프라모델 전시회를 하던데 같이 가볼래? 두 사람이 가면 할인권을 준대."

"오후 수업은 어쩌고요?"

"조퇴하면 되지. 진단서라면 얼마든지 써줄게."

이라부는 웃고 있다. 저항할 기력도 없다.

이라부의 화려한 포르쉐를 타고 시내를 질주한다. 도로변 건물에는 도처에 크리스마스 장식이 되어서 거리 전체가 신나는 일들을 기다리는 것처럼 보였다.

전시회장은 마니아들로 붐볐다. 학교에도 있어, 이런 놈들이라면. 평소 교실 구석에서 얌전히 앉아 있는 녀석들 말이다.

이라부는 전차 모형 부스에 들러붙어 있었다. 그의 눈은 거의 아이의 그것이었다.

"다음에 만들 게 바로 이거거든."

"아, 그래요?" 뭐라고 대답해야 좋을지 모르겠다.

광장에 가니 추첨을 하고 있었다. 입장권 번호가 맞으면 경품을 주는 이벤트였다. 경품은 한정판 모형이다.

번호가 발표된다. "와아, 나다!" 하고 이라부가 큰소리로 외쳤다.

"축하해요." 유타가 웃어주었다. 그런데 어찌된 일인지 당선자가 두 명이었다. 또 한 사람은 부모 손을 잡고 온 초등학생이었다.

이라부와 초등학생이 나란히 단상에 올랐다.

사회를 보던 여성이 당황해서 담당자와 소곤거렸고, 상의가 끝나자 이라부에게 고개를 숙였다.

"죄송합니다. 담당자의 실수로 같은 번호의 입장권을 두 장이나 발행하고 말았답니다. 죄송합니다만 양보를 해주시면 감사하겠습니다."

"뭐야, 이게." 이라부가 입술을 삐죽거렸다. "당신들 실수를 왜 나보고 책임지라는 거야."

"정말 죄송합니다. 경품이 한정품이라 딱 하나밖에 없습니다."

"그럼 더욱 양보할 수 없지! 나도 갖고 싶다고."

"저어, 자녀분께 선물로 주려는 건가요?" 사회자가 조심스레 물었다.

"아니. 내가 만들 거요." 이라부가 태연하게 대답했다.

사회자는 눈썹을 살짝 찡그리다가 어색한 웃음을 짓고 작은 소리로 말했다.

"이쪽은 초등학생 꼬마인데 양보를 해주셨으면……."

"싫다니까!"

"따로 상품을 준비해드리겠습니다."

"싫어. 한정품이 좋단 말야." 이라부는 양보하지 않는다.

"선생님." 보다 못해 유타가 작은 소리로 말했다. "양보해주면 좋잖아요."

"싫어. 하나밖에 없다면 가위바위보로 정해야지."

"세상에, 선생님은 어른이잖아요."

"어른이라도 싫어."

초등학생이 불안스레 이라부를 올려다본다. 사회자는 어쩔 줄 몰라 하다가 그래도 추첨 이벤트는 진행해야 하므로 가위바위보를 하게 되었다.

"너, 이래도 괜찮겠니?" 사회자가 미안한 표정으로 아이에게 동의를 구했다.

가위바위, 보!

이라부가 이겼다. 두 손으로 허공을 찔러대며 만면에 웃음을 지으며 좋아한다.

옆에서 초등학생이 울기 시작했다.

"어른이 부끄러운 줄도 모르고." "아이한테 양보해줘라!" 여기저기서 구경꾼들이 비난을 퍼부었다.

이라부는 전혀 개의치 않는 얼굴로 "이것 좀 봐!" 하며 경품을 들고 유타에게 다가왔다.

"이거, 값이 꽤 나갈 거야."

환하게 웃는 이라부의 얼굴을 보고 유타는 생각했다.

이 사람은 남들한테 잘 보이든 밉보이든 통 관심이 없구나. 어린아이와 다를 게 없어서 남들 기분을 맞춰주려고 하지 않아. 그래서 혼자여도 괜찮은 거야.

이라부의 천진함이 부러웠다. 요즘 세상에서는 그것이 가장 강력한 무기일지도 모르겠다고 생각했다.

크리스마스 이브에 유타는 혼자 거리를 헤매고 있었다. 집에 있다가 혹시 누가 전화라도 하면 실은 아무 계획도 없었다는 것이 드러날 것이다.

휴대폰은 부재중으로 설정해두고 받지 않기로 했다. 이런 일은 처음이었다.

배가 고팠지만 맥도널드나 요시노야에 들어갈 수는 없었다. 혼자 들어가면 청승맞은 젊은이로 비칠 것이다. 주린 배를 부여

안고 네온 빛을 바라보고 있었다.

다만 휴대폰은 버릇처럼 꼭 쥐고 있다. 화면의 문자 수신 표시만 들여다보고 있다.

표시가 깜빡였다. 크리스마스 이브에 누가 나를? 열어보니 이라부였다.

크리스마스 케이크는 제국호텔에서 주문했어.

또 시작이군. 저도 모르게 코로 한숨이 나왔다.

딸기가 커서 마음에 들어.

무슨 어른이 이렇담. 정석대로라면 산타 복장을 하고 제 자식들에게 선물을 나눠주고 있어야 하는데.

엄마한테 에르메스 파자마를 선물로 받았어.

맥이 빠졌다. 의사 자격증을 어떻게 땄을까.

딱히 할 일도 없어서 유타도 문자를 보냈다.

나는 지금 여고생들이랑 스키장 가는 버스를 타고 있어요.

그러자 금방 답신이 왔다.

와, 좋겠다, 얼른 사진 찍어서 보내봐.

이런! 과학이 진보하면 거짓말하기도 힘들다.

죄송. 뻥이었어요.

어차피 나이 차이도 한참 나는 타인이므로 사실대로 썼다.

할 일이 없어서 혼자 거리를 쏘다니고 있어요.

뭔가를 고백한 기분이었다. 가슴에 희미하게나마 바람이 통하는 느낌도 든다.

나도 친구가 없는 것 같아요. 외톨이란 게 드러나고 말았네요.

할 말이 술술 나왔다. 어쩐지 마음이 고분고분해진 기분이 들었다.

중학생 때 숫기가 없어서 친구가 생기질 않았어요. 등교거부 한 적도 있었고요. 고교생이 되면 성격을 바꿔서 친구를 많이 사귀자 작심하고 입학한 뒤로 늘 밝게 행동했어요. 그래도 소용이 없네요.

그렇게 억지로 애쓸 일이 아니었나 봐요.

속이 시원했다. 사실은 이제 자신을 속이고 남의 안색을 살피는 데 지쳐버린 것이다.

이라부의 답신이 왔다.

칠면조 바비큐는 이세탄 백화점에 주문한 거야.

나 참. 내 얘기를 듣는 거야 마는 거야.

캐나다산 원조 칠면조라고.

이러니 친구가 없어도 아무렇지도 않겠지.

엄청 맛있어 보이네. 사진 찍어서 보내줄게.

몇 초 뒤 화상이 날아왔다. 테이블인지 진찰대인지 위에 칠면조 접시가 놓여 있다. 아무래도 이라부병원의 진찰실 같다. 접시 뒤에 마유미 씨도 보인다. 렌즈를 향해 손가락으로 브이 표시를 하고 있다. 두 사람 말고도 사람이 많이 모여 있었다.

유타는 사람 목소리가 못 견디게 그리워서 전화를 했다.

"크리스마스 이브니까 심심해하는 입원 환자들을 초대한 거야." 이라부가 태평한 말투로 설명했다. "어때, 쓰다도 입원할래?"

마유미 씨가 전화를 바꿨다. "심심하면 오든지." 평소처럼 무뚝뚝한 말투였다.

"그래도 괜찮아요?"

"주사 맞고 싶으면."

"한 가지 물어봐도 돼요?"

"뭔데?"

"마유미 씨, 애인 있어요?"

"없어."

"나, 어때요?"

"애들은 안 돼."

냉큼 대답한다. 그래도 유타는 유쾌했다. 주눅 들지 않고 이야기를 했다.

"어떤 남자가 이상형이에요?"

"친구 없는 놈. 떼거지로 몰려다니며 노는 거 딱 질색이거든."

메리 크리스마스. 유타는 밤하늘을 올려다보며 중얼거렸다.

겨울 하늘에 뜬 별들은 여름보다 훨씬 야무지고 밝게 빛났다. 최후의 보루를 지키는 북국의 용감한 미녀처럼.

안절부절

1

 도서관 열람실에서 정신의학 책을 뒤지다가 '확인 행위의 습관화'라는 말을 발견한 순간 크포 작가 이와무라 요시오는 저도 모르게 "이거다!"하며 벌떡 일어섰다.
 주위 학생들이 어리둥절해서 모두들 쳐다보았다. 요시오는 아차 하며 벌게진 얼굴로 가만히 헛기침을 했다.
 심호흡을 한 번 하고 나서 다시 그 페이지를 들여다보았다. 그것은 '강박신경증'이라는 항목이었다.
 터무니없는 생각이 의지와 상관없이 자꾸 머리에 떠오르고, 그만두려 해도 제 의지로는 그만두지 못한다ㅡ. 내 증상이 바로 이거야.
 확인 행위가 습관화되고, 마침내 사회생활에 지장을 초래한다—. 요즘 내 하루하루가 바로 이렇다.

 이마에 땀이 배어나고 심장 박동이 빨라졌다. 정상이 아니라는 생각은 했지만 이렇게 병명을 알고 나니 공연히 더 두려워졌다. 무슨 선고를 받은 기분이다.

 담뱃불을 제대로 껐는지를 걱정하기 시작한 것은 세 달쯤 전이다. 자택이자 작업실인 아파트를 나설 때 요시오의 머리에 문득 의심이 떠올랐다. 확실히 꺼졌나? 자물쇠를 잠그면서 뭐라 표현하기 힘든 불안감이 몸속 깊은 곳에서 솟아나는 것이다.

 다시 문을 열고 들어가 서재 책상에 놓인 재떨이를 확인한다. 완전히 꺼져 있다. 다시 나가려고 하는데 또다시 의심이 고개를 쳐든다. 책상 위에는 서류와 책이 잔뜩 쌓여 있다. 만일의 사태가 벌어지면 순식간에 타버릴 만한 것들이다. 요시오는 다시 방으로 돌아가 담뱃불이 제대로 꺼졌는지 확인한다.

 물론 두 번째 돌아왔을 때는 재떨이를 개수대로 가져다가 물에 담가서 확인에 또 확인을 더한다. 그런데도 현관을 나서면 금세 불안에 사로잡힌다. 혹시 꺼져가던 담뱃불이 재떨이에서 굴러 나와 서류 밑으로 들어가지는 않았을까? 그 어지러운 서재 어딘가에서 불씨가 숨 쉬고 있지는 않을까? 그리 생각하니 초조감 비슷한 감정이 머릿속을 가득 채워서 외출하는 데 시간이 한참 걸리고 마는 것이다.

처음에는 외출하기 30분 전부터는 담배를 피우지 않기로 했다.

그래도 소용없었다. 담뱃불은 의외로 끈질겨서 방석 같은 데 떨어지면 몇 시간 뒤에도 발화할 수 있다는 사실을 알아버린 탓이다.

그래서 서재를 깔끔하게 정리 정돈하기로 했다. 정신없이 어질러져 있으니까 담배꽁초가 어디로 굴러들어갔을 거라고 걱정하게 된다.

그러나 그것도 오래가지는 못했다. 33세 독신남은 집안일에 게으르기 마련이다. 성실함은 오직 업무에만 발휘되고 있었다. 쓰레기봉투조차 제대로 내놓지 않는 남자에게 매일 집안 청소하기를 바랄 수는 없을 것이다.

요시오는 외출할 때마다 담뱃불 단속에 정신을 빼앗겨서 서재로 되돌아오는 짓을 대여섯 번이나 거듭했다. 물에 완전히 잠긴 재떨이를 보면서 "여기서 어떻게 불씨가 살아날 수 있다는 거야"라고 자신을 타이르면서도 현관을 나서기만 하면 견딜 수 없는 공포에 시달렸다.

급기야 지난주에는 비행기를 놓치고 말았다.

그날은 담배를 피우지 않기로 작정했었다. 그리고 그대로 실천했다. 그러나 지난밤에 생긴 담배꽁초를 부주의하게 쓰레기

봉투에 쏟아버렸다. 물에 적시지도 않고.

그리고 집을 나섰다가 또 망상이 부풀어 올랐다. 그 봉투 속에서 불씨가 살아 있는 것은 아닐까.

일단 그런 의심이 들자 머릿속에서 최악의 상황만 떠올라 안절부절 못하게 되었다. 동네 전차 역에서 발길을 돌렸으면 그나마 나았을 텐데, 끝내 못 참고 돌아가야겠다고 작정한 곳이 공항행 모노레일 안이었던 것이다. 집에 도착해보니 아무도 없는 너저분한 서재에는 물론 아무 일도 없었다.

요시오는 업무에 지장이 생기자 자신의 이상 증세가 두려워지기 시작했다.

아무리 생각해도 이상하다. 이런 행동은 정상일 수가 없다.

금연을 몇 번이나 시도했지만 번번이 실패했다. 하루 40개비씩 15년을 피워왔으니 호락호락 물러갈 리가 없었다. 게다가 금연은 근본적인 해결책도 아니다. 터무니없는 행동이 문제였다.

요시오는 르포 작가의 습관대로 자신의 병을 조사했다. 도서관에 가서 의학 책을 산더미처럼 쌓아놓고 뒤지기 시작했다. 그리고 강박신경증이라는 병명에 다다랐다. 그 증상의 이름은 확인 행위의 습관화.

그렇다면 할 일은 한 가지였다. 병원에 가서 치료하기―.

그 병원을 선택한 것은 늘 타고 다니는 전차 안에서 자주 보았기 때문이다. 청결한 건물도 호감을 주었다. '이라부종합병원'이라는 커다란 간판을 보고 '종합이라고 했으니 신경정신과도 있겠지'하고 문을 두드렸다. 과연 신경정신과는 있었지만, 어찌 된 일인지 지하에 있었다.

노크를 하자 "예, 어서오세요"하고 마치 여관 직원이 손님을 맞이하는 듯한 명랑한 목소리가 들렸다. 문을 열고 진찰실로 들어섰다. 일인용 소파에 뚱뚱하고 피부가 하얀 중년 남자가 앉아서 만면에 웃음을 짓고 요시오를 맞았다.

"자, 주사를 맞아볼까." 그가 대뜸 그렇게 말하고 두 팔을 벌리며 일어섰다.

"예?" 요시오는 목을 앞으로 쑥 빼며 눈썹을 찡그렸다.

"요새 위층 놈들이 환자를 통 보내주질 않아서 벌써 보름동안이나 주사를 놔보지 못했거든." 뚱뚱한 의사가 콧구멍을 벌름거렸다. "정말이지 내과 놈들, 융통성이라고는 요만큼도 없다니까. 감기는 전부 심신증으로 진단하라고 그렇게 일렀는데."

요시오는 어안이 벙벙했다. 뭐야, 이 사람은? 하얀 가운에 달린 명찰에는 '의학박사 이라부 이치로'라고 되어 있다.

"마유미 짱, 오늘은 혈관 주사로 해봐. 제일 굵은 놈으로."

그 소리에 커튼 너머에서 퍽 육감적인 젊은 간호사가 나타났다. 그런데 행동거지가 참으로 무뚝뚝하다. 나른한 얼굴로 목덜미를 긁적이고 있다.

"정말 다행이야. 이번 주에도 환자가 오지 않으면 우에노공원에서 이란인이라도 고용할까 했거든."

이라부라는 의사가 혼자 중얼거리고 있다. 요시오는 무슨 소리인지 통 이해할 수 없었다. 잠깐 사이에 준비가 끝나고 요시오는 왼팔 정맥에 손전등만한 굵은 주사를 맞았다.

이라부는 피부를 뚫는 주삿바늘을 뚫어져라 쳐다보고 있었다. 얼굴이 온통 발갛게 달아오르고 콧방울도 움찔거렸다.

"억!" 요시오가 저도 모르게 비명을 질렀다. 굵은 주사답게 역시 아팠다.

간호사를 쳐다보았다. 무뚝뚝한 얼굴로 껌을 짝짝 씹고 있었다. 하얀 치마에 슬릿이 들어가 있어서 살빛 고운 허벅지가 훤히 드러나 있었다.

여기…… 병원 맞나? 문득 현실감이 희박해진다.

"당분간 통원 치료를 하도록." 이라부가 얼굴에 웃음을 지으며 말했다. "진료비 깎아줄게."

더욱 말문이 막힌다. 목을 분간하기 힘든 이라부의 모습은 전체적으로 바다사자를 닮았다.

"강박신경증이라고? 안내데스크에서 보낸 예비 진찰서에 그렇게 적혀 있네."

"……아, 예." 가까스로 대답을 했다.

"희한한 환자야. 스스로 진단을 내려놓고 찾아오다니."

"그…… 그렇습니까?"

"신경정신과에 달려오는 사람들은 대개 공황 상태 빠져서 셋에 하나는 바지 입는 것도 깜빡하고 오거든."

그렇게 말하며 이라부는 "하낫둘, 하낫둘" 진찰실 한복판에서 갑자기 국민체조 동작을 하기 시작했다. "르포 작가라고?" 턱살이 크게 출렁인다. "그래서 자기 증세에 대해서도 조사해본 게로군."

"예, 그냥 조금. 원래 조사하는 게 직업이라서요."

"그럼 치료법도 알고 있겠네. 우우욱." 여전히 국민체조를 계속한다. 허리 뒤에 양손을 받치고 뒤로 젖히고 있었다.

"저어, 선생님. 의자에 앉아서 이야기해도 될까요?"

"아, 그렇지. 미안, 미안. 오랜만에 주사 놓는 걸 보니까 몸이 가뿐해져서 말이야. 으하하하."

그제야 마주앉을 수 있었다. 이라부는 진료 기록으로 부채질을 하며 열을 식히고 있다. 이 병원, 괜찮을까? 요시오 머릿속에 불안감이 커진다. 하지만 이미 진찰실에 들어섰으니 별 수 없었다. 요시오는 마음을 다잡고 지금까지 겪은 일들을 설명하기로 했다. 르포 작가이므로 대화라면 자신 있다. 단어를 골라가며 조리 있고 논리 정연하게 증상을 설명했다. 스스로 생각해도 설명을 썩 잘했다 싶었다.

"이와무라 씨 대단하네." 이라부가 감탄했다. "다 알면서도 미쳤다니, 참 희한하구만."

"아니, 미쳤다뇨, 선생님도……." 그런 말본새에는 역시 발끈했다. "저는 카운슬링을 받고 싶습니다만."

의학책에 따르면 불안신경증과 달리 약물요법이 어렵다고 한다. 전문의를 찾아가 정신요법을 받는 것이 일반적이라고 나온다.

"뭐? 카운슬링?" 이라부가 콧잔등에 주름을 모으며 자못 못마땅하다는 듯이 말했다. "소용없어, 그딴 거."

"소용이 없다고요?"

"어릴 적에 어떻게 자랐다는 둥 성격이 어떻다는 둥 그런 거 말이지? 성장 환경이나 성격은 고친다고 고쳐지는 게 아니야. 그러니까 들어봐야 별 수 없어."

"어떻게 그런……." 요시오는 말문이 막혔다. 신경정신과 의사는 난생 처음 만나보지만 어떻게 이런 말을 할 수 있단 말인가.

"혹시 뭐 고백하고 싶은 거라도 있어?"

"아뇨."

"그럼 됐네, 뭐." 이라부가 스파에 드러눕듯이 앉아서 짤막한 다리를 억지로 꼰다. 요시오는 스툴에 꼿꼿이 앉아 있다.

혹시 이것도 치료의 일환일까? 요시오는 그런 생각까지 했다.

"신경 쓰면 안 된다고 말해줘도 그 말에 또 신경을 쓸 텐데, 그래서는 하나마나 마찬가지잖아." 이라부는 머리 뒤로 두 손을 깍지 낀 채 웃었다.

"그럼 어떻게 해야……."

"담뱃불 뒤처리 말인가? 화재 보험에 가입해두면 의외로 마음이 편해지지 않을까?"

"아뇨, 그건 좀……." 요시오가 고개를 갸웃한다.

"담배는 끊지 못하겠지?"

"예."

"그럼 재떨이를 치우고 양동이에 물을 담아서 쓰든지."

오호. 요시오는 옳거니 했다. 정서적인 면을 배제한 지극히 현실적인 대처법이다. 뭔가 정신적인 훈화 같은 이야기를 듣게 될 줄 알았는데.

"아니면 집에 들어가지 않는 방법도 있어."

"네에?" 얼른 이해가 되지 않았다.

"오늘은 이렇게 집을 나왔잖아. 아마 화재가 나지는 않았을 테니까 이대로 돌아가지만 않으면 그 집은 계속 안전하게 남아 있을 거야."

고개를 끄덕여야 하나 말아야 하나.

"외출할 때마다 걱정이라면 아예 외출을 하지 말든지 귀가를 하지 말든지 하면 다 해결되겠지."

"흐음." 요시오가 신음 소리를 냈다. 허를 찌르는 진행에 머리가 잘 돌아가지 않았다. "일단 물 담은 양동이는 실행에 옮겨보겠습니다."

"그래. 어차피 강박신경증에는 특효약도 없거든. 차라리 외출할 때 방에 물을 흠뻑 뿌려두든지. 으하하하."

상대가 함부로 웃으니까 역시 불쾌했다. 이라부는 아주 별난 의사 같았다.

"그런데 이와무라 씨, 르포 작가라고 했는데 주로 뭘 다루지?"

요시오가 헛기침을 한 번 했다. "일단 '약자의 시각'이라는 것이 제가 매달리고 있는 주제입니다. 공공기관이나 대기업의 부정부패를 고발하고 약자가 불이익을 받지 않는 세상을 만들자는……." 말하면서 조금 가슴이 뿌듯해졌다.

요시오는 발품을 아끼지 않는 취재 능력을 인정받아 종합지에 자기 이름으로 기고할 수 있을 정도가 되어 있었다. 단행본을 내자는 제의를 받는 것도 시간문제라고 생각했다. 무엇보다 상업 작가와 다르다는 자부심이 있었다. 동년배 작가들은 편집부가 요구하는 대로 기사를 쓴다. 자신은 엄연한 저널리스트라고 생각했다.

"오, 그럼 이걸 기사로 써봐. 저기 모퉁이에 있는 부동산 사무실이 근처 원룸 아파트를 통째로 빌려서 성인업소 나가는 아이들의 숙소로 만들었는데 말이야, 호스티스라면 괜찮겠는데 인상 고약한 남자 점원들만 들락거려."

"아뇨, 그런 개인적인 불만은……." 요시오가 눈썹을 찡그렸다.

"그럼 전차선 건너편에 있는 병원이 못된 짓을 하는데, 그걸 까발리는 건 어때?"

"오, 보험료 부당 청구 같은 건가요?"

"그런 거야 우리도 하는 거고. '하와이 여행 특전'이 있다고 하면서 간호사를 모집해놓고 아타미 온천에도 보내주지 않았다는 거야."

새삼 이라부를 쳐다보았다. 농담을 하는 것 같지도 않다.

"내일도 와" 하는 이라부.

얼떨결에 "예" 하고 대답하고 말았다.

뭐 어떤가. 의학서에도 특효약은 없다고 나오는데. 대형 병원에 가면 두 시간이나 기다려야 하는데, 여기는 한산해서 좋다.

병원을 나서자마자 요시오는 휴대폰으로 집에 전화를 걸었다. 얼마 전부터 생긴 버릇이다. 많을 때는 하루 다섯 번은 건다.

부재중 응답 메시지가 흘러나왔다. 전화기는 아무 이상 없다. 적어도 집이 홀랑 타버리지는 않은 것이다.

처음에는 응답 메시지가 나오면 안심했지만 어느 날 '집이 절반쯤 불타도 전화는 살아 있을 수 있다'는 생각이 들자 '적어도 홀랑 타버린 것은 아니다'라는 확증밖에 얻을 수 없게 되었다.

머릿속에서는 절반쯤 타버린 아파트에서 전화벨만 울리는 풍경이 너무나 쉽게 떠올랐다.

가슴이 울렁거렸다. 머리로는 터무니없는 생각이라는 걸 알면서도 불안감이 수그러들지 않는다.

역사에 있는 찻집에서 편집자를 만나 업무 협의를 했다. 젊은이를 대상으로 하는 잡지에서 인물 르포 연재를 의뢰받은 것이다. 요시오로서는 인맥을 넓힐 수 있는 좋은 기회였다.

"이와무라 씨, 이런 인물들이라면 좀 밋밋하지 않습니까?"

자기보다 다섯 살쯤 아래인 기노시타가 '젊은 카리스마들'이란 기획서를 보며 말했다.

"그렇지 않아. 이 사람은 신예 인권 변호사고 이 사람은 장애를 극복하고 CD를 발매해 데뷔한 가수야."

"가수라 해도 무거운 포크송만 부르잖아요. 제가 생각한 카리스마는 시부야의 떠오르는 DJ라든지 IT업계의 청년 사업가처럼 좀 더 화려한 사람들을 염두에 뒀던 거예요."

"그런 사람들은 다른 잡지에서 뻔질나게 다루잖아. 나는 이런 활동을 하는 사람들도 있다는 것을 10대, 20대 독자들에게 알리고 싶어."

"흐음." 기노시타가 팔짱을 끼고 생각에 잠긴다. "일단 데스크랑 상의해봐야겠네요."

"그리고 취재에 이틀은 걸리니까 그 경비도 감안해줘."

"예? 말도 안 돼요. 겨우 한 페이지짜리 기사잖아요. 두 시간쯤 얘기 듣고 사진 찍으면 끝나는 거 아닙니까?"

"음, 나는 그런 식으로 일하지 않아."

요시오가 타이르듯이 말한다. 말랑말랑한 젊은이용 잡지를 만드는 편집자답게 기노시타는 갈색으로 염색한 장발을 쓸어 올리며 "알았어요" 하고 입을 삐죽였다.

이런 일은 처음이 중요하다. 마음대로 부릴 수 있는 작가가 아니라는 것을 제대로 보여주는 것이 좋다.

돌아가는 길에 상가 철물점에 들러 양동이를 두 개 샀다.

아파트에 돌아오자 두 양동이에 물을 절반쯤 채워 거실 겸 서재와 침실에 하나씩 놓았다.

시험 삼아 담배를 한 대 피워 물었다. 책상 밑 양동이에 꽁초를 던져 넣자 '피식!' 하는 소리와 함께 불씨가 꺼졌다.

이거 괜찮은걸. 이렇게 하면 불이 날 수가 없지.

잠시 방에서 자료를 정리했다. 그리고 늦은 점심을 먹기 위해 밖으로 나가려고 했다.

문득 양동이를 돌아보았다. 종이가 다 풀어져 제 모양을 잃은 담배가 댓진으로 흐려진 물에 몇 개 떠 있었다.

이내 언짢아진다.

여기서 불이 날 가능성은 전혀 없다. 그러나 재가 떨어질 때 불티가 주변으로 튀었을 가능성은 있을 것 같았다.

요시오는 양동이 주변에 흩어져 있는 잡지나 책을 들춰보았다. 혹시 불에 탄 자국이 있지 않을까. 서서히 불안감이 끓어올랐다.

이건 진짜 어처구니없는 짓이야. 한편으로는 자신에게 그렇게 타일렀다. 가령 불티가 튀었다고 그것으로 어떻게 불이 붙겠느냐 말이다.

요시오는 마음을 다잡고 방을 나갔다. 현관문을 닫고 크게 심호흡을 했다. 열쇠를 구멍에 꽂고 잠그려는 순간 저도 모르게 숨이 뚝 멎었다.

딱 한 번만 확인해볼까? 안으로 들어가 책상 위와 밑을 점검했다.

이렇게 되면 이미 돌이킬 수 없다. 현관으로 나갔다가 다시 방으로 돌아간다. 그 짓을 몇 번이나 반복하다가 결국 외출을 못하고 말았다.
　피자를 시켜먹기로 했다. 요즘은 이런 식으로 매주 세 번은 피자를 먹는다.
　요시오는 길게 한숨을 지었다. 집 지켜줄 사람이라도 고용할까? 아내가 있으면 다 해결되겠는데.
　금연을 다시 한 번 진지하게 생각했다. 그렇지 않으면 외출도 못할 판이다.

2

　"그래, 오늘은 어떻게 하고 나온 거야?" 이라부가 손가락으로 턱살을 주물럭거리며 말했다. 마치 사이비종교 교주처럼 소파에 양반다리를 하고 앉아 있다.
　"그러니까 외출해야 하는 날은 아침부터 담배를 아예 안 피우기로 했습니다."
　요시오가 괴로운 표정으로 말했다. 괴짜 의사이기는 해도 어쨌든 상의할 사람이 있다는 것은 고마운 일이었다. 주사는 아프지만 누구한테든 이야기를 하고 싶은 마음이 더 강했다.

"그래도 외출하기는 힘들더군요. 어제저녁에 피운 담배꽁초가 어디선가 살아 있는 것은 아닌가 하고 너무 걱정이 돼서—."

"흐음. 분명히 말해두지만 왕진은 싫거든."

"그런 거 부탁하는 거 아닙니다. 선생님, 역시 담배 끊는 게 선결 과제겠지요?"

"아니." 이라부는 주저 없이 고개를 가로저었다. "그런 건 그냥 현상일 뿐이야. 담배를 끊어도 그 다음에는 가스 밸브가 걱정될 거고, 그럼 강박관념도 그쪽에 들러붙겠지."

무슨 끔찍한 소리를—. 치골 언저리에 가려운 것도 같고 아픈 것도 같은 묘한 감각이 왔다. 부엌의 가스 밸브는…… 잠그지 않는다. 가스레인지 안전밸브는 혼자 살기 시작한 이래 한 번도 잠가본 적이 없다. 걱정해본 적도 없다.

지금 사는 아파트에 이사한 것이 3년 전이다. 가스를 점검해본 적도 없다. 고무패킹이 낡아서 금이 갔을 가능성은 다분하다.

"선생님, 이상한 말씀은 그만두세요." 요시오는 겁먹은 목소리로 말했다. "갑자기 가스 밸브가 걱정되잖아요."

"요전에도 말했지만 화재 보험에는 가입하지 않았어?"

"집주인이 들어두었겠죠. 저야 계약할 때 가재도구만 보험에 들어두었습니다."

"그럼 됐지 뭐. 걱정할 것 없네."

"그런 문제가 아니잖아요. 내가 불을 내면 여러 사람한테 피해를 주게 되잖아요."

"그거야 누구나 마찬가지지. 지구상에 화재가 없어지지 않는 한."

이건 또 무슨 논리인가. 요시오는 가벼운 현기증을 느꼈다.

"선생님, 오늘은 이만 실례합니다."

"벌써? 방금 왔잖아. 차나 한 잔 마시고 가. 어이, 마유미 짱."

간호사가 진찰실 구석에서 귀찮다는 듯이 얼굴을 들었다.

"환자분. 가스가 새는지부터 얼른 확인하고 오시는 게 좋을걸요." 거만한 말투였다.

어이없는 간호사 같으니. 불난 집에 부채질을 해.

도저히 가만히 앉아 있을 수 없어서 벌떡 일어섰다.

"이와무라 씨. 잠깐만." 이라부가 말렸다. "전차선 건너편 병원 말인데, 아무래도 보험공단에 침상 숫자도 속여서 신고한 것 같아. 뭐, 우리도 조금 속이긴 하지만 저쪽은 자그마치 20퍼센트나 불렸대. 참 배짱도 좋지. 고발해버려."

"지금 그게 급합니까." 손을 뿌리치고 출구로 향했다.

"어디에든 글로 써서 발표만 해주면 내가 백만 엔 줄게."

상대해주고 있을 수가 없었다. 요시오는 거리로 나서자 택시를 잡아타고 집으로 서둘렀다.

머릿속에서는 금간 고무패킹에서 가스가 슉슉 소리를 내며 새고 있는 광경이 선명하게 떠오른다. 무릎이 희미하게 떨렸다.

무슨 놈의 망상이 이렇게 생생할까. 요시오는 울고 싶었다.

택시 차창으로 자기가 사는 동네 쪽을 살폈다. 연기는 보이지 않았다.

과연 도착해보니 집안은 평소대로 어둑하고 어지럽혀져 있을 뿐이다. 피로가 한꺼번에 몰려왔다.

요시오는 창을 열고 방 공기를 바꾸었다. 4층 베란다에서 동네를 내려다보았다. 저도 모르게 한숨이 흘러나왔다.

이래서는 도저히 안 되겠다. 외출할 때마다 공황 상태에 빠질 것이다.

문득 건너편 담뱃가게가 눈길을 끌었다. 평소 자기가 담배를 한 보루씩 사고 있는 가게다. 자기 어머니 연배쯤 되는 할머니가 가게를 지킨다.

요시오는 아파트를 나서서 그 담뱃가게로 갔다.

"실례합니다." 평소보다 상냥한 목소리로 말했다.

"어서 오세요." 아주머니가 하얀 이를 드러낸다. 이야기를 해본 적은 없지만 얼굴은 아는 눈치다.

"저어, 실은 부탁이 있어서 왔는데요." 요시오가 허리를 낮추었다. "이 가게 전화번호 좀 알 수 있을까요?"

"예?" 할머니가 의아하다는 듯이 미간을 찡그렸다.

"제가 종종 외출을 했다가 전화를 드릴 테니까 제 아파트에······." 뒤를 돌아보며 턱짓으로 가리켰다. "불이 나지 않았는지 가르쳐주시겠어요?"

할머니는 아무 말이 없었다. 잠깐 요시오를 쳐다보다가 의자를 뒤로 뺐다.

"아뇨, 그게요. 잠깐 설명을 드리자면요." 난처한 나머지 웃음을 지어 보였다. "저는 담뱃불은 잘 꺼졌는지 가스 밸브는 잘 잠갔는지, 그런 게 너무 걱정이 돼서······."

할머니가 집안 쪽으로 목을 뽑았다. "사요코, 잠깐 나와봐라."

"저어, 잠깐만 제 얘기 좀 들어주시면 안 되겠습니까?" 땀이 줄줄 나왔다.

안에서 서른쯤 돼 보이는 여자가 나타났다. "왜 그러세요, 어머니."

"이 사람, 좀 이상해."

두 여자가 경계하는 눈초리를 던진다. 젊은 여자가 조심스런 몸짓으로 유리창을 닫았다. 그 유리에 제 모습이 비친다.

더 버티기가 힘들어 요시오는 담뱃가게를 물러났다. 그리고 아파트 엘리베이터 안에서 제정신을 차리고 얼굴이 홍당무가 되었다.

어쩌자고 그런 말을 했을까. 믿을 수가 없다. 제정신이 아니다. 보나마나 동네에 소문이 파다하게 날 것이다.

제 머리를 감싸 안았다. 미친다는 것이 무엇인지 생생하게 할 것 같았다.

편집자 기노시타를 설득해서 인물 르포의 대상자는 요시오가 알아서 결정하기로 했다. 그 첫 번째 주인공은 노숙자 시인이었다.

"네? 냄새가 고약할 텐데."

이태리제 셔츠를 입은 기노시타가 얼굴을 찡그렸다.

"이런 일이 싫다면 자네는 어떤 일을 하고 싶은데?"

"저요? 역시 영양가 있는 일을 원하죠. 해외 리조트 취재라든지 신제품 소개라든지. 정보란 담당자들은 영화도 공짜로 마음대로 보고 CD도 샘플로 오는 것 다 챙기고, 약 올라 죽겠어요."

기노시타가 옆머리를 손으로 다듬고 있다. 요시오는 연장자로서 한마디 해주기로 했다.

"자네도 뜻을 세워봐. 업무를 이용해서 떡고물이나 챙기면 사람이 비열해져. 사회에 보탬이 되어야 사회인이라고 할 수 있지."

"에이, 왜 이러세요 이와무라 씨. 영감님 같은 말씀만 하시고. 애인 없어요?"

"얘기 돌리지 말고."

정보지 편집자는 아무래도 경박하고 정서부터가 달랐다.

인터뷰는 요요기 공원에서 진행했다. 아직 30대 초반이라는 노숙자 사내는 하라주쿠 역 앞에서 우편엽서에 붓으로 자작시를 써서 여고생들에게 100엔에 팔고 있었다.

오해받기 쉬운

너를 나는 지켜보고 있다.

"이와무라 씨, 이 사람 사기꾼이에요." 기노시타가 소곤거렸다.

"자네가 어떻게 알아. 요즘 여고생들 사이에서 알게 모르게 인기가 많은 사람이야."

"그건 결국 어린애들을 가지고 논다는 거 아닙니까?"

"그만해. 그런 삐딱한 시선은 질색이야."

기노시타에게 면박을 주고 인터뷰를 시작했다. 사내는 노숙자치고는 말끔하게 차려입고 있었다. 머리도 수염도 단정했다.

"말하자면 나는 기업 사회에 반기를 들자는 적극적 동기에서 노숙자가 된 겁니다." 사내가 입 끝으로 웃으며 말했다. "요컨대

기성사회에 포섭되지 않겠다는 거죠. 인간답게 살기 위해서 백수가 되었다는 말입니다."

요시오는 그 발언에 동의할 수 있었다. 사내는 비굴한 모습이 없었고 오히려 자유인임을 자랑하는 것처럼 보였다.

"10대 아이들한테도 알려주고 싶어요. 대학에 진학해서 기업에 취직하는 것이 인생의 전부는 아니라는 걸, 경쟁을 하지 않아도 괜찮다는 걸 말입니다."

기노시타가 옷자락을 잡아당겼다. 조금 떨어진 곳으로 옮겼다.

"뭐하는 짓이야. 저 사람한테 실례잖아." 요시오가 노려보았다.

"실례나마나, 지금 21세기예요. 뭡니까, 저런 케케묵은 인생론이." 기노시타가 눈을 부라리고 있다.

"오히려 신선하잖아, 요즘 젊은이들한테는. 그러니까 인기가 있는 거야."

"바보는 어느 시대에나 있다는 걸 보여줄 뿐이죠."

"왜 그렇게 생각이 삐딱해."

"이거 정말로 기사로 쓸 겁니까?"

"당연하지."

기노시타가 고개를 설레설레 흔들며 한숨을 지었다.

"이와무라 씨, 너무 순진하시네요."

인터뷰는 두 시간 동안 이루어졌다. 사내는 달변가였고, 인터뷰가 끝날 즈음에는 시집을 출판하고 싶다는 이야기를 했다.

기노시타는 뒤에서 못마땅한 얼굴로 서 있었다. 살짝 흐린 하늘을 향해 담배 연기를 내뿜으며 '나도 모르겠다'하고 투덜거렸다.

매일 이라부 병원에 다녔다. 혹시나 해서 다른 병원 신경정신과에 가보았지만 환자가 대기실에 넘쳐서 진료를 제대로 받을 수 있을 것 같지 않았다.

"이봐, 이와무라 씨. 선로 너머에 있는 병원 말이야, 어떻게 좀 해봐."

이따위 인물이지만 지금은 아무라도 붙들고 차분히 이야기를 하고 싶었다.

"그보다 선생님, 덕분에 담태꽁초뿐만 아니라 가스 밸브까지 걱정하게 되었습니다. 이거 어떻게 할 겁니까?"

요시오가 항의했다. 도큐핸즈에서 고무패킹을 사다가 교환했지만 불안은 가시지 않았다.

"불을 낼 가능성이라면 요시오 씨나 이웃들이나 피차일반이라고 했잖아."

"그런다고 걱정이 없어집니까?"

"그럼 오늘은 어떻게 하고 나왔어? 불안하지 않아?"

"어쩔 수 없이 아예 밖에 있는 가스 밸브를 잠가놓고 나왔어요. 그렇게 하면 실내로 가스가 안 들어가니까요."

실제로 그렇게 해두고 나왔다. 번거롭기 짝이 없지만 그렇게라도 하지 않으면 가스 누출 걱정으로 집을 나서지 못한다.

"오호, 머리가 좋은걸." 이라부가 천진난만하게 감탄한다. "또 모르지. 그렇게 걱정거리를 뿌리 뽑아가다 보면 병이 나을지도 몰라."

요시오가 얼굴을 들었다.

"매사 그렇게 선수를 쳐서 걱정거리를 봉쇄해버리면 되겠군. 그러면 틀림없이 완쾌되겠어."

이라부한테 처음 들어보는 격려였다. 어이없게도 눈시울이 뜨거워졌다.

"하지만 그렇게 되면 다음은 전기가 등장하겠군."

"예에?" 얼굴을 찌푸렸다.

"화재 원인이라면 가스 누출보다 누전이 더 흔하잖아. 콘센트에 문어발처럼 꽂아 쓰다가 불이 나기도 하고 텔레비전 브라운관이 자연 발화 하기도 하고."

이 자는 어쩌자고 이런 말을 지껄일까. 머릿속에 자기 집안 풍경이 떠올랐다. 콘센트에는 여러 전기 제품이 잔뜩 연결되어 있다. 그 주위에는 책과 자료가 산더미처럼 쌓여 있다. 발화하면 금방 불길이 옮겨 붙을 것이다ㅡ. 싸악 하고 얼굴에서 핏기가 가셨다. 손끝이 바르르 떨렸다.

돌아가면 그 콘센트부터 처리해야지. 전선이 제일 복잡하게 얽혀 있는 곳은 컴퓨터가 있는 책상 주변이다. 전기스탠드와 카세트라디오는 서랍에 넣어두자. 하지만 브라운관 폭발에는 어떻게 대비해야 좋단 말인가.

"선생님, 문어발 콘센트는 그렇다 치고 텔레비전이 자연 발화하는 것도 제 책임이 되나요?"

"글쎄, 제조사를 상대로 소송을 해야겠지."

눈앞이 어찔했다. 르포 작가라는 직업상 기업을 상대로 소송을 벌이는 것도 원하는 바이기는 하지만, 그런 소송이 얼마나 개인에게 불리하고 신경을 닳게 하는지는 잘 알고 있었다.

텔레비전, 치워버릴까······.

아니지, 이거야말로 어리석은 짓이다. 무엇보다 텔레비전 없는 집이 어디 있는가. 나만 걱정하는 것은 불공평하다.

"선생님은 집에 있는 텔레비전이 걱정스럽지 않나요?" 요시오가 물었다.

"우리는 액정이거든. 브라운관이 아니야." 잇몸을 드러내며 히죽 웃었다. "최신형 벽걸이. 150만 엔이나 줬어. 에헤헤헤."

요시오는 어깨를 떨구었다. 이 기회에 나도 바꿔볼까? 어차피 10년 전 모델인데.

하지만 누선 같은 사태에는 어떻게 대처하란 말인가. 외출 때마다 배전반을 내려두면 전화나 팩스의 부재중 기능을 쓸 수 없고 냉장고에 넣어둔 음식도 상할 것이고……

"건물 준공 후 20년이 넘으면 벽 속의 배선도 망가지고 쥐가 갉아놓을 수도 있고"라고 하는 이라부.

"선생님, 겁주지 마세요."

"미안, 미안." 환하게 웃고 있다. "자, 커피나 마실까? 어이, 마유미 짱."

진찰실 구석에 있던 간호사가 가운을 걷어 올리고 허벅지를 벅벅 긁었다.

"얼른 돌아가서 누전을 점검하는 게 낫지 않겠어요?" 나른한 목소리로 그렇게 말하고 창밖을 쳐다보았다.

그래. 얼른 돌아가자. 애타는 심정이 목구멍까지 치받고 올라왔다.

무사한 것을 확인하면 소형 액정 텔레비전부터 사자. 냉장고를 쓸 수 없게 될 테니까 아이스박스도 구해야 한다.

"실례합니다." 목소리가 희미하게 떨렸다.

"뭐야, 벌써 가게? 철로 건너편 병원 이야기도 들어봐야지. 놈들은 낫지도 않을 환자들한테 약을 마구 먹이고 있단 말이야. 우리도 그렇긴 하지만."

상대하고 있을 틈이 없다. 요시오는 병원을 나서자마자 택시를 잡아타고 집으로 향했다. 아파트가 있는 쪽 하늘을 살펴보았다. 어찌된 일인지 매번 이런 식이라는 생각이 든다.

초봄 하늘을 바라보니 마음이 금세 곤두박질쳤다. 대체 앞으로 얼마나 더 망가질 것인지.

3

이리저리 고민하다가 외출할 때는 외부 가스 밸브를 잠그고 전기 배전반도 내려놓기로 했다.

냉장고는 음료만 넣어두고 상할 만한 것은 일절 사지 않기로 했다.

책상 주변의 전기 제품들도 정리했다. 전기스탠드를 치우고 전등이 달린 공사용 헬멧을 쓰기로 했다. 남들한테는 결코 보여줄 수 없는 집필 풍경이었다.

"이와무라 씨네 자동응답 전화기는 왜 응답을 하지 않습니까?" 기노시타가 물었다.

"휴대폰이 있으니까 여기로 걸게."

"그래도 팩스 자동응답이 안 되면 곤란한데요."

"이봐, 10년 전까지만 해도 그런 거 하나 없이도 아무 문제없었어. 교정지는 우편으로 부쳐줘."

"아니……." 기노시타가 입을 삐죽거렸다.

요시오도 자기가 이상한 놈으로 비치고 있다는 것은 알고 있었다.

사람을 만나 업무를 논의하다가 소방차 사이렌 소리가 들리자 그곳이 집에서 10킬로미터나 떨어진 곳인데도 불구하고 '혹시' 하며 낯이 파래져서 얼른 자리를 파하고 집으로 돌아간 적이 있다.

미팅 상대는 요시오의 파랗게 질린 얼굴을 보고 필시 부모가 위독한 모양이라고 짐작한 듯했다. 나중에 사정을 설명하자 몸을 뒤로 살짝 물리며 어색하게 웃었다.

아파트 앞 담뱃가게에도 정말로 전화를 걸었다. 그날은 지방에 가야 하므로 아침부터 각종 점검으로 두 시간 이상을 소비하고 집을 나섰지만, 도쿄 역 플랫폼에서 견딜 수 없는 불안감에 시달렸다. 콘센트에서 연기가 나고 가스관에서 가스가 새는 광경이 머리에 떠올라 무릎이 덜덜 떨렸다.

그대로는 차마 신칸센을 탈 수 없었다. 만약 그냥 타고 가면 불타오르는 아파트 영상이 머리에서 떠나지 않는 출장길이 되고 말 것이다. 그렇다고 집으로 돌아가면 여러 사람이 피해를 보게 된다.

요시오는 전화번호 안내에 전화해서 담뱃가게 번호를 알아내 휴대폰으로 연락했다. 주저할 여유도 없었다. 늘 가게를 지키는 할머니가 받았다.

"죄송합니다. 바로 앞 아파트 4층에서 연기가 나진 않나요?"

일전의 일이 있으므로 요시오의 전화라는 것을 금방 알아차린 모양이다.

"제발 부탁입니다. 불이 났는지 안 났는지만 말씀해주세요."

다급한 말투에 주눅이 들었는지 아주머니는 "아무 일 없어요" 하고 겁에 질린 목소리로 대답했다.

덕분에 가까스로 출장을 갈 수는 있었지만 그 뒤로는 아파트 앞을 당당하게 지나가기가 힘들어졌다.

야구 모자를 눈까지 내려 쓰고 담뱃가게를 쳐다보지 않으려고 애쓰며 부리나케 뛰어가게 된 것이다.

지금 내가 뭐 하는 걸까ㅡ. 자기가 처한 상황을 믿을 수가 없었다.

어릴 적부터 적극적이어서 반장도 하고 학생회 간부도 맡아왔다. 늘 사람들 중심에 있었고 남들 웃기기를 좋아했다. 그런데 지금은 가능성도 희박한 화재 걱정에 정신을 빼앗겨 제대로 외출도 못하고 있다.

체중이 3킬로그램이나 늘었다. 밥을 직접 하지 않고, 가게에서 사다 먹거나 배달 피자에 의존했기 때문이다.

텔레비전은 휴대용 액정 TV를 구해서 보고 있다.

휴대전화를 충전할 때는 빨간 램프가 꺼질 때까지 옆에서 지켜본다.

그러던 어느 날 꼭대기 층에 사는 집주인 노파가 찾아와 부탁을 했다. 요시오가 사는 4층 복도 형광등이 고장 났으니 교체해 달라는 것이다. 이 집주인은 남편을 여의고 여기서 혼자 살고 있었다. 그래서 형광등 하나 갈아 끼우는 것도 큰일이다.

쉬운 부탁이라서 흔쾌히 들어주었다. 의자를 놓고 올라가 금방 갈아 끼웠다.

"고마워요." 노파가 정중하게 고개를 숙여 인사하고 위층으로 올라갔다. 친절을 베푸니 그의 마음도 상쾌해졌다.

그런데 밤에 실내 형광등을 멍하니 올려보았다가 가슴이 또 덜컥했다.

이 아파트는 낡았다. 각 호의 세입자가 바뀔 때마다 수리를 해왔겠지만, 공동으로 사용하는 것은 유지 보수를 생략했을 가능성이 크다. 당연히 배선 같은 것들도 준공 당시 그대로일 것이다.

아냐, 아냐. 요시오는 황망히 부정하려고 했다. 아파트 복도는 내 소관이 아니야. 내가 관여할 일이 아니라고.

인자하게 웃는 노파의 얼굴이 떠올랐다. 요시오는 손바닥으로 제 뺨을 몇 대 쳤다.

누전—.

"으악—!" 혼자 고함을 질렀다. 얼굴이 땀범벅이 된다.

발화—.

얼굴은 뜨끈한데 등으로는 오한이 치달린다.

복도는 콘크리트다. 그리 쉽게 탈 리가 없다. 급하게 자신을 달랬다.

어? 잠깐만. 형광등을 교체한 자리 앞에 있는 집은 복도에 늘 종이박스를 내놓고 있다. 아마 생수를 담는 상자 같다. 불이 옮겨 붙을 것이 있다면 그 박스일 것이다.

요시오는 복도로 나가 그 집 초인종을 눌렀다. "네" 하는 여자 목소리가 들렸다. 문을 열고 나온 사람은 머리를 금발로 염색한 젊은 여자였다.

"저어, 저기 모퉁이 집에 사는 사람인데요. 이 종이박스, 복도에 내놓는 것은 자제해주셨으면 해서요."

"예?" 여자가 의아한 표정을 지었다.

"집안에 놓아 두셨으면 합니다."

요시오가 진지한 얼굴로 말했다. 항의하는 거라고 생각했는지 여자의 눈초리가 찢어져 올라간다.

"이거 택배로 받는 건강수 상자예요. 집에 아무도 없을 때 업자가 건강수를 여기 내려놓고 빈 박스를 회수해 가는데, 나보고 어쩌라는 거예요?"

"복도에 물건을 두는 것은 아마 소방법에도 걸릴 것 같은데요."

"댁한테 무슨 피해가 있다고 그래요?" 얼굴이 빨개져서 말했다. "크기도 작은 상자이고 집주인도 아무 소리 안 하는데."

"아뇨, 혹시 불이 날까봐 그러는 겁니다. 잘 타잖아요, 이건."

"예에? 댁도 참 이상한 사람이네요. 어떻게 여기에 불이 난다는 거죠?"

"저기 형광등에서." 복도 천장을 가리켰다. "누전으로 불꽃이 일어날지도 모릅니다."

"경찰을 부를 거예요." 여자의 모난 목소리가 귀에 꽂힌다. 문이 거칠게 닫혔다.

요시오는 허리에 손을 짚고 한숨을 지었다. 어떡하면 좋지? 집으로 돌아와 일단 편의점 도시락으로 저녁을 해결했다. 침대에 누워 원고 작성에 필요한 책을 읽으려고 했지만 복도 걱정에 글이 눈에 들어오지 않았다.

몇 번이나 현관문 렌즈로 복도를 내다보았다.

현재로서는 누전 염려는 없을 것 같다. 다만 앞으로는 무슨 일이 일어날지 알 수 없다. 자기가 갈아 끼운 형광등이다. 왠지 자기에게도 일부 책임이 있는 것처럼 느꼈다.

요시오는 의자를 현관 바닥에 옮겨 놓고 전화번호부로 높이를 조절한 다음 거기 앉아서 복도를 감시하기로 했다. 틈틈이 책을 읽으면서.

불편하지만 어쩔 수 없다. 이렇게라도 하지 않으면 1초도 편안할 수가 없다.

귀가하는 아파트 주민들도 빠짐없이 감시하게 되었다. 그동안은 몰랐지만 두 집 건너 이웃에는 게이 커플이 살고 있었다. 그 두 남자는 복도에서 껴안곤 했다.

아무 걱정 없이 살아갈 수 있는 다른 주민들이 부러웠다. 몇 개월 전에는 자기도 그랬는데, 대체 무엇이 잘못되었을까.

한밤중이 되자 의자 위에서 이불을 덮었다. 졸린 눈을 비벼가며 아침 시간까지 복도를 감시했다.

아침 6시, 새벽잠 없는 노파가 내려와 전기를 끄며 각 층을 돌아다녔다.

요시오는 그제야 눈을 붙일 수 있었다.

피로가 등판에 빈틈없이 들러붙어 있는 기분이었다. 다음에

병원에 가면 이라부에게 비타민 주사라도 놔달라고 하자고 생각했다.

"그럼 두 대 맞아야겠네." 이라부가 눈알을 반짝였고, 요시오는 팔과 엉덩이에 특대 주사를 맞았다. "한 대는 공짜로 해줄게." 목소리까지 생기가 넘쳤다.

이라부에게 어젯밤부터 오늘 아침까지 있었던 일들을 설명했다. 이대로 가다가는 오늘밤도 똑같은 짓을 할 것 같다고 하며 어려움을 호소했다.

"그렇게 화재를 걱정하다가는 결국 방화 걱정을 하게 될 거야." 이라부가 오늘은 소파에 여자처럼 두 다리를 한쪽으로 모으고 앉아서 말했다.

"그게 무슨 말씀이죠?"

"화재 원인 가운데 가장 흔한 것은 담뱃불이나 누전이 아니라 방화거든. 이와무라 씨, 이제 곧 아파트 주변을 밤새 순찰하게 될 거야."

"아뇨, 방화라면 그렇게 걱정하지는 않을 것 같습니다."

"왜?"

"그건 제 책임이 전혀 아니니까요."

"흐음." 이라부가 입술을 오므리고 목을 긁적였다. "그러니까

이와무라 씨는 자기한테 조금이라도 책임이 떨어질 것 같은 일에 강박을 갖고 있는 거로군. 잘못되면 그걸로 다 끝장난다는 심정이겠지."

이라부의 말을 듣고 보니 자기도 병의 실체를 파악한 것 같은 기분이 들었다. 아마 다른 사람이 복도 형광등을 교체하는 것을 보았다면 아무 걱정도 없었을 것이다. 자기가 관여한 일이므로 자기 문제가 되고 만 것이다.

"좋은 생각이 있어." 이라브가 무릎을 탁 쳤다. "아파트 관리인이 되면 되겠어."

"예에?"

"틀림없이 성실한 관리인이 될 거야. 이렇게 화재 걱정을 해주니."

"왜 이러세요." 얼굴을 찡그리며 말했다. "세입자들이 불조심을 하나 안 하나까지 걱정하란 말입니까?"

게다가 이 몸은 르포 작가로서 장래가 촉망되는 사람이다. 어찌 이런 곳에 묶여 있을 수 있겠는가.

"그럼 이제 본격적인 치료에 들어가 볼까" 하는 이라부. 소파에서 일어나 허리를 좌우로 틀었다. "이건 행동요법의 일종인데."

요시오가 올려다본다. 치료? 마음에 서광이 비치는 것 같았다. 고칠 방법이 있다는 말이지?

"따라와 봐." 이라부가 진찰실을 나간다. 요시오가 뒤를 따랐다. 나가면서 간호사와 눈이 마주친다. 관심 없다는 듯 얼굴을 휙 돌려버린다.

병원을 나서서 거리를 걸었다. 어디 가는 거지? 의아해 하면서 따라간다. 이라부는 콧노래를 불렀다. 뒤에서 보니 이라부가 꼭 인형 같았다. 등에 지퍼라도 달려 있지 않은가 하고 살펴보게 된다.

철로를 건너 잠시 걷자 높은 블록 담을 만났다. 담 너머에는 벚나무들이 줄지어 있다. 식물의 싱그러운 냄새가 났다. 바야흐로 봉우리가 부풀어 오르고 있었다.

눈앞의 건물을 올려다본다. 간호사가 복도를 오가는 것을 보고 병원이라는 것을 금세 알았다.

"이 담 너머가 정원인데, 의사나 직원들이 쉼터로 쓰고 있지."

이라부가 입을 연다. 왜 여기로 데리고 왔나 궁금했다.

"여기 나무들 밑에 자갈이 있지? 적당한 돌멩이를 주워."

이라부가 허리를 구부리고 돌멩이를 찾았다. '설마' 하며 요시오도 따라했다.

"그럼 던져보자고" 하는 이라부.

"잠깐만요!" 요시오가 눈을 휘둥그레 떴다. "누가 맞으면 어떡해요."

"맞지 않을 가능성이 더 커."

"아니 그런—."

"지구는 사람이 있는 곳보다 없는 곳이 훨씬 더 넓어. 그러니까 눈 감고 돌을 던져도 맞지 않을 공산이 훨씬 크지."

"무슨 말도 안 되는 소리를. 여기는 도쿄 한복판이에요. 게다가 이 담 너머는 병원 관계자들의 쉼터라면서요."

"걱정도 팔자네. 그러니까 누전 같은 거나 걱정하며 잠도 못 자지."

"아뇨, 이건 경우가 다른 것 같은데요."

"다르긴. 똑같아." 이라부가 하얀 이를 드러낸다. "자, 던진다아—." 전혀 주저하는 기색도 없이 돌을 던졌다.

탁구공만한 돌이 창공을 깔끔한 포물선을 그리며 담 너머로 사라졌다. 땅바닥에 튀는 소리가 났다. 누가 맞은 것 같지는 않다.

"거보라니까." 이라부가 웃었다. "근데 좀 시시하네. 요전번에는 '누구야' 하는 고함소리가 들려오던데."

"선생님, 저도 던지는 겁니까?" 불안스레 물었다.

"치료라니까."

"정말요?"

의심에 사로잡힌 채 돌멩이를 들었다. 이라부 옆에 있으면 왠지 조종당하는 기분이 든다.

벚나무를 겨냥해서 살살 던졌다.

"아냐, 아냐." 이라부가 요란하게 도리질을 한다. "엉덩이 빼지 말고 던져야지. 에잇, 모르겠다, 하고 던져. 어차피 여기는 악덕 병원이잖아."

"선생님, 그건 좀 다른 얘기잖아요?"

"다르긴 뭐가 달라." 혼자 호탕하게 웃고 있다.

요시오는 다시 돌을 집어 들고 마른침을 삼켰다. 머릿속에는 미녀 의사의 이마에 정통으로 맞는 광경이 떠오른다. 얼굴에서 핏기가 싹 가신다.

"선생님, 역시 그만두는 게 좋겠어요. 누가 맞으면 큰일 나요."

"만약이니 뭐니 하는 생각은 하지도 마."

"그런 걸 생각하니까 인간이겠죠."

"겁먹을 거 없어. 보라고." 이라부가 또 돌을 던졌다. 이번에는 건물 벽에 맞았다.

요시오는 재빨리 주위를 살폈다. 누가 보지 않았을까? 심장이 쿵쾅거린다.

그런데도 이라부는 주위를 신경 쓰는 기색도 없이 다시 돌멩이를 찾고 있다.

나도 정상은 아니지만 이 자는 더하네.

요시오는 생각했다. 세상에는 걱정을 끼치는 인간과 걱정을 하는 인간이 있다. 이라부는 전자고 나는 후자다. 후자가 전자 몫까지 걱정하는 덕분에 세상은 평화롭게 흘러가는 것이다.

얼마나 불공평한가. 걱정은 고루 나눠야 하지 않을까.

요시오는 배에 힘을 주고 던지기 자세에 들어갔다.

"오호, 제대로 해볼 생각인가. 그럼 나도 같이 던지지. 어느 돌이 누구 돌인지 알 수 없게."

어? 무슨 뜻이지? 어쨌든 돌을 있는 힘껏 높이 던졌다. 돌 두 개가 병원 부지로 사라졌다.

다음 순간 쩽강 하고 유리 깨지는 소리가 났다. 그것도 두꺼운 유리라는 것을 알 수 있는 커다란 소리였다.

이라부가 뛰기 시작했다. 그 거구로 쿵쿵거리며 골목을 달려간다.

"선생님, 기다려요." 요시오가 당황하며 쫓아갔다.

"방금 그거 당신이 던진 돌이야." 턱살을 털썩털썩 흔들며 이라부가 말했다.

"그걸 어떻게 알아요. 무슨 증거로." 숨이 찼다. 전력으로 달린 것이 몇 년 만인지 모른다.

"다음엔 화염병을 던지자고."

"무슨 소리예요."

"치료, 치료라니까. 으하하하."

뭐라고 해야 할지 얼른 떠오르지 않았다.

모든 사람이 이라부 같다면 지구상의 걱정거리가 거의 다 사라질 것이다.

빌어먹을. 저렇게 혼자서만 태평해도 되는 거야?

그런데 방금 한 짓을 누가 목격하지나 않았을까? 그 걱정에 가슴속에 따끔따끔했다.

왜 나만 고달픈 역을 맡을까. 요시오는 온 힘을 다해 거리를 달리고 있었다.

4

요시오의 '확인 행위의 습관화'는 착실하게 대상 범위를 넓혀 가고 있었다.

손을 대는 것은 뭐든지 그 이후를 걱정하고 마는 것이다.

한번은 동료와 불고기집에서 식사를 하다가 "이제 불 끌까?" 하고 가스레인지를 껐다. 혹시 밸브가 덜 잠겨서 가스가 새고 있는 것은 아닐까ㅡ. 한밤중에 불고기집에 찾아가 셔터를 두드리다가 경찰에 조사를 받았다.

이제는 화재 걱정으로 그치지 않았다. 역 앞 보도에 쓰러진 자전거를 일으켜 세워 놓았다. 내가 스탠드를 제대로 세웠었나? 그 자전거 때문에 다른 자전거들까지 도미노처럼 와르르 쓰러지지 않을까? 길 가던 사람이 다치지나 않을까―. 전차 안에서 걱정이 되기 시작하자 결국 만사 접어두고 그곳으로 돌아가고 말았다.

아는 여자가 운전하는 차를 타고 가다가 타이어가 펑크 났을 때는 타이어 교환 작업을 도와달라는 그녀의 부탁을 냉큼 거절했다. 볼트는 충분히 조였던가? 이 걱정에 그 차를 쫓아다닐 게 뻔했기 때문이다.

어이가 없어하는 그녀를 보면서 '결혼하기도 힘들겠구나'하고 자신의 앞날을 비관했다.

이라부가 말한 아파트 관리인은 싫지만 동중국해에서 수상한 선박을 감시하는 일은 어떨까 하는 생각도 했다. 감시하는 일이라면 누구보다 잘 할 수 있으니 말이다.

안 그래도 의기소침하게 지내는 그를 더욱 궁지로 몰아놓는 사건이 일어났다.

전에 취재한 노숙자 시인이 여고생 몇 명을 성희롱했던 것이다. 자기 기사가 실린 잡지를 보여주고 믿음을 얻은 듯하다. 여고생들은 경찰에는 신고하지 않고 편집부에 항의를 했다.

"그러니까 내가 뭐래요. 그 놈, 사기꾼이라니까. 정말이지 이와무라 씨는 그런 사이비 반체제 놈들한테 점수가 후하다니까."

기노시타에게 핀잔을 들어도 할 말이 없었다. 하지만 그보다 앞으로가 문제였다. 다른 피해가 나오지 않게 하려면 그 자를 체포해야 한다.

"상관없지 않습니까, 그냥 놔둬도." 기노시타는 느긋하게 말했다. "성희롱이라고 해봐야 가슴을 더듬은 정도니까. 여자애들이 비명을 지르자 도망쳤답니다. 소심한 놈이에요. 게다가 그 여자애들도 누구한테 훈수를 들었는지 '어떻게 해줄 거예요?'라며 금품을 요구하는 듯한 말을 했어요. 여성지 편집부에 있던 화장품 샘플을 슬쩍 집어다가 박스째 보내줬더니 얌전해졌어요."

"아니야, 성범죄는 상습적으로 저지르기 마련이거든."

"또, 또. 하여간 걱정도 팔자라니까."

"잡지에 실었으니 도의적인 책임이 있잖나."

"없어요. 대대적으로 크게 실었다면 몰라도 고작 한 페이지짜리 기사잖아요. 가령 사람을 죽였다고 해도 우리는 무관한 겁니다."

사람을 죽였다고? 불길한 소리로군. 요시오 가슴이 검은 공기로 가득 찼다.

소심한 사내일수록 공황 상태에 빠지기 쉽다. 상대가 비명을 지르면 들통이 날까 두려워 상대방 목을 조르는 것이다.

요시오는 제 머리를 감싸 안았다. 설마 내가 그런 일까지 책임져야 하는 건 아니겠지.

이라부에게 상의하자 "놈이 원폭을 떨어뜨린대도 이와무라 씨는 무관해"하고 웃었다.

조금 마음이 놓인다. 최근 이라부병원에 다니는 것이 마음의 양식이 되고 있다. 집을 나서려면 지금도 두 시간이나 우왕좌왕하는 형편이지만, 병원에만 오면 이상하게 마음이 편해졌다. '동물 심리치료' 비슷한 것일까? 동물원에서 낙타나 물소를 바라보는 느낌과 닮았다.

"그 자를 잡아서 저기 병원에 화염병을 던지게 하자고."

다만 무슨 생각을 하는지 통 알 수가 없다. 이날도 '행동요법'을 하겠다고 했다.

"선생님, 요전번 같은 치료는 싫습니다."

"괜찮아. 이번에는 표적을 월장 녀석으로 좁힐 거니까."

"예에?"

"나쁜 놈이거든. 제약 회사에서 리베이트를 받고 여기저기 다니며 우리 병원 험담이나 하고―."

"그럼 경찰이 출동할 텐데요?"

"괜찮아, 아무 일 없어. 구린 데가 많아서 절대로 경찰에 알리지 못해."

이라부가 하얀 이를 드러내며 두 손으로 배를 흔들고 있다.

"그런데 무엇을 하려고요?" 조심스레 물었다.

"원장이 타고 다니는 벤츠의 타이어 볼트를 절반쯤 풀어놓을까 하는데."

"그건 절대로 안 됩니다." 단호하게 거절했다. "달리다가 타이어가 떨어져나가면 어떡합니까."

"사고 나는 거지 뭐." 하고 태연하게 말한다.

"사망자가 나오면 어쩌려고요? 애먼 사람이 당하면 어쩔 겁니까?" 요시오가 침을 튀기며 항변했다.

"도박 같은 거야. 타이어가 떨어져나갈지 어떨지, 사고가 날지 말지, 사망자가 나올지 말지."

"도대체 왜 그래야 되죠?" 저도 모르게 목소리가 날카로워졌다.

"긍정적 사고를 훈련하는 거야." 이라부는 애써 걸걸한 목소리로 말했다.

"거짓말! 나를 이용해서 라이벌 병원에 앙갚음하려는 거잖아요."

"어, 어떻게 알았어?" 갑자기 표정을 무너뜨린다.

"그걸 누가 모르겠습니까."

온몸에 맥이 탁 풀렸다. 치료는 내가 직접 의학서를 보면서 하자. 이라부는 그냥 말 상대로나 삼자.

그보다 그 노숙자 사내가 문제다. 그냥 놔둘 수는 없다.

요시오는 요요기공원에 가보았다. 다른 노숙자들에게 물어보았지만 다들 "요즘은 통 보이질 않네" 하고 말했다. 하라주쿠에는 이제 얼씬거리지 않는 걸까?

하는 수 없이 시부야나 신주쿠까지 찾으러 다녀보았다. 머릿속에서는 요시오가 쓴 잡지 기사를 소녀들에게 보여주고 음탕한 짓을 하는 사내 모습이 지워질 줄 몰랐다.

"제정신이에요?" 기노시타가 눈을 희뜩거렸다. "이러다가는 우체통이 빨간 것도 자기 탓이라고 말할 것 같네요."

인터뷰할 인물을 선정하는 일은 이제 기노시타에게 맡기기로 했다. 자기가 택했다가는 결국 신원 조사까지 할 것 같았기 때문이다.

노숙자들끼리는 서로 연결되어 있는지, 몇 사람을 건너 정보들이 줄줄이 들어왔다. 에비스에서 보았네, 나카노에서 보았네 하는 소식이 들렸다. 하지만 남자는 여기저기 떠도는지, 찾아가보면 늘 사라진 뒤였다.

이게 다 뭐하는 짓일까. 찾아 나서기는 했지만 고발할 생각도 없으면서. 한숨이 나왔다. 사내를 만나봤자 한마디 해주는 게 고작일 것이다. 이봐, 그 잡지 기사를 악용하지 말아줘. 그래도 그런 말이라도 해야 마음이 편안해질 테고 어깨를 짓누르는 짐도 내려놓을 수 있을 것이다.

시작은 담뱃불이었다. 그것이 왜 이 지경까지 왔을까. 어릴 적부터 책임감이 남다르기는 했지만 한편으로는 소심했던 것도 사실이다. 수학여행 때는 반장으로서 몇 번이나 점호를 해서 급우들의 불평을 샀다. 다들 무사한지 걱정이 많았던 것이다.

이케부쿠로 서쪽 출구 공원에서 사내를 보았다는 정보가 들어왔다.

얼른 가보니 그 노숙자 시인이 구석에 자리를 깔고 앉아 있었다. 저도 모르게 "찾았다!"라고 소리를 지르고 말았다. 여고생들을 상대로 역시 자작시 엽서를 팔고 있었다.

"어이, 잠깐만." 요시오가 말을 건넸다. "한참 찾아다녔잖아."

사내는 얼굴이 금세 창백해져서 뒤로 물러났다.

"내가 쓴 그 기사, 더 이상 못된 짓거리에 이용하지 마."

말이 채 끝나기도 전에 사내가 도망치기 시작했다. 어이, 고발하려는 거 아니니까 오해하지는 마. 그렇게 속으로 외치며 쫓아갔다. 사내가 발이 엉켜 저 앞에서 넘어졌다.

"도망갈 것까지는 없잖아." 요시오가 팔을 잡고 일으켜주었다. "경찰에 신고할 생각은 없어."

갑자기 턱에 충격을 느꼈다. 얻어맞은 것이다. 그것도 주먹으로. 얼굴 전체가 확 달아올랐다.

사내가 공원 밖으로 허둥지둥 달려갔다. 요시오는 뒤를 쫓았다. 이젠 경고를 하자는 애초의 목적은 문제가 아니었다. 당장 한 대 때리지 않으면 속이 풀리지 않을 것이다.

형사 드라마처럼 이케부쿠로 거리에서 추격전을 펼쳤다. 사내가 음식을 배달하던 자전거와 충돌했다. 메밀국수가 허공을 춤춘다. 그것을 머리에 뒤집어쓰자 요시오는 더욱 화가 나서 절대로 놓치지 않겠다고 작정했다.

모퉁이에서 따라잡아 태클을 걸었다. 넘어지면 아플 텐데, 하는 생각이 얼핏 스쳤지만 몸뚱이가 알아서 그리하고 있었다.

사내가 아스팔트에 고꾸라졌다. 사내의 점퍼 주머니에서 작은 비닐봉지들이 튀어나와 길바닥에 흩어졌다. 그 봉지들에는 하얀 가루가 들어 있었다.

「노숙자 시인, 알고 보니 마약 밀매인」
「기사를 악용당한 르포 작가의 집념 어린 추적」

상황을 설명하기도 번거로워서 매스컴이 보도하는 대로 내버려두었더니 요시오는 하루아침에 영웅이 되고 말았다. 기자들을 피해 다니자 '겸손한 청년'이라고 평가가 더욱 높아져서 집필 의뢰가 쏟아져 들어왔다. '확인 행위의 습관화'가 엉뚱한 데서 사회에 보탬이 된 셈이다.

"대단해, 이와무라 씨. 유명인사가 됐어." 이라부가 자기 일처럼 기뻐했다. "이 기세를 몰아서 행동요법을 하고 올까?"

"싫습니다." 통원 치료는 변함없이 이 모양이다. 대체 주사는 몇 대나 맞았는지 모른다.

"적어도 긍정적으로 생각할 수는 있게 되었잖아. 조심성 많은 사람이 있으니까 이 세상도 안전한 거고."

"지키는 역할만 맡는 건 불공평합니다."

"그럼 벤츠 타이어, 할래?" 아이처럼 입을 오므렸다.

"그건 전혀 상관도 없잖아요?"

"누구든 나서서 지켜줘라, 나는 모른다, 하고 외면하면 되는 거야. 걱정은 남들한테 맡겨. 예를 들어 버스를 타고 가는데 다음 정거장이 아파트단지 앞이나 역 앞이라 사람들이 다 내린다고 하자고. 그럴 때 나는 정차 벨을 누르지 않고 누군가 누를 때까지 기다리는 거야. 괜찮아. 누군가 반드시 누르게 되어 있으니까. 그냥 지나치기는 싫을 테니까."

그때 분명히 깨달았다. 자신은 늘 벨을 누르는 사람이었다.

"원장 벤츠니까 원장보고 걱정하라고 하면 되는 거야. 안 그래?"

그래도 이런 비약을 전혀 이해할 수 없었다. 이라부는 영리한 걸까, 얼간이일까.

"그럼 내가 해볼까?" 환하게 웃고 있다.

저녁때까지 이라부와 잡담을 하다가 병원을 나섰다. 배가 고파 근처 식당에서 밥을 사먹고 역을 향해 천천히 걸었다.

어느새 철로 건너 그 병원 담에 접어들어 문득 앞을 보니 가운을 걸친 이라부가 보였다.

막 병원을 나서는 참이다. 손에는 공구 상자가 들려 있다.

공구 상자? 말을 걸까 말까 망설이는 사이 이라부는 포르쉐에 올라탔다. 굵직한 엔진 소리가 주위에 메아리친다. 포르쉐가 라이트를 반짝이며 사라졌다.

설마? 요시오는 어안이 벙벙한 채 그 자리에 우두커니 서 있었다. 정말로 타이어 볼트를 빼놓을 작정일까? 이건 빼도 박도 못할 범죄다. 사고라도 일어나면 상해죄에 해당된다.

그냥 놔둘 수 없다. 이라부를 위해서라도 놔두면 안 된다. 병원 문으로 가서 안쪽을 살폈다. 이미 면회 시간이 지나서 가운을 입지 않은 자신은 함부로 들어갈 수 없다.

그때 안에서 벤츠가 나타났다. 초로의 남자가 운전하고 있다.

어어어어. 요시오의 무릎이 덜덜 떨렸다. 어떻게든 막아야 해. 자칫 사망자가 나올 판이다.

자동차를 따라 있는 힘껏 달렸다. 신호등 앞에서 따라잡아 창유리를 쿵쿵 두드렸다. 남자가 놀란 얼굴로 요시오를 쳐다보았다.

"문 열어요! 이상한 사람 아닙니다!" 목청껏 고함을 질렀다.

남자는 창유리를 내리지 않았다. 겁에 질린 표정으로 앞만 쳐다보고 있다가 신호가 파랑으로 바뀌자 맹렬하게 돌진했다.

이런, 이런. 저 원장이 오해를 하고 있네.

요시오는 다시 자동차를 따라 쫓아갔다. 시내여서 신호등이 많다. 속도를 제대로 내기 힘들 것이다.

그런데 나는 왜 이런 짓을 하고 있지? 자신은 이라부가 "걱정은 남한테 맡겨"라고 말했던 바로 그 '남' 아닌가.

어떻게 해서든 사고를 막고 싶어서 고함을 질렀다. "저 벤츠 좀 세워주세요!" 앞을 향해 있는 힘껏 소리쳤다.

그때 벤츠는 당황한 원장이 핸들 조작을 잘못했는지 전봇대에 들이박았다. 라디에이터에서 수증기가 뿜어져 나오고 보닛이 튕겨 올라갔다. 길 가던 사람들이 우르르 달려왔다.

요시오도 쫓아갔다. 문득 트렁크를 보니 투명한 쓰레기봉투에 수백 개의 주사기가 가득 차 있었다. 원장은 운전석에서 거품을 물고 있었다.

「원장이 직접 주사기를 불법 폐기, 위기에 처한 병원 윤리」
「르포 작가 이와무라 씨, 집념의 추적 취재」

세상에는 신비한 일도 많다. 아마도 배역은 달라지지 않을 것이다.

걱정을 끼치는 사람도 있고, 부탁하지 않아도 스스로 끙끙거리며 걱정하는 사람도 있다.

"설마 내가 타이어 볼트까지 빼놓았겠어?" 사실인지 아닌지는 모르지만 이라부는 그렇게 말했다. "그냥 화장실 수도나 막아놓았어. 똥이 내려가지 못하게."

요시오는 대꾸할 말이 없었다.

"천상 르포 작가로군." 이라부가 웃으며 소파에 깊이 파묻혔다. "낙천가는 도저히 못할 일이야."

만사 말하기 나름이다.

이라부의 신경정신과 의사 일도 천직이다. 상대방을 심각하게 만들지 않는 데는 타고난 캐릭터니까.

"선생님, 얼마 전에 혼고에 있는 식사를 제공하는 하숙집으로 옮겼습니다" 하는 요시오.

도저히 화재 걱정만은 극복할 수가 없어서 고육지책으로 하숙 생활을 택했다. 서른이나 된 남자가 하숙 생활을 한다는 것도 꽤 특이한 일이다.

"좋겠다. 학생들처럼 젊게 보이겠어." 이라부가 부러워한다. "한번 놀러갈게."

물론 "그럼요, 오세요"하고 대답했다.

이라부가 씩 웃는다.

도피할 곳이 있다는 건 좋은 일이다. 요시오는 이전보다는 인간이 조금쯤 좋아졌다.

역자 후기

  이 작품에 등장하는 다섯 경의 환자도 알고 보면 평범한 사람들이다. 그리고 그런 의미에서 정상적인 사람들이다. 경쟁과 규율이 지배하는 사회에서 살아남으려고 애쓰다가 살짝 탈이 나서 이라부종합병원 지하실로 찾아온 것이다.

  의학박사라고 하기에는 외모부터 미심쩍게 생긴 이라부. 그는 환자가 찾아오면 등받이도 없는 스툴에 앉히고 자기는 푹신한 소파에 파묻혀 콧구멍이나 판다. 신경정신과라면 환자를 편안한 소파에 앉히고 의사는 반듯하게 앉아서 진지하게 메모하며 문진을 해야 할 것 같은데 말이다. 그리고 정신의학과는 그다지 관계가 없을 것 같은 난폭한 대화와 처방들. 환자는 누가 의사이고 누가 환자인지조차 헛갈린다.

  그런데 환자들은 병원을 바꾸지 않고 '통원 치료'를 계속한다. 이라부의 어떤 모습이 환자들을 계속 찾아오게 했을 것이다. 의사라기보다 잘 들어주고 긍정해주고 같이 놀아주는 친구 같은 존재이기 때문에? 그건 아닌 것 같다. 애초에 차분히 들어주려고 하지도 않고 무엇보다 언동이 심하게 엽기적이기 때문이다.

환자보다 더 수영에 열광하고, 먼저 돌팔매질을 하고, 더 부지런히 문자를 날리고, 더 심하게 '자뻑'해서 환자를 질색하게 만드는 의사. 바로 그런 모습이 환자를 매혹하는지도 모른다. 환자는 이라부 모습에 질색을 하지만, 실은 이라부의 언동이 자신의 내면에 숨어 있는 또 다른 자기 모습이라는 것을 느끼고 있었을 것이다. 이라부의 언동은 환자의 강박증이 극대화된 모습일 때도 있고, 환자 내면에서 울고 있는 어린아이 같은 모습일 때도 있다.

결국 이라부는 환자에게 거울이 되어주고 역할극의 배우 같은 존재다. 환자는 이라부를 통해서 자기의 실상을 파악하고 자신과 화해를 한다. 환자의 억눌린 욕구를 몸으로 보여주어야 했기에 이라부의 모습이 그렇게 엽기적일 수밖에 없었을 것이다. 이라부는 다중인격자를 만나보고 싶다고 아쉬워하지만, 현대인들은 모두 다중인격자라는 것을 뻔히 알고 있다.

낄낄 웃으며 이 책을 읽는데 문득, 이라부는 도쿄에 환생한 그리스인 조르바가 아닐까 하는 생각도 든다. 조르바 혹은 이라부처럼 희로애락과 욕구를 온전히 표출하는 것. 말이 쉽지, 그것은 매우 위험한 일이다. 어느 시대나 그랬지만, 문명이 고도 화될수록 희로애락을 온전히 표출하는 것은 더욱 위험시된다. 그것은 경계의 대상이며, 순치해야 할 원시와 야만이다.

하지만 소리 내어 웃어야 더 행복해지고 아프면 마음껏 울어야 덜 아픈 것이 인간일 텐데. 발 구르며 보채야 떡 하나 더 먹게 되는 것이 인간 세상일 텐데. 하기야 이걸 몰라서 뭇 사람들이 위궤양에 시달리고 발모제 바르고 수면제 먹는 것은 아니겠지. 사람들은 늘 말한다. 그건 안다, 다만 차마 그럴 용기가 없다고.

독자들 눈에 피에로처럼 보이던 이라부는, 아마 책을 덮을 즈음이면 무슨 초인 혹은 슈퍼맨처럼 비칠 것이다. 외모도 변변치 않고 무슨 특별한 능력이 있는 의사도 아니지만 희로애락과 욕구를 드러내는 데 주저하지 않는 것처럼 위대한 사람도 없기 때문이다. 해서 소심하고 반듯한 현대인들 사이에 앞으로도 죽 사랑받는 의사로 남을 것이다.

물론 이 책은 무슨 정신의학 소설 같은 거 아니다. 해법 같은 것 찾으려 하지 말고 마음껏 웃으면서 읽어나가면 될 것 같다. 그러다 보면 혹시 이라부의 뻔뻔함이 독자들에게 조금이나마 전염될지도 모른다. 부디 그리 되길 바란다.

이규원

인 더 풀

1판 1쇄 발행 2005년 7월 4일
2판 1쇄 발행 2010년 12월 3일
2판 12쇄 발행 2023년 12월 27일

지은이 · 오쿠다 히데오
옮긴이 · 이규원
펴낸이 · 주연선
책임편집 · 박은경

(주)은행나무
04035 서울특별시 마포구 양화로11길 54
전화 · 02)3143-0651~3 | 팩스 · 02)3143-0654
신고번호 · 제 1997-000168호(1997. 12. 12)
www.ehbook.co.kr
ehbook@ehbook.co.kr

ISBN 978-89-5660-366-7 03830

• 이 책의 판권은 지은이와 은행나무에 있습니다. 이 책 내용의 일부 또는 전부를 재사용하려면 반드시 양측의 서면 동의를 받아야 합니다.

• 잘못된 책은 구입처에서 바꿔드립니다.